하멜른의 유괴마

하멜른의 유괴마

ハーメルンの誘拐魔

나카야마 시치리 장편소설 | 문지원 옮김

블루홀6

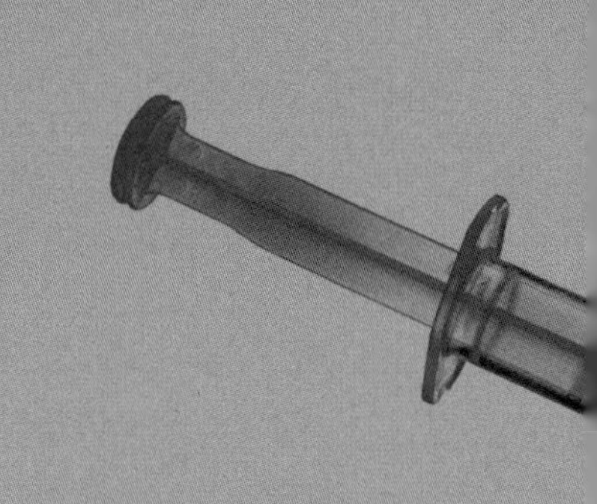

차례

일러두기

본문의 각주는 전부 독자의 이해를 돕기 위한

옮긴이 주입니다.

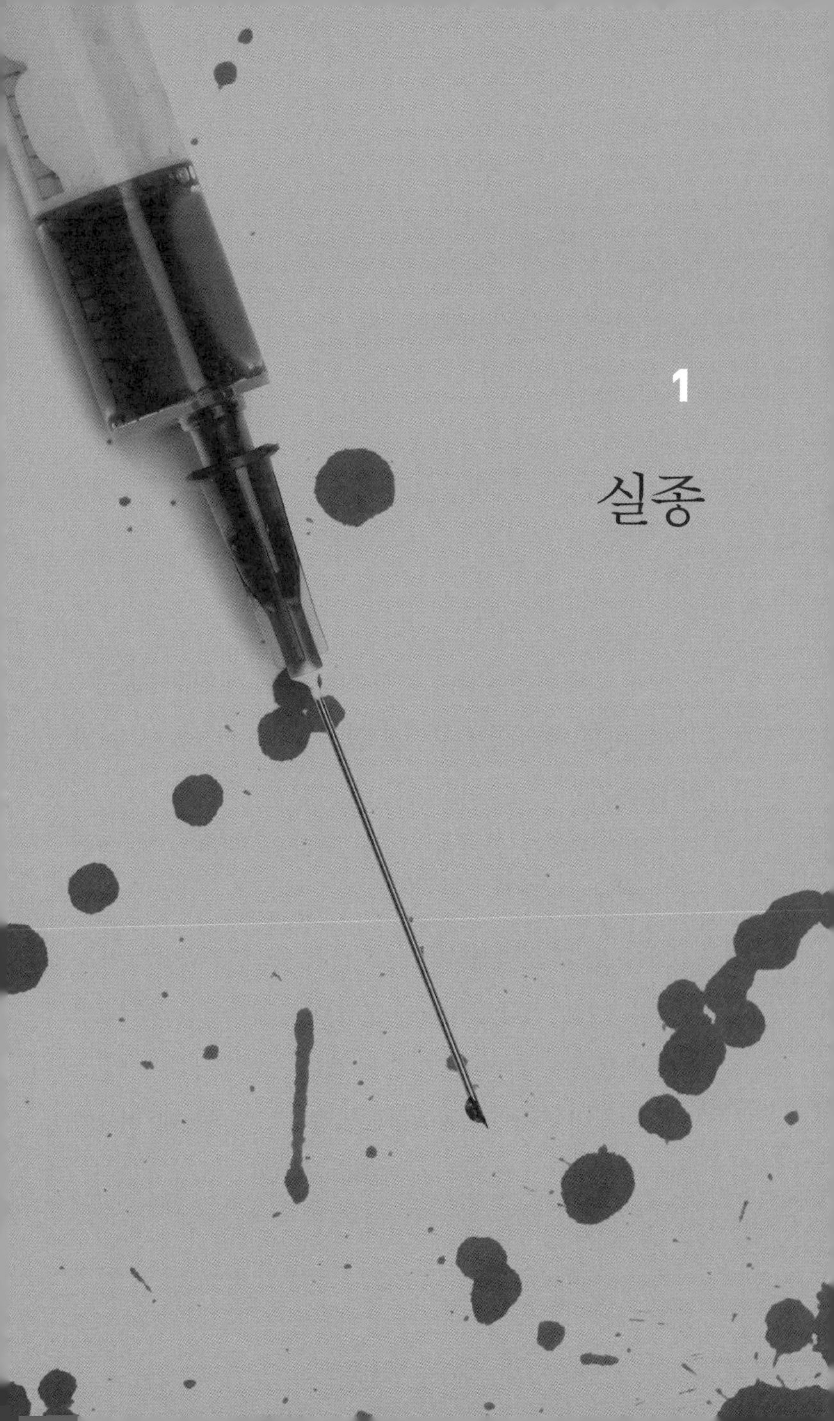

1

실종

1

"저기, 아줌마는 도대체 누구세요? 혹시 제 친구예요?"

가나에는 바로 옆에서 걷고 있는 쓰키시마 아야코를 향해 물었다.

아야코는 가슴 끝까지 차오른 절망을 목구멍으로 겨우 삼키며 대답했다.

"아니. 난 네 엄마란다."

손바닥으로 가나에의 턱을 문질렀다. 가나에가 중학교에 입학할 무렵까지 아야코가 줄곧 했던 스킨십이었다. 이 스킨십으로 기억이 돌아오기만 한다면 하는 마음에 최근에 다시 시작했지만 효과는 신통하지 않았다.

"엄마? 정말?"

"그래."

가나에는 아야코를 바라보다가 괴로운 듯 고개를 돌렸다.

"미안. 기억이 전혀 안 나……."

휠체어를 타지도 않는다. 치매를 앓을 나이도 아니다. 무엇보다도 아직 열다섯 살이다. 그런데 가나에는 자신이 엄마라는 사실을 전혀 인지하지 못한다.

같은 말을 하루에 몇 번이나 반복하고 있을까. 자신이 엄마라는 사실. 사는 곳이 우리집이라는 사실. 그러한 사실들을 설명해도 기억은 한 시간도 채 유지되지 않았다.

군마현에 사는 아야코의 친정 부모님은 다행히 두 분 모두 아직 정정하셔서 간병할 필요가 없다. 만약 두 분 중 한 분이 치매에 걸리신다면 당연히 마음이 아플 것이다. 하지만 아무리 그래도 친정 부모님보다 딸이 먼저 이런 처지가 되리라고는 상상도 하지 못했다.

그런데도 아야코에게는 우는 일도 화내는 일도 허락되지 않았다. 곁에 있는 사람이 감정을 격렬하게 표출하면 가나에가 불안해하기 때문이다. 그 상대가 낯선 타인이라면 더욱 그랬다.

도쿄도 지요다구의 이다바시 메디컬 센터. 두 사람은 방금 막 그곳에서 나온 참이었다. 일주일에 한 번 받는 진료. 그러나 담당의의 설명은 언제나 "상태를 조금 더 두고 봅시다"라는 말로 끝을 맺는다.

기억장애 전조는 지금으로부터 약 반년 전에 나타났다. 처음에는 통학로를 잊어버려서 길을 잃거나 가수와 탤런트의 이름을 기억하지 못하는 등 기억력이 나쁘다며 웃으며 놀릴 만한 수준이었다.

그런데 전철을 자주 잘못 갈아타거나 수학 공식을 잊어버리거나 심지어는 반 친구들의 이름까지 기억해내지 못할 정도로 상태는 심각해졌다.

그리고 마침내 부모의 이름은커녕 무슨 관계인지조차 잊어버리는 지경에 이르렀다.

경악스럽고 당황스러워 근방에서 가장 큰 종합병원에 찾아가 상담했더니 처음에는 신경내과로 가라는 안내를 받았다. 신경내과에서는 영상진단 검사를 한 뒤 뇌 자체 손상이라고 판단하면 뇌신경외과로 넘긴다. 가나에는 이러한 경우가 아니었기에 심인성 기억장애 진단을 받고 정신과로 옮겨졌다.

정신과 의사는 이렇게 말했다. 대략적으로 설명하면 기억에는 머리가 기억하는 명시적 기억과 몸이 기억하는 암묵적 기억 두 종류가 있다. 가나에는 자전거를 타거나 젓가락질을 하는 등의 암묵적 기억은 유지하고 있지만 일상의 에피소드나 수식 등 지식에 관련된 기억력은 감퇴하고 있었다.

기억이 형성되는 과정은 세 가지로 나뉜다. 우선 기억의 바탕이 되는 정보를 뇌에서 부호화하는 '암호화', 다음으로 그 정보를 축적하는 '저장', 마지막으로 저장된 정보를 검색해 재생하는 '회수'. 그러니까 가나에의 기억장애는 세 번째 '회수' 단계에서 발생한 문제였다.

의사가 가나에에게 내린 심인성 기억장애는 청년이나 젊은 여성에게 많이 나타나는 심인성 건망이라고 불리는 병으로 심리적·사회적 스트레스 때문에 발생한다고 한다.

"결국 스트레스 때문에 일시적으로 기억을 재생할 수 없게 된 겁니다. 스트레스가 사라지면 회복된 사례가 대부분입니다. 그러니까 상태를 조금만 더 두고 봅시다."

하지만 아야코는 의사의 진단 결과를 결코 납득할 수 없었다.

심리적·사회적 스트레스라고 하기에는 중학교 입학 당시부터 가나에는 매일매일 몹시 즐거워 보였다. 새 학교와 새 친구들, 그리고 동아리 활동. 얼굴에서 웃음이 끊인 적이 없고 매일 학교에서 있었던 일을 유쾌하고 재미있게 재잘거리던 가나에가 스트레스를 받고 있었다고는 도저히 생각할 수 없었다.

의사의 말에 회의가 생길 수밖에 없었다. 그러자 가나에의 기억장애가 이대로 자연스럽게 회복되리라는 견해도 의심스러웠다.

만약 가나에가 이대로 회복되지 않는다면……. 그런 생각을 하자 아야코는 가슴이 콱 막혔다.

남편이 일찍이 세상을 떠나고 딸과 단둘이 산 지 어언 십 년 가까이 지났다. 생활보호를 받으며 지금까지 버틸 수 있었던 것도 미래에 대한 희망이 있어서였다. 그러나 가나에의 기억장애가 계속 회복되지 않는다면 간병이라는 커다란 문제가 덮쳐온다. 온종일 가나에의 곁에 붙어 있으면 아야코도 파트타임 일을 할 수 없게 되어 생활비와 치료비를 감당할 수 없게 된다. 아니, 그전에 앞날이 캄캄했다.

인생은 아직 만나지 않은 사람들과 아는 사람들, 미지의 것들과 조우하면서 풍부해진다. 그러나 그것도 기억을 축적하고 재생할 수 있어야 가능한 이야기다. 경험하자마자 기억을 잃고 만다면 자산이 되지 않는다.

아야코의 우울한 기분이 전해졌는지 가나에는 고개를 숙

인 채 "죄송해요……"라고 중얼거렸다.

"나 때문에 힘들지……."

"넌 그런 걱정할 필요 없어."

"그치만."

"조급해하지 말렴. 천천히 하자꾸나."

아야코는 두 팔로 가나에의 머리를 꼭 끌어안았다. 자그마한 머리가 더없이 사랑스러웠다.

가나에는 어려서부터 타인을 배려하고 그들의 아픔을 마치 자신의 아픔처럼 공감할 수 있는 딸이었다. 지금도 곁에 있는 아야코가 엄마인지 아닌지 확신하지는 못하지만 그래도 아야코의 마음을 걱정했다.

하지만 이 또한 영원히 지속되리라 단언할 수 없었다. 인격을 형성하는 요소는 기억이기 때문이다.

실패를 아는 사람일수록 신중해진다. 슬픔을 아는 사람일수록 타인에게 다정해진다. 기억의 축적이 인격 형성에 영향을 미친다는 사실은 학자의 설명을 빌릴 필요조차 없다.

기억이 없으면 인격은 유아기의 모호한 것으로 후퇴할 가능성도 있다. 그런 것들을 상상할 때면 아야코는 몸서리가 쳐졌다.

사라지는 기억.

사라지는 인격.

자신과 남편, 그리고 가나에 스스로가 구축해온 것들이 기억 상실이라는 형태로 깎여 점점 마모된다.

어째서 우리 아이에게만 이런 일이 일어났을까. 생각하면 할수록 억울하다는 생각밖에 들지 않았다.

가나에가 도대체 무슨 짓을 했기에. 아야코가 과거에 어떤 대역죄를 지었기에.

갑작스럽게 불운과 맞닥뜨린 어머니라면 누구나 품을 법한 분노와 무력감에 휩싸였다. 아야코는 그만 가나에를 잡고 있던 손에 힘을 주고 말았다.

"아파."

"아아……, 미안."

아야코는 곧바로 웃어 보였지만 그녀가 품은 분노가 전해졌는지 가나에는 겁먹은 듯 아야코를 바라봤다.

"내가 뭐, 잘못했어?"

"넌 아무 잘못 없어."

어쩔 줄 모르는 어린아이 같았다. 불안하니 신경이 지나치게 예민해져서 곁에 있는 사람의 분노와 악의를 금세 알아차린다.

"무서워……."

"무서워할 것 없어."

아야코는 가나에의 얼굴을 물끄러미 바라봤다. 그리고 이번에는 자신의 애정이 전해지도록 손을 다정하게 감싸 쥐었다.

"엄마가 곁에 있는 한 안심해도 돼. 아니지, 내가 엄마라는 사실은 잊어도 괜찮지만 이것만은 잊지 말렴. 온 세상 사람들을 적으로 돌리는 한이 있어도 엄마는 반드시 가나에를 지킬 거야."

병원을 나온 뒤 가구라자카 방향으로 뻗은 와세다 거리를 걸었다. 종이 가게, 도자기 가게, 생선 가게, 문구점……. 폭이 좁은 언덕길을 사이에 두고 옛 정취가 남아 있는 가게들이 줄지어 있다. 아야코는 가본 적 없지만 골목으로 들어가면 아는 사람만 아는 고급 요정이 있다고 들었다. 그러한 곳들로 연결되는 것인지 곳곳에 골목이 있었다.

인도도 상당히 좁았다. 가나에와 나란히 걷고 싶어도 앞에서 걸어오는 행인들에게 길을 양보하다 보니 아무래도 앞에서 가나에를 끌고 가는 꼴이 됐다.

언덕을 올라갈수록 인파가 더욱 늘었다. 오늘은 7일. 안요지安養寺의 법락이 있는 날이라 참배객도 많았다. 슬슬 어둠이 어슴푸레 내려앉으며 절 주변의 등롱들이 언덕 아래에서도 희미하게 보였다.

T자 모양 길 앞에서 드러그스토어를 발견했다. 폭이 좁고 내부가 깊숙한 가게로, 입구는 어른 두 명이 겨우 지나갈 수 있을 정도였다. 가게 안을 들여다보니 상당히 많은 손님이 들어차 있어 두 사람이 나란히 진열대를 구경할 만한 공간이 없었다.

"여기서 기다려."

아야코는 가게 앞에 가나에를 두고 안으로 들어갔다.

집안 향기는 매번 바꾸기보다 익숙한 편이 좋다. 잠깐 찾아보니 구매하려는 리필용 제품이 가게 안쪽에 있었다. 진열대로 시선을 옮기다가 최근 광고하는 신상 립스틱이 눈에 들어왔다. 좋아하는 색상이라 거울 앞에 서서 테스트 제품을 발라봤다.

음, 마음에 드네.

바구니에 리필용 방향제와 립스틱을 담고 계산대로 향했다. 계산대에서 기다리는 손님이 여섯 명이나 있는데 대응하는 점원은 한 명뿐이라 줄이 좀처럼 줄어들지 않았다. 아야코는 10분 뒤에 계산을 마쳤다.

"오래 기다렸지."

가게를 나온 아야코는 큰 소리로 말했지만 정작 가나에

의 모습은 보이지 않았다.

"가나에."

거리는 여전히 행인들로 넘쳤고, 주변 가게를 둘러봐도 가나에는 없었다.

"가나에?"

도로로 떠밀리지도 않았다. 옆 화과자 가게에도 들어가 봤지만 그곳에도 가나에는 없었다.

"가나에!"

길 건너편에 있는 편의점으로 들어갔다. 잡지 코너, 음료 코너를 한 바퀴 빙 돌았지만 이곳에도 가나에의 모습은 보이지 않았다.

서둘러 거리로 뛰쳐나왔다.

"가나에!!!!!!"

소리쳐 이름을 불렀다. 행인 몇 명이 깜짝 놀라 돌아봤지만 지금은 체면이고 부끄러움이고 없었다. 아야코는 드러그스토어를 중심으로 늘어선 가게들을 찾아본 뒤 길 반대편 가게까지 뒤졌다. 어느샌가 아야코의 머리는 산발이 됐고 이마에는 땀이 흥건했다.

하지만 아무리 찾아도 가나에는 끝내 찾을 수 없었다.

아야코는 길 한복판에 풀썩 주저앉았다.

***

저녁 6시가 조금 지났을 무렵, 한 여성이 가구라자카우에 파출소로 뛰어들어왔다.

"저와 함께 있던 딸이 사라졌는데……."

파출소에 근무하던 마키시마 순경은 처음 그 신고를 받았을 때 미아 수색 건인 줄로만 알았다.

"신고자분 성함과 찾고 계시는 아이의 이름은요?"

"저는 쓰키시마 아야코입니다. 딸은 가나에요. 향기 향 자에 모 묘 자를 씁니다. 열다섯 살이고요."

"열다섯 살, 이요?"

"안요지 아래 언덕 부근에서 잃어버렸어요. 지금 당장 찾아 주세요."

"따님한테 휴대폰 같은 건 없습니까?"

오늘은 벚락 때문에 와세다 거리가 붐빈다. 아마도 그 인파에 휩쓸렸겠지. 그 정도라면 랜드마크 같은 곳에서 만나기로 정하면 될 일이다.

"휴대폰이 없어요."

아야코가 겸연쩍은 듯 말했다.

"전화가 올 때마다 아이가 놀라서요……."

전화가 올 때마다 놀란다고?

설마 열다섯 살인데 스토킹이라도 당하나?

"제가 드러그스토어에서 물건을 사는 동안 가게 앞에서 기다리고 있었어요. 그런데 계산을 하고 나와 보니 고작 10분 사이에 딸이 사라져 버렸어요."

"기다리는 동안 근처 가게를 구경한 거 아닐까요?"

"근처 가게는 전부 찾아봤어요. 하지만 어떤 가게에도 딸을 본 사람이 없었습니다."

"세 살짜리 어린아이도 아니잖아요. 확실히 그 근처는 좁은 골목들이 얽혀 있어서 한번 들어가면 큰길로 빠져나오기가 어렵긴 한데, 언덕을 내려오기만 하면 어떻게든 소토보리 거리로 나올 수 있어요."

소토보리 거리로 나오면 어디에서든 이다바시역이 보인다. 이다바시역 근처를 찾으면 쉽게 발견할 수 있지 않을까 넌지시 말했지만 아야코의 반응은 기대와 달랐다.

"우리 아이의 지리 감각은 세 살 수준이에요. 방향을 판단해 이동하는 건 절대 못 합니다."

"뭐라고요?"

"딸은, 가나에는 기억장애를 앓고 있어서 길을 외우지 못해요."

기억장애. 그 단어에 마키시마는 사안의 중대성을 겨우 인지했다.

"함께 가시죠."

마키시마는 파출소를 나와 자전거를 꺼내왔다.

기억장애로 길을 기억하지 못한다면 스스로의 의지로 길을 똑바로 걷고 있으리라 생각할 수 없다. 오히려 동심원 안을 갈팡질팡 헤매고 있을 가능성이 크다.

우선 가장 먼저 떠오른 대로 이다바시역 부근을 수색했다. 이 부근은 원래 고지마치 경찰서 관할이지만 사람을 찾는데 관할 구역을 우선시할 생각은 추호도 없었다. 함께 움직이는 아야코에게 자세한 이야기를 듣는 동안 대략의 사정을 파악할 수 있었다.

반년 전, 어머니 혼자서 키우는 딸에게 기억장애가 나타났다. 어머니는 파트타임으로 근무하면서 틈틈이 딸을 데리고 통원 치료를 다닌다. 그런데 시선을 뗀 매우 짧은 순간에 딸이 사라져 버렸다. 마키시마는 어머니가 가여웠다. 한순간이라도 딸에게서 시선을 뗀 어머니를 조심성 없었다고 책망하기 쉽지만, 온종일 누군가를 감시하며 생활하기란 거의 불가능에 가깝다.

"가나에 양이 자기 이름은 기억하나 보네요."

"네. 그것만은 어떻게든."

"가나에 양의 특징을 알려 주세요."

마키시마는 순찰 중인 경찰들에게 무선으로 수색 대상자의 특징을 알렸다. 가구라자카 1번가부터 6번가까지는 자신을 포함한 세 명의 순경들이 순찰한다. 연계해서 찾다 보면 셋 중 한 사람은 찾을 수 있지 않을까 기대하는 마음이었다.

문제는 시간이었다. 이미 날이 저물고 있다. 점포가 늘어선 대로변은 몰라도 골목으로 들어가면 가로등 불빛이 닿지 않는 곳도 있었다.

"어린아이가 길을 잃으면 행인이 파출소까지 데려다주지만 중학생 정도 되면 관심을 기울여 주지 않겠죠."

불안한 마음을 무심코 입에 담고 나서 후회했지만 이미 늦었다. 뒤를 따르던 아야코의 얼굴이 애가 타서 그만 일그러졌다.

"이런 상황에 대비해서 어린아이에게 하듯 소지품에 이름을 적어둘 걸 그랬어요……. 아이가 창피해하길래 말았거든요. 제 잘못이죠."

"아뇨, 그건 뭐 어쩔 수 없는 일이죠."

그다지 위로가 되지는 않겠지만 마키시마는 그렇게 대답

할 수밖에 없었다.

마키시마도 겪은 적이 있다. 최근 부쩍 늘어난 초로기 치매*를 앓는 남자였다. 아직 오십 대인데도 산책을 나오자마자 집으로 돌아가는 길을 잃고 사흘 동안 밖을 헤맸다. 가족의 실종신고를 받은 마키시마가 남자를 찾았는데 발견 당시 복장은 땀과 흙으로 새까맸다. 무심결에 "파출소에 길을 묻지 그러셨습니까"라고 말했더니 그 남자는 수치심이 앞섰다고 변명했다.

이는 쓰키시마 가나에나 그 남자에 국한된 일이 아니라 사회적 문제가 아닌가 생각했다. 2012년 치매로 행방불명된 사람은 약 만 명. 사고나 사건이 아니기에 경찰을 비롯한 조직이 대대적으로 움직이지도 못하고 정보도 공개하지 못하다 보니 그 수가 급격하게 늘어났다. 행방불명자 만 명은 가족의 헌신 같은 두루뭉술한 언어로 정리될 숫자가 아니다. 그야말로 치매 환자에 대한 전체적인 감시 보호 체제가 필요한 시대가 도래했다.

이다바시역 부근을 돌았지만 역시 가나에는 찾지 못했다. 이윽고 가구라자카 일대에 밤의 장막이 내리고 가로등

---

* 65세 미만의 상대적으로 젊은 연령에 발병한 치매.

이 없는 곳은 어둠으로 뒤덮였다. 아야코의 조바심이 한계에 다다랐다는 것을 알았다. 마키시마도 두 동료의 지원만으로는 역부족이라는 사실을 깨달았기에 도중에 파출소에 들러 정식으로 수색 요청서를 작성했다.

역 주변에서 발견하지 못한다면 언덕 밑에서부터 길가 가게들을 하나하나 들여다볼 수밖에 없다.

"이대로 못 찾으면 어쩌죠……."

아야코가 중얼거렸다. 목소리가 가늘게 떨렸다.

"가나에가 무슨 사건에라도 휘말린 건 아니겠죠?"

당장이라도 마키시마에게 달려들 기세였다.

자식을 걱정하는 어머니는 대부분 이렇다. 설령 순간의 눈속임일 뿐인 위안이라도 지금은 필요했다.

"어머님, 괜찮을 겁니다. 우시고메 경찰서뿐 아니라 고지마치 경찰서에도 지원을 요청했습니다. 그럼 인해전술로 수색할 테니까요. 무턱대고 안 좋은 상상은 하지 않는 게 좋겠습니다."

그러나 마키시마는 자식을 걱정하는 어머니의 직감이 무시 못 할 것이라는 사실도 안다. 아야코의 말에 영향을 받은 듯 마키시마 역시 불안에 휩싸였다.

가구라자카 일대는 경시청 관내에서는 비교적 평온한 구

역으로 분류된다. 강도, 날치기, 성범죄 종류는 전무하다시피 하고, 지정중점범죄*라고는 침입 강도나 차량도난 정도였다. 하지만 그렇다고 해서 가나에가 중대한 사건에 휘말리지 않았다는 보장은 없었다.

"하지만……."

아야코는 한층 더 불안해진 심경을 감추지 않았다.

"딸은 지리 감각이 없는 데다 기억장애란 말이에요. 보통은 불안해서 한 장소에서 기다리지 않겠어요? 그것도 어두운 샛길이 아니라 사람들이 많은 밝고 넓은 곳에서요."

아야코의 주장에 일리가 있었다. 마키시마도 똑같이 생각해서 역 주변의 밝은 장소와 넓은 가게를 가장 먼저 찾았다.

그러나 발견하지 못했다.

"아무튼 지원 인력이 올 때까지 언덕 아래 가게를 하나하나 둘러보죠. 저는 왼쪽을 돌 테니 어머님은 오른쪽을 부탁드립니다."

아야코와 마키시마는 각자 움직이기 시작했다. 정면 폭

---

* 경시청에서 지정한 중범죄로 특수사기, 날치기, 침입 절도, 강도, 성범죄, 차량도난, 아동범죄를 뜻한다.

이 좁은 가게가 많아서 살짝 들여다보기만 해도 가나에 같아 보이는 소녀가 있는지 없는지 확인할 수 있었다. 한 가게당 약 1분. 점원에게 비슷한 사람을 본 적 있는지 확인하는 시간까지 더해 3분 남짓.

"그런 아이는 못 봤어요."

"그냥 구경만 하다 가는 손님은 별로 주의 깊게 안 보니까요."

"있었을지도 모르겠지만, 오늘은 손님이 너무 많았기도 해서."

어떤 점원이든 똑같은 대답만 했다.

탐문 수색을 하는 동안 마키시마의 마음속에 봉인해 두었던 불안이 다시 고개를 내밀었다. 이만큼이나 가게를 이 잡듯이 뒤졌는데 가나에를 본 사람이 단 한 명도 없다는 것은 두 가지 가능성을 시사했다.

첫 번째는 가나에가 어떤 가게에도 들르지 않고 어딘가 다른 곳을 향해 움직였을 가능성.

그리고 나머지 하나는 누군가를 따라갔을 가능성.

첫 번째는 가나에가 기억장애를 앓고 있으니 탈락이다. 어머니 아야코의 신고 내용을 믿는다면 가나에에게는 애당초 명확한 장소를 목표로 정할 수 있는 기억력이 없다.

그렇다면 남은 것은 두 번째인 누군가와 함께 움직였을 가능성이다.

마키시마는 소름이 끼쳤다.

열다섯 살 소녀를 오로지 선의로 데리고 갈 인간이 있으리라고는 믿기 어려웠다. 적어도 경찰 나부랭이라면 선의보다는 악의를 의심해야 한다.

유괴.

그 두 글자가 머리에 떠올랐을 때 마키시마는 필사적으로 부정했다.

말도 안 된다. 최근 2년 동안 자신이 담당한 구역에서 일어난 사건이라고는 자전거 도난, 좀도둑, 취객끼리의 다툼 정도였다. 승진 욕구가 없다는 말을 들어도 어쩔 수 없지만 마키시마는 자신의 담당 구역에서 중대 사건이 발생하는 것보다는 이 구역과 주민의 생활이 평온한 편이 낫다고 생각했다. 그런데 설마 유괴사건이 발생할 줄이야…….

길 건너편을 보니 아야코도 가게 안을 연신 들락날락했다. 멀리서 보아도 여전히 초조해한다는 사실을 알 수 있었다.

약 두 시간 후, 두 사람은 가나에가 자취를 감춘 드러그스토어 앞에서 만났다.

두 사람이 찾아다닌 가게는 전부 여든다섯 개.

하지만 끝내 가나에의 모습은커녕 그림자조차 발견하지 못했다.

분명 면목 없는 표정을 짓고 있겠지. 마키시마를 보자마자 아야코의 얼굴은 절망으로 물들었다.

"가나에……."

아야코는 중얼거리더니 갑자기 실이 끊어진 꼭두각시처럼 무너져내렸다. 마키시마가 황급히 몸을 부축하지 않았다면 분명 그 자리에 쓰러졌을 것이다.

"속단은 금물입니다. 따님의 걸음이 생각보다 빨라서 이 동네 밖으로 벗어났을 가능성도 충분해요."

스스로도 헛된 가설이라고 생각했지만 무슨 말이라도 해야 했다.

"부탁드려요."

고개를 숙인 아야코의 입에서 절박한 목소리가 흘러나왔다.

"빨리, 한시라도 빨리 우리 애를 찾아 주세요……. 지금쯤 틀림없이 낯선 곳에서 겁먹고 있을 거예요. 경찰들을 더 많이 동원해 주세요. 다섯 명이나 열 명으로는 턱없이 부족해요."

말을 마친 아야코는 진이 빠진 듯 그 자리에 주르르 주저앉고 말았다. 두 손으로 얼굴을 감싸고 폭발하려는 감정을 필사적으로 참는 듯 보였다.

"아야코 씨."

말은 걸었지만 다음 말이 생각나지 않았다.

조금은 눈치 있는 위로의 말 하나라도 생각해 내라고. 섬세하지 못한 자신에게 화가 나기 시작할 무렵 땅바닥에 쪼그리고 앉아 있던 아야코가 "앗!" 하고 작게 소리쳤다.

"무슨 일입니까?"

"이거요……."

아야코는 자동문 구석을 손가락으로 가리켰다. 살펴보니 바닥 안내레일 앞에 종잇조각 두 장이 겹쳐 놓여 있었다. 밑에 있는 종이는 엽서 크기, 그 위에 놓인 종이는 카드 크기였다. 매장에 진열된 상품에 가려진 탓에 선 자세로는 좀처럼 눈에 띄지 않는 곳이었다.

아야코는 위에 놓인 종이를 집어 들더니 흡, 하고 숨을 크게 들이마셨다.

"이거 우리 아이 학생증이에요!"

"뭐라고요?!"

아야코에게 카드를 받아 앞면을 살폈다. 장갑을 끼고 있어서 마키시마 본인의 지문은 묻지 않을 테다. 과연 아야코가 신고한 소녀의 굳은 얼굴이 찍힌 사진이 있었다.

"이 학생증 처음부터 여기 있었습니까?"

"저, 눈에 띄지 않는 곳이라……. 전혀 몰랐습니다."

그럴 만도 하다. 지금 아야코처럼 쭈그려 앉은 자세가 아니라면 도저히 발견할 만한 곳이 아니었다.

머릿속에 기분 나쁜 상상이 다시 고개를 쳐들었다. 기억장애를 앓는 아이가 단순히 충동적으로 이런 물건을 스스로 두고 갈 리 없다. 역시 가나에의 신변에 무슨 일이 생긴 것이다.

"다른 종이 한 장은요?"

마키시마의 물음에 아야코가 종이를 집어 들었다.

그림엽서였다.

두 사람은 엽서에 인쇄된 일러스트를 바라봤다.

외국 어딘가 같아 보인다. 한 남자가 마을 아이들을 이끌고 앞장서서 걷는 그림. 남자는 피에로 분장을 하고 피리를 불고 있다. 아이들은 피리 소리에 이끌리듯 걷고 있다.

마키시마는 그 옛날 어린 시절 기억에 남아 있는 너무나도 유명한 동화를 떠올렸다.

'하멜른의 피리 부는 사나이' 그림이었다.

2

우시고메 경찰서에서 유괴사건이 발생했다는 첫 보고가 올라온 것은 3월 7일 저녁 8시 20분이었다. 피해자는 신주쿠구 야라이초에 사는 쓰키시마 아야코의 장녀인 열다섯 살 가나에. 장소는 신주쿠구 가구라자카. 어머니가 시선을 뗀 사이에 모습을 감췄다고 한다.

아직 범인이 구체적인 연락을 해오지는 않았지만 현장에는 가나에의 학생증이 남아 있어 유괴 정황이 몹시 뚜렷하다는 보고였다.

수사1과 아소 반장의 반에 즉시 출동 명령이 떨어졌다. 형사실로 급히 호출받은 이누카이 하야토는 사건 장소가 안요지 부근이라는 사실을 듣자마자 "흐음" 하고 소리를 흘렸다.

부하의 반응을 놓칠 아소가 아니었다.

"이누카이, 안요지에 무슨 문제라도 있나?"

"아뇨. 오늘은 분명 법락이 열리는 날이었을 텐데요. 그 근처에서 유괴됐다니 아이러니해서요. 게다가 그곳은 가정의 안녕과 병의 쾌유를 비는 절이거든요."

"잘 아는군. 혹시 절이나 신사 마니아야?"

이누카이는 딸의 쾌유를 기원하려고 도쿄 안에 있는 절을 조사했기에 그 정도 지식은 있었다. 다만 그 사실을 아소에게 알리자니 내키지 않았다.

"가정의 안녕은 몰라도 병의 쾌유라면 관련이 없는 것도 아니야. 유괴된 딸이 기억장애 환자라는 듯하니까."

"기억장애, 말입니까?"

금세 두 가지 의문점이 떠올랐다.

피해 소녀는 아직 무사한가. 무사하다면 범인은 기억장애 소녀를 어떻게 통제하고 있는가.

범인 입장에서 생각하면 인질이 기억장애 환자라는 점은 여러 가지 방면에서 유리하다. 범인은 소녀의 상태를 알고서 유괴했을까? 그렇다면 범인은 소녀의 병을 알 수 있는 위치에 있는 인물이라는 이야기가 된다.

“무슨 생각해?”

“범인의 특징이요. 만약 범인이 소녀의 병을 알았다면 사이가 가까운 사람일 겁니다.”

“역시 머리 돌아가는 속도가 빨라. 어느 범위까지를 친밀한 사이로 규정하느냐가 문제지만 적어도 학교에서는 쓰키시마 가나에의 병을 파악하고 있었어. 상당히 특수한 사례라 소문이 퍼졌겠지.”

그러면 용의자 범위에 학교 관계자를 포함해야 하는가.

“하지만 소녀가 기억장애 환자라면 유괴라고 속단하기 이를 수도 있어요.”

“현장에 실종 소녀의 학생증이 있었다.”

설명은 그것으로 충분했다. 기억장애를 앓는 실종자가 신분 증명 수단을 버릴 리 없다. 이는 분명 소녀를 유괴했다는 범인의 성명이다.

“그리고 마음에 걸리는 유류품이 하나 더 있어.”

“뭡니까?”

아소는 B5 크기 종이를 꺼냈다. 현장 사진을 인쇄한 것으로 한가운데에 피리를 부는 어릿광대 같은 남자와 그 뒤를 따라 걷는 아이들이 그려져 있었다.

"그림엽서야. 학생증 밑에 깔려 있었다는군. 발견한 순경의 말로는 '하멜른의 피리 부는 사나이'라는 것 같아."

그 동화라면 이누카이도 안다. 독일의 하멜른이라는 도시에 전해지던 민간설화를 그림 형제가 동화책으로 펴낸 이야기였다.

1284년, 하멜른은 쥐로 인한 피해에 시달렸다. 도시에 쥐 퇴치자를 자처하는 남자가 나타나 도시 사람들과 쥐 퇴치 계약을 맺는다. 남자는 피리를 연주하며 쥐떼를 베저강으로 유인해 전부 빠뜨려 죽인다.

그런데 주민들이 보수를 지불하지 않자 화가 난 남자는 어느 날 주민들이 교회에 간 틈을 타 쥐떼를 유인한 것과 같은 방법으로 피리를 불어 도시의 아이들 130명을 유인한다. 그러고는 앞장서서 아이들을 동굴 안으로 몰아넣은 뒤 동굴 안에서 입구를 막아 버렸다.

피리 부는 사나이와 함께 사라진 130명의 아이들은 두 번 다시 돌아오지 않았다는 민간설화였다.

"'하멜른의 피리 부는 사나이'라면 나도 알아. 세상에 존재하는 수많은 유괴범의 아버지 같은 존재잖아."

"그런 캐릭터의 그림엽서를 현장에 남기고 사라졌다. 즉 이 엽서도 범행 성명의 일부라는 말입니까?"

"본인의 의도야 어떻든 경찰은 그렇게 받아들였어."

아소는 그림엽서가 찍힌 종이를 손가락으로 튕겼다.

"놀고 있네."

"하지만 단서를 남긴 점에는 감사해야겠군요."

"학생증이나 그림엽서에서 유력한 증거가 나오면 좋겠지만 너무 큰 기대는 하지 않는 게 좋겠지."

그 점은 이누카이도 의견이 같았다. 일부러 '하멜른의 피리 부는 사나이' 그림엽서를 준비한 범인이다. 조심성 없이 지문을 남겼을 것 같지는 않았다.

"현장에는 SIT가 먼저 출동했다. 이번에는 후방 지원을 맡을 수도 있어."

SIT. 특수반(특수조사반)은 인질사건이나 유괴사건, 나아가 기업 협박 같은 사건을 전담하는 반이다. 아소 반과 마찬가지로 수사1과에 속하면서도 특수성이 두드러지는 반이며, 그 특수성 때문에 다른 반은 후방 지원에 배치되는 경우가 적지 않았다.

수사 주도권을 잡지 못하는 점은 다소 울화가 치밀지만, 경시청에 특수반이 설립된 계기가 요시노부 유괴사건*이

---

* 1963년 일본에서 발생한 유괴 살인사건.

라는 점을 생각하면 그들이 유괴사건을 진두지휘하는 것도 어쩔 수 없는 일이리라. 게다가 특수반 반장은 이누카이도 익히 아는 가가미다. 그 남자가 지휘봉을 잡는다면 실패하지 않을 터다.

"아무튼 현장으로 서둘러. 파출소 순경이 얼추 신문했다던데 목격자를 찾지 못해 애를 먹는다는군."

법락이 열리는 날이라 평소보다 많은 인파. 가뜩이나 좁은 보도.

행인이 많다고 해서 목격 증언이 더 정확해지는 것은 아니다. 인파가 몰릴수록 타인을 주의 깊게 보지 않게 되기도 한다. 더군다나 지리에 밝은 범인이 샛길을 이용했다면 사람들의 눈을 피하는 것도 별로 어렵지 않다.

"그래서 저는 누구와 한 조입니까?"

"여기 대령해 놨지."

대답하기 무섭게 아소가 구석을 향해 소리를 쳤다.

"아스카! 네 차례다."

자리에서 일어난 사람을 보고 이누카이는 조용히 낙담했다. 아니, 상대방이 더 낙담했을 것이다.

아스카는 마치 시비 걸린 야쿠자 같은 얼굴로 다가왔다.

"잘 부탁드립니다."

말투는 불퉁하지만 말하지 않는 것보다는 낫지? 라고 말하는 듯한 얼굴이었다.

다카치호 아스카 25세, 수사1과의 홍일점. 실력은 그럭저럭 봐줄 만한데 어째서인지 이누카이를 싫어한다. 면전에 대고 욕을 한 적은 없지만 복도에서 스쳐 지나갈 때마다 고개를 홱 돌린다. 수사 보고에서 부득이하게 이누카이를 마주칠 때마다 눈살을 찌푸리는 모습은 범죄자를 대하는 그것이었다.

이유는 알 수 없지만 그렇게나 싫어하니 이누카이도 껄끄러웠다. 그렇게 아스카는 파트너로 엮이고 싶지 않은 인간 리스트 상위를 차지했다.

"그럼 서둘러 움직이겠습니다."

아스카는 최소한의 말만 나눈 뒤 이누카이의 옆을 빠져나갔다. 미약하게나마 항의의 의미로 아소를 흘겨봤더니 상사는 입꼬리만 끌어올리며 빈정거리듯 빙글빙글 웃었다.

달갑지 않은 상대와의 콤비. 부하를 괴롭히는 새로운 방법이라면 작작 했으면 좋겠다.

이누카이는 머리를 긁으며 지하주차장으로 향했다.

스바루 임프레자 WRX에 함께 탄 뒤에도 한동안 두 사람 사이에 대화는 없었다. 껄끄러운 상대인 데다 여자이기까지 하다.

침묵이 희미한 독이 되어 가슴속에 고였다. 조수석에 앉은 아스카가 신경 쓰여 운전에 집중할 수 없었다.

숨이 몹시 막혀서 이누카이가 먼저 말문을 열었다.

"시작하기 전에 묻고 싶은 게 있어."

"뭐죠?"

"왜 날 싫어하지?"

대답이 없다.

"대답해."

"업무와는 관계없는 일입니다. 무엇보다 저는 이누카이 형사님을 싫어한다고 말한 적이 없는데요."

"얼굴이 싫다고 말하고 있어."

"호오. 형사님은 같은 남자의 생각을 꿰뚫어 본다고 소문이 자자하던데 여자도 해당되나 보죠?"

알고도 던지는 조롱이었다.

이누카이는 예전에 연기학원에서 연기 공부에 매진했던 시기가 있었다. 그 무렵에 표정 근육의 미세한 움직임이나 무의식중에 보이는 행동으로 상대의 거짓을 꿰뚫어 보는 기술을 배웠다. 이 기술은 형사로 직업을 바꾸고 나서 용의자의 거짓말을 간파하는 데 큰 도움이 됐다. 현재 경시청

내에서 검거율 1, 2등을 다투게 된 이유 중 하나도 이 기술 덕분이었다.

다만 문제도 있었다. 이 기술은 여자를 상대로는 전혀 통하지 않는다는 점이었다. 연기학원 시절, 배역을 따려고 온갖 남자들의 버릇을 끊임없이 관찰했다. 애당초 여자는 대상이 아니었다. 생각해 보면 그것이 원인인 듯했다. 여자의 마음에 무지한 이유는 하나 더 있었다. 학창 시절 남자답게 잘생겨서 굳이 애쓰지 않아도 여자들이 먼저 다가왔기 때문이다. 상대방이 알아서 다가오니 깊이 생각할 필요가 없었다. 상대방의 마음을 헤아리지 않고 헤어져도 금세 새 상대가 다가왔기에 반성과 학습의 기회도 없었다. 삼십 대 중반에 이혼 두 번이라는 불명예도 전부 여자의 심리를 이해하지 못하거나 이해하려고 하지 않은 태도 때문이었다. 그리하여 남자답고 잘생겼지만 여자의 마음은 전혀 모르는 '얼굴값 못하는 이누카이'라는 별명이 붙기에 이르렀다. 실제로 지금, 바로 옆에 아스카가 앉아 있지만 그 마음 한 조각조차 보이지 않았다.

"염려 안 하셔도 됩니다."

아스카는 억양 없는 목소리로 말했다.

"개인적인 감정을 일에 끌어들일 생각은 절대 없습니다.

무엇보다 이번 사건은 그런 걸 개입시킬 여지가 전혀 없으니까요."

"이번 사건이라고 특정하는 이유가 뭐지?"

"유괴사건이니까요."

평온했던 말투가 갑자기 흥분했다.

"아이를 유괴하다니 여자에게 최악의 범죄입니다."

"아버지에게도 마찬가지 아닌가."

아스카는 흥하고 콧방귀를 뀌었다.

"어머니에게 아이는 몸의 일부입니다. 아버지와는 상당히 다르죠. 게다가 이번 사건, 여자아이의 부모는 어머니뿐이고요."

"아버지는 어떻게 됐는데."

"여자아이가 초등학교에 입학하기 전에 사망했다더군요. 자세한 사정은 아직 못 들었습니다."

말도 못 붙이게 만드는 말투에 슬슬 짜증이 났지만 말투를 트집 잡는 취미는 없다. 다시 찾아온 침묵을 이번에는 다행스러워하며 이누카이는 쓰키시마 모녀의 집을 향해 액셀을 밟았다.

신사와 절이 모여 있는 우리소메카구라자카를 지나면 야

라이초가 나온다. 연락받은 바에 따르면 쓰키시마 모녀의 집은 아홉 동이나 있는 다이이치야라이하이츠 중 한 동이었다.

해당 동 바로 앞에는 눈에 익은 원 박스 카가 세워져 있었다. 듣지 않아도 특수반 차량이라는 사실을 알았다. 이누카이는 조금 떨어진 곳에 임프레자를 세우고 아무렇지 않은 기색으로 차에서 내렸다.

아파트 단지 창문에 색과 밝기가 저마다 다른 불빛이 켜졌고, 그 통일성 없는 광경이 몹시 쓸쓸해 보였다.

1층 우편함에서 '쓰키시마'라는 이름을 발견했다. 우선 군데군데 녹이 슬고 칠이 벗겨진 우편함에 위화감을 느꼈다. 혹시나 해서 우편함 입구로 안을 들여다봤지만 우편물 같은 것은 한 통도 없었다. 아마도 감식반이나 특수반에서 수거해간 뒤일 터다.

엘리베이터를 타고 8층으로 올라가 목적지인 805호 앞에 섰다. 문패에 '쓰키시마'라고 성만 표기한 이유는 여자들만 사는 집이라는 사실을 외부인에게 알리고 싶지 않아서일까.

초인종을 누르고 "이누카이입니다"라고 알리자 문이 활짝 열렸다. 이누카이와 아스카는 그 사이로 몸을 밀어 넣었다.

집 안으로 들어갔을 때의 느낌은 조금 전에 느낀 것과 같은 위화감이었다. 특수반 소속 수사관들은 예전부터 안면이 있는 나베시마와 나가세 두 사람뿐. 넋이 나간 듯한 중년 여성이 그 두 사람 사이에 끼다시피 있었다. 아마도 이 여성이 실종된 아이의 어머니이리라.

"경시청 수사1과 이누카이 하야토와 다카치호 아스카입니다."

"쓰키시마 아야코입니다. 신세를 지게 됐습니다……."

"그런 말씀 마십시오. 이게 저희 일입니다."

아야코는 금방이라도 꺼질 듯한 목소리를 쥐어 짜냈다. 초췌해 보이는 이유는 당연히 가구라자카의 가게들을 샅샅이 뒤진 탓만은 아니다.

이누카이는 시선만 움직여 실내를 둘러봤다. 역시 남자 식구가 없는 가정답게 주방용품, 인테리어, 소품까지 온통 여성스러운 디자인으로 꾸민 집이었다.

다만 하나같이 저렴한 물건들로, 노골적으로 표현하면 대부분 백엔 숍에서 균일가로 구매할 수 있는 물건들뿐이었다.

특수반 두 사람에게로 시선을 돌리니 이쪽도 멍하기는 마찬가지였다. 이누카이는 키가 큰 나가세에게 다가갔다.

이 남자와 마주 보면 눈높이가 같기에 오랫동안 대화를 나눠도 편했다.

"특수반 고작 두 명이라니 어떻게 된 일이야?"

"아직 인원을 투입하기에는 충분하지 않은 단계라는 뜻이야."

질문을 받은 나가세가 난감한 얼굴을 했다.

"일단 몸값이 목적인 유괴라고 판단하지 않았어."

방금 막 집 안을 관찰한 이누카이도 그렇게 생각했다.

쓰키시마 집안은 한부모 가정이며 값나가는 재산 같은 것은 눈에 띄지 않았다. 아야코가 몸에 걸치거나 입은 것, 사는 장소, 집의 모습 등에서 그 점을 엿볼 수 있었다. 이 가정에서 거액의 몸값을 빼앗는 일은 수영클럽 학생들에게 세계기록에 도전하라고 요구하는 것이나 마찬가지였다.

더욱이 몸값이 목적이 아니라면 범인에게서 돈을 요구하는 전화가 걸려올 가능성도 없다.

"그리고 영리 목적 등 탈취·유괴라면 이 또한 범인에게 연락이 올 가능성은 작아."

어머니 앞이기에 말을 얼버무렸지만, 영리 목적 등 탈취·유괴는 형법 225조에 규정된 '영리, 외설, 결혼 또는 생명이나 신체에 대한 가해 목적'이 있는 경우를 뜻한다. 그러한 목적이라면 당연히 범인은 연락하지 않는다.

“심지어 쓰키시마 모녀의 집에는 유선전화도 없어. 유괴된 가나에 양은 휴대폰을 어머니에게 맡기기까지 했고.”

가나에는 기억장애 환자이기에 어머니의 휴대폰 번호를 기억할 리 없다. 즉 범인이 지인이 아닌 한 아야코의 휴대폰으로 연락을 하는 일은 불가능하다는 결론이 나온다.

“범인이 어머니에게 접촉한다면 외출할 때를 노리거나 집 우편함에 문서를 넣거나. 그렇게 보는 게 타당하겠지.”

“그렇다면 1층 다세대 우편함과 이 집 앞에 CCTV를 설치했다는 말인가?”

“정답. 아까 네가 우편함을 들여다볼 때 이쪽에서도 그 바보 같은 얼굴이 그대로 보였어.”

컴퓨터 앞에 진을 치고 있던 나베시마가 우쭐거리며 화면을 손가락으로 가리켰다.

이누카이는 손짓으로 아스카를 불렀다.

“아야코 씨는 기진맥진했다. 다른 방에서 상태를 좀 지켜봐 주겠어?”

이누카이의 의도를 파악했으리라. 아스카는 아야코의 손을 잡아 이끌고 방으로 들어갔다.

그 모습을 확인한 이누카이는 나가세를 바라봤다.

"특수반은 유괴 목적이 뭐라고 추측해?"

"외설 목적, 혹은 당사자나 어머니에 대한 어떠한 복수."

"복수?"

"집을 보면 가계 상태가 훤히 보이잖아. 남은 선택지는 그것밖에 없겠지. 외동딸에게 해를 가하면 어머니에게 가장 큰 타격을 주게 돼. 예의 기묘한 그림엽서와 학생증 조합은 '네 딸을 분명히 유괴했다'라는 성명문이나 마찬가지이지."

이곳에 특수반 인력이 두 명만 파견된 이유가 이해가 됐다. 다음에 범인이 움직인다면 가나에에게 위해를 가한 뒤일 것이다. 그렇다면 집에 대기시키기보다 범인을 특정하고 추적하는 데 많은 인력을 배치하는 편이 훨씬 효율적이다.

"학생증과 그림엽서에 지문은 남아 있었어?"

"학생증에는 가나에 양과 어머니의 지문, 그림엽서에는 어머니의 지문만 남아 있었어."

역시 지문을 남기는 실수는 안 해 주는군.

"그 그림엽서를 입수한 경로를 추적할 수 있겠어?"

"어려운 부분이야. 그 엽서는 대기업의 문구 브랜드에서 2년 전에 제작한 '그림동화 시리즈' 중 하나야. 전국 문구

점은 물론 서점, 홈센터*, 편의점에 입고됐지. 최종 구매자를 특정하는 건 그야말로 모래사장에서 바늘 찾기나 마찬가지야."

"사건 현장에는 CCTV가 여러 대 설치되어 있었을 텐데?"

"타이밍이 나빴어."

나가세는 씁쓸한 얼굴을 했다.

"법락 때문에 행인이 많았거든. 가뜩이나 폭이 좁은 보도에 사람이 넘쳐나니 개개인을 특정하기 어렵지. 게다가 가나에 양은 키가 145센티미터야. 또래 아이들과 비교해도 10센티미터 정도 작지. 그런 아이가 사람들 틈에 끼어 있다고 생각해봐. 완전히 가려져서 카메라에 보이지 않는다고."

보행자 대부분이 법락 때문에 가구라자카를 찾았다면 다음 날에는 현장에 오지 않을 것이다. 오로지 현지 주민만이 조사 대상이 된다.

"가나에 양이 사라진 시각, 어머니와 파출소 순경이 일대 가게들을 샅샅이 뒤졌는데 목격자는 아무도 없었다더군. 수사 인력을 늘려도 새 증언을 얻을 수 없을지도 몰라."

"그런데 그런 엽서를 준비했을 정도니 계획적인 범행이

---

* 생활용품을 광범위하게 판매하는 매장.

었어. 범인이 현장을 사전 답사했을 가능성도 있어."

"그 점은 우리도 생각했지. 가나에 양은 몇 개월 전부터 이다바시에 있는 병원에 다니기 시작했어. 사전에 미행해서 경로를 파악했다고 해도 이상하지 않아."

그 가설이 맞는다면 범인은 수상쩍은 사람으로 현지 주민의 눈에 띄었을 터였다. 즉 조사의 주요 목적은 유괴된 가나에가 아니라 범인으로 지목될 인물을 밝혀내는 것이다.

"아야코 씨에게 범인에 대해 짐작 가는 게 있는지 물었어?"

"이 친구야, 우리도 조금 전에 도착해서 이제 막 기기를 설치한 참이야. 사정 청취는 이제 하려고."

"옆에서 같이 들어도 되지?"

"안 된다고 해도 어차피 눌러앉을 생각이잖아."

예전에 사건을 수사하려고 함께 합동 팀을 꾸렸던 적이 있는 나가세는 이누카이의 성격을 잘 알았다. 핀잔 반 포기 반의 말투가 그 증거였다.

이윽고 아야코가 아스카의 부축을 받으며 방에서 나왔다. 나가세가 즉시 사정 청취를 시작했다.

"아야코 씨. 따님을 찾기 위해 수사에 협조해 주시기 바랍니다."

"네……."

"우선 예전에 미행당한 적은 없습니까?"

"글쎄요……. 그런 적은 없어요. 제가 눈치채지 못했을 뿐일지도 모르지만."

"병원을 오갈 때 항상 같은 경로로 다녔습니까?"

"아뇨. 우시고메카구라자카에서 이다바시까지 지하철 오에도선을 이용할 때도 있었습니다. 하지만 오늘은 길에 사람이 많아 북적거리기에 아이가 기분전환을 했으면 해서……."

아야코는 갑자기 말끝을 흐렸다.

"제 생각이 짧았어요. 그 길을 지나지만 않았어도 가나에는 유괴되지 않았을 텐데……."

"자책하시면 안 돼요. 범행은 계획적이었습니다. 계획한 이상 설령 다른 길로 집에 돌아갔다고 해도 범인은 그에 맞춰 대처했을 겁니다."

"그랬을까요……."

"범인 말인데요, 어머님이나 가나에 양에게 원한을 품을 만한 인물로 짚이는 사람은 없습니까?"

"저나 가나에에게 원한을 품을 사람 말인가요……."

아야코는 잠시 생각에 잠겼다가 이윽고 천천히 고개를 저었다.

"죄송한데 떠오르는 사람이 없습니다. 가나에는 정말 상냥해서 다른 사람의 아픔을 자신의 아픔처럼 느낄 수 있는 아이예요. 제 자식이라 그래 보이는지 몰라도 가나에를 나쁘게 생각하는 사람은 없었습니다. 저도 남편이 세상을 떠나기 전까지는 집안일에만 전념하던 가정주부였고, 일을 나간 뒤에도 다른 사람과 다툰 적은 없어서……."

이누카이는 아야코의 증언을 그대로 전부 받아들이기 어려웠다.

열다섯 살쯤 되면 아이는 가정 외에도 자신이 있을 곳을 만든다. 그곳에서 보이는 얼굴은 집에서 보이는 얼굴과는 다르다. 결국 가나에의 반 친구들에게도 같은 질문을 해야 할 듯하다.

아야코의 증언을 예상했는지 나가세는 특별히 실망하는 기색도 없이 계속 질문했다.

"아야코 씨 휴대폰에 저장된 전화번호는 몇 개 정도 됩니까?"

휴대폰에 전화번호를 저장할 사이면 상대방도 아야코의 연락처를 알고 있다는 뜻이다.

"제 인간관계는 좁아서……. 글쎄요, 서른 개도 안 될 것 같아요."

"저장된 사람들을 나중에 알려 주실 수 있습니까?"

"네, 알겠습니다."

나가세는 일단 물어야 할 것은 물었는지 그쯤에서 질문을 멈췄다.

그러나 이누카에게는 아직 확인해야 할 사항이 남아 있었다.

"아야코 씨, 하나만 더 여쭤도 괜찮을까요?"

아야코는 이누카이를 향해 몸을 돌렸다. 나가세도 덩달아 의아한 얼굴로 바라봤다.

"가나에 양이 본인의 의지로 실종됐을 가능성은 없습니까? 그러니까 주위 사람을 걱정하거나 폐를 끼치고 싶지 않다는 이유로요."

아야코의 안색이 변한 것과 동시에 아스카가 옆에서 끼어들었다.

"형사님, 무슨 말씀을 하시는 거예요. 그럼 가나에 양이 가출이라도 했다는 말씀이십니까?"

"너한테 안 물었어. 나는 아야코 씨에게 물었다."

곧바로 아야코의 표정을 살폈다. 그러자 아야코는 눈도 깜빡이지 않고 이렇게 대답했다.

"정말로 상냥한 아이라서 제 눈치를 봤을 수도 있어요.

하지만 저는 가나에가 그런 그림엽서를 가지고 있는 모습을 한 번도 본 적이 없습니다. 그건 가나에의 물건이 아니에요."

3

다음 날, 이누카이는 데이토대학교 부속병원 병실을 찾았다. 침대에는 딸 사야카가 누워 있었다.

한 달에 한 번은 반드시 사야카의 병문안을 갈 수 있도록 일정을 조정하고 있다. 설령 사야카가 면회를 거부하더라도 애를 쓰고 있다. 가정을 무너뜨린 일에 대한 최소한의 사죄로 스스로에게 부여한 규칙이었다.

처음에 사야카는 대화는커녕 얼굴조차 제대로 보려고 하지 않았다. 요즘에서야 드디어 대화를 나누게 됐지만 그래도 한 지붕 아래 살던 시절로 돌아간 것은 아니다. 피로 이어진 부녀지간이지만 두 사람 사이는 아직도 골이 깊다. 그

틈에 막혀 딸의 마음에 닿지 못하는 것이 분명 자신에게 내려진 형벌이리라 이누카이는 생각했다.

"요즘 몸은 좀 어때?"

그러자 사야카는 입술을 조금 삐죽였다.

"맨날 똑같아."

"응? 뭐가?"

"아빠는 올 때마다 제일 먼저 꺼내는 말이 맨날 그거라고."

한 달에 한 번밖에 오지 않는다며 은근히 돌려 비난하는 것인가. 아니면 딸의 상태를 충분히 파악하지 못한 무책임을 힐난하는 것인가. 어찌 됐든 끈질기게 물었다가는 서로 서먹서먹해질까 봐 두려워 더는 추궁하지 않았다.

지난달 바뀐 지 얼마 지나지 않은 주치의에게 들은 바로는 아직 신장 이식 공여자를 찾고 있으며 인공 투석도 꾸준히 하고 있다고 했다. 최근에는 인공 투석 기기에도 온라인 HDF*를 도입해서 투석 효율이 높아졌지만 주삿바늘을 찌를 때의 고통과 만성적인 신체 무력감은 개선되지 않아 사야카는 여전히 고통스러워했다.

---

* 온라인 혈액투석여과. 투석액과 투석용수로 보충액을 실시간으로 생성해 혈액을 직접 투여하는 방식.

그러나 그 사실을 얼굴을 보고 입 밖으로 꺼내기는 꺼려졌다. 이누카이가 아무리 마음 아파해도 실제로 몸이 아픈 사람은 오로지 사야카뿐이다. 말뿐인 위로가 얼마나 무의미한지는 고통을 감내하는 장기 투병자만이 안다.

"그런데 요즘엔 휴게실도 가."

이누카이의 마음을 읽었는지 사야카는 근황을 보고했다. 여전히 눈치가 빠르다. 그리고 상대가 여자라면 딸의 마음조차 읽지 못하는 이누카이도 여전했다.

"그래? 휴게실에서 뭘 하는데?"

"스마트폰으로 친구들과 연락도 하고 인터넷 검색도 하고. 그런데 제한 시간이 20분뿐이야."

20분뿐이라는 제약에 아쉬움이 배어났다. 요즘 젊은 사람들은 휴대폰이 없으면 잠시도 견디지를 못한다. 걸어가면서도 휴대폰 화면에서 눈을 떼지 않는다. 사야카처럼 하루에 20분만 사용하도록 제재를 받으면 대부분 실망한 나머지 어깨가 축 처질 것이다.

"있잖아, 아빠."

"응?"

"가나에 사건 아빠가 맡았어?"

이누카이는 몹시 놀라 딸의 얼굴을 다시 쳐다봤다.

가나에 유괴사건은 오늘 아침에 막 보도됐다. 영리 목적 유괴라고 단정할 수 없고 범인에게 연락이 오지 않으니 보도 협정*을 맺을 필요는 없다고 수사본부가 판단한 결과였다. 하지만 그 사건이 아소 반에 배당된 점과 이누카이가 맡고 있다는 것은 언론조차 모르는 사실이었다.

"그걸 네가 어떻게 알아?!"

"아. 역시 그랬구나."

사야카가 손뼉을 짝 치는 모습을 보고 이누카이는 아차 싶었다. 아무래도 보기 좋게 낚인 듯했다.

"일어난 지 얼마 안 된 사건인 데다 아빠 이름이나 얼굴은 어디에도 나오지 않았을 텐데. 그런데 어떻게 네가……."

"가나에가 행방불명된 건 진작 인터넷 뉴스에 나왔어. 경시청 관할에 어려워 보이는 사건이라서 혹시 아빠가 맡지 않았을까 했지."

"그 사건에 특별히 관심이 있니?"

"가나에와 가나에 엄마 이야기는 전부터 블로그에서 읽

---

* 특정 사건의 취재 및 보도 방식을 규제하도록 각 언론기관 사이에 체결하는 협정. 보통 사건 보도로 생명 위협이나 인권 침해가 우려될 만한 경우 체결된다.

었으니까."

"블로그라니?"

그 어머니, 블로그 글 같은 것을 쓰고 있었나.

그 사실을 왜 경찰에 말하지 않았지. 그것이 범인이 접촉하게 된 채널일 수도 있는데.

"화내지 마, 아빠."

또다시 아빠의 표정을 읽은 듯했다. 사야카가 당황한 듯 말을 덧붙였다.

"그 블로그는 가나에와 그 어머니의 투병 기록을 올리는 곳이야. 그런데 가나에가 유괴됐다는 사실이 이미 뉴스로 나가는 바람에 지금은 작은 정보라도 얼씨구 하면서 기사화하고 있어."

"호기심 때문에 그 블로그에 들어가 봤니?"

"나 예전부터 그 블로그 독자였어."

"왜?"

"나도 비슷한 처지니까."

흠칫 놀랐다. 사야카와 가나에는 한 살 차이다. 희망이 보이지 않는 병에 맞서 모녀가 고군분투하는 모습이 사야카의 상황과 완전히 같았다.

"블로그는 5개월쯤 전에 개설됐어. 가나에에게 기억장애 증상이 나타나기 시작하면서 어떤 식으로 기억을 잃어 가는지를 세세하게 적었어. 읽다 보면 막 눈물이 나. 오늘은 같은 반 아이의 이름을 잊었다. 이번에는 TV에 나오는 연예인을 잊었다. 그리고 엄마도 잊어버렸다……. 그래도 그 엄마는 조금도 좌절하지 않아. 블로그를 읽을 때마다 나도 병에 지지 말아야겠다는 생각이 들었어."

사야카의 말이 열기를 띠었다. 이누카이가 오랜만에 듣는 딸의 숨김 없는 마음이었다.

"아침부터 블로그 방문자 수가 어마어마하더라고. 댓글도 걱정과 응원하는 내용으로 가득하고. 다들 가나에를 걱정하고 있어. 하루라도 빨리 엄마 품으로 돌아오길 바라고 있어."

현실 세계에서는 어떻든 인터넷 세계에서는 상당한 유명인이었나 보다.

"진짜 끔찍하지 않아? 유괴만으로도 용서할 수 없는데 하필이면 기억장애 환자인 가나에를 노리다니. 그건 말도 못 하는 갓난아기를 유괴하는 짓이나 마찬가지잖아. 범인의 얼굴을 보고 목소리를 들어도 금방 잊어버리니까 증거도 남지 않고. 범인은 분명 그 점을 노렸을 거야."

범인에게 분노한 말투는 아스카의 그것과 매우 비슷했

다. 이번 사건의 범인은 여성들에게 몹시 반감을 일으키는 듯했다.

"아빠도 한번 블로그 글을 읽어 보면 좋을 것 같아. 엄마의 심정이나 기억장애의 원인이 세세하게 적혀 있거든."

"그래."

말할 것도 없다. 보지 말라고 해도 봐야 한다.

이로써 수사에 큰 진전이 있을 것이다. 어머니 아야코는 범인에 대해 짐작되는 바가 없다고 증언했다. 하지만 만약 범인이 블로그 독자인 경우, 그 사실에서 동기를 찾을 수 있을지도 모른다. 댓글을 달아온 독자 중에 범인이 섞여 있을 가능성도 있다.

아니, 그뿐만이 아니다. 범인이 블로그를 이용해 아야코에게 접근하려고 계획했을 때 남긴 IP 주소로 범인의 정체를 추적할 수도 있지 않은가.

갑자기 열린 길에 흥분하다가 자신을 바라보는 사야카와 눈이 마주쳤다.

"아빠, 제발."

날카롭게 주시하는 사야카의 시선에 이누카이는 꼼짝할 수 없었다.

"꼭 가나에를 무사히 구출해 줘."

"평소대로 전력을 다할 거야."

"전력을 다하기만 해서는 안 돼."

사야카의 말은 가차 없었다.

"나중에 블로그를 보면 알겠지만 가나에와 엄마는 병마와 싸우는 사람들의 희망이야. 만약 가나에에게 무슨 일이라도 생기면 모두가 절망할 거야."

무리한 요구라며 웃어넘기는 것은 간단했다.

그러나 무리한 요구를 할 만큼 신뢰를 받고 있다고 생각하니 그 부탁을 거절할 수 없었다. 그 바람을 이루어 주는 일 또한 보답 중 하나라는 생각이 들었다.

이누카이는 말없이 고개를 끄덕일 수밖에 없었다.

병실을 나온 이누카이는 곧바로 휴대폰 통화 가능 구역으로 이동해 아소에게 전화를 걸었다.

—딸 병문안 중에 전화를 한 걸 보니 급한 일인가 보군.

"반장님. 피해 소녀의 어머니가 블로그를 운영하고 있습니다. 범인이 그 블로그로 모녀의 존재를 알았을 가능성이 있습니다."

—뭐라고? 그 어머니는 그런 말 한마디도 안 했잖아.

"요즘 세상에 트위터나 블로그 같은 걸 하는 건 지극히 평범한 일이니까요. 본인이 올린 글이나 사진이 전 세계에 공개된다는 사실을 자각하고 있는 사람만 있는 건 아니에요."

—아아, 그건 나도 그렇게 생각해. 자신의 범죄 행위까지 신나서 올리는 바보들이 한트럭이니까.

사정 청취 당시 아야코는 보통 사람들처럼 신중한 성격이라고 느꼈다. 그런데 딸의 투병 생활을 블로그에 공개해왔다니 이해되지 않았다. 블로그를 사적인 일기라고 착각하는 사람이 많은데 블로그는 개인정보와 사상을 전 세계에 무분별하게 흘리는 매개다. 어느 누가 악의를 품고 나쁜 짓에 이용할지 알 수 없다.

"아무튼 특수반에도 이 사실을 전해 주세요. 쓸 만한 정보입니다."

마지막 말을 들은 아소도 이해한 듯했다. 오랜 시간 합을 맞춰온 효과가 이러한 상황에 톡톡히 나타나니 기꺼웠다.

—그렇겠지. 알았어. 전해 두지.

통화를 끝낸 이누카이는 주차장으로 향하며 휴대폰으로 인터넷 검색을 시작했다. 검색어는 '투병일기 기억장애'.

해당 블로그는 금세 찾았다. '가나에와 나의 365일'. 프로필에는 놀랍게도 본명인 '쓰키시마 아야코'가 적혀 있었다.

어리석은 어머니다, 라고 속으로 힐책했다. 블로그 내용을 분석해 이름과 대조하면 주소를 얼추 알아낼 수 있다. 투병 과정 기록에 통원 일자를 적으면 이 또한 범인이 다음 통원 일자를 예측할 빌미가 된다. 즉 블로그 글을 계속 읽으면 통원하는 날을 노려 모녀를 미행할 수 있다는 뜻이다.

차 안에서 마음을 진정시키고 블로그를 읽기 시작한 이누카이는 어느새 글 속으로 빨려 들어갔다.

단순한 투병일기가 아니었다.

그것은 고발문이기도 했다.

야라이초에 있는 쓰키시마의 집에 도착하자 나가세, 나베시마 콤비와 아스카가 먼저 도착해 기다리고 있었다. 나가세는 거실로 들어온 이누카이를 보자 순간 민망한 표정을 지었다.

"설마 아야코 씨가 그런 블로그를 썼을 줄이야. 초동수사에서 놓친 부분이 있었다는 점을 부인할 수 없군."

이누카이가 나가세에게 부담 없이 이야기할 수 있는 이유는 자신의 실수를 인정하는 미덕이 있기 때문이다. 수사 분야의 엘리트 집단인 특수반에서 나가세처럼 겸손한 남자는 귀한 존재였다.

"네가 맡은 일이잖아. 놓쳤어도 금방 수습했겠지?"

"사이버 범죄 대책과에는 이미 이야기를 해놨어. 블로그에 달린 댓글 중에 이거다 싶은 사람의 IP 주소를 추적하게 했어."

"그런데 댓글 수가 엄청나잖아."

컴퓨터에 매달려 있던 나베시마가 투덜댔다.

"독자 수가 꽤 많은 블로그야. 유괴사건이 일어나기 전에도 접속자 수가 2천 명 정도 됐어. 사건이 보도된 후에는 순식간에 5천 명이 넘었고."

"접속자만 5천 명이라고?"

"댓글은 3천 5백 개."

3천 5백 개. 만약 그 속에 범인이 섞여 있다 하더라도 찾아내려면 상당한 시간이 걸릴 것이다.

그때 아야코가 들어왔다. 블로그 때문에 나가세와 수사관들에게 한소리 들었는지 기운 없이 고개를 숙이고 있었다.

"저……, 여러모로 폐를 끼친 것 같아 죄송합니다."

"폐라니 그런 말씀 마세요."

아스카가 재빨리 옹호하고 나섰다.

"악의를 가지고 블로그를 쓰신 게 아니니까요. 저도 블로그를 읽어봤는데 같은 여자로서 정말 용기가 나는 내용이었습니다. 조회수가 늘어난 이유도 사건을 향한 관심보다 그 내용이 마음을 울렸기 때문이라고 생각해요."

이 열의에 찬 말은 진심에서 우러나오는 것일까, 아니면 겉치레일까. 여자의 마음을 읽지 못하는 이누카이는 판단할 수 없지만 아야코의 블로그에 적힌 내용이 여성들의 마음을 폭넓게 사로잡는다는 점은 동의할 수 있었다. 아니, 그 내용이라면 남녀노소를 가리지 않고 독자들을 사로잡을 수 있으리라.

제목 '가나에와 나의 365일'에 거짓은 없다. 가나에가 기억장애를 앓기 시작하고 증상이 심각해지면서 점점 사라지는 기억과 인연들, 그에 맞서 필사적으로 딸을 되돌리려고 하는 아야코가 고군분투하는 모습을 냉정한 필치로 풀어냈다. 모녀의 투병일기로 충분히 읽을 가치가 있었다.

그러나 블로그가 개설되고 얼마 지나지 않아 일기는 돌연 범인 찾기와 고발의 양상을 띠기 시작했다.

가나에의 증상은 여러 의사가 진찰해도 원인을 정확하게 파악하지 못했다. 아야코는 가나에와 비슷한 증상을 보이는 환자가 또 있는지 인터넷과 입소문을 활용해 열심히 찾아 헤맸다. 그렇게 다다른 곳은 '전국 자궁경부암 백신 피해자 대책 모임' 홈페이지였다.

자궁경부암 대부분은 인유두종 바이러스에 장기 감염되어 발생한다. 전 세계에서 연간 약 53만 명, 일본에서는 약 만 명 발생한다. 이 병을 예방하기 위해 자궁경부암 백신을 맞는데, 일본 내에서도 여러 회사에서 판매한다. 예방 접종은 세 번, 비용은 총 4만 엔에서 5만 엔으로 비싼 탓에 초반에는 널리 보급되지 않았다.

예방 접종은 후생노동성의 후원으로 폭발적으로 증가했다. 후생노동성이 2010년부터 백신 접종 긴급 촉진 사업을 실시하며 자궁경부암 백신을 포함한 해당 백신 접종 사업에 보조금을 지급한 것이다.

보조금을 지원하는 이 접종 사업에 각 지방자치단체가 달려들었다. 접종 대상자인 초등학교 6학년부터 고등학교 1학년 여학생은 무료 또는 저가로 접종할 수 있게 됐다. 2013년 4월부터는 예방접종법에 근거해 정기접종으로 운영되고 있다.

그러나 이 백신을 접종한 소녀들에게서 발열이나 아나필락시스 쇼크 등 증상이 나타나기 시작했다. 그 수는 2013년 3월까지 약 1천 2백 건. 그중 백여 건은 장애와 같은 중증 후유증이 남았다. 그리고 2013년 3월에 피해 소녀의 보호자들이 모여 '전국 자궁경부암 백신 피해자 대책 모임'을 결성했다.

"가나에의 기억장애도 짐작이 가는 원인은 그것밖에 없었어요."

아야코는 이누카이와 수사관들을 앞에 두고 말하기 시작했다.

"작년 4월에 구에 있는 보건소에서 안내를 받았어요. 자궁경부암 백신 정기접종, 고등학교 1학년까지 학생들은 반드시 접종을 받으라고 적혀 있었죠. 우리는 한부모 가정이라 국가 보조금으로 접종할 수 있다는 점은 감사했습니다. 접종을 하고 나서는 어떤 약도 투여하지 않았는데 그로부터 다섯 달 후에 기억장애 증상이 나타나기 시작했어요."

"의사와 상담은 해보셨습니까?"

아스카가 반쯤 화가 난 말투로 물었다.

"물론 증상이 나타나자마자 즉시 진찰을 받았죠. 일곱 군데나 돌았어요. 하지만 어떤 의사 선생님이든 스트레스가 원인인 것 같다고 했어요. 어떤 신경내과 의사는 꾀병 아니냐고 하더군요."

"저런……."

"당신이 백신 탓이라며 소란을 피우니까 괜히 낫지 않는 거라고도 했습니다. 전국에서 많은 사람이 피해를 호소하는데 제약회사는 인과관계를 인정하지 않아요. 촉진 사업을 추진한 후생노동성도 지자체가 접종을 적극적으로 권유하는 건 중단시켰지만, 정기접종은 유지하고 있고요."

이는 이누카이도 길을 걷다가 확인한 적 있다. 올해 1월, 후생노동성의 예방접종·백신 분과회 부작용 검토부회와 약사 · 식품위생심의회 의약품 등 안전 대책부회 안전대책 조사회가 합동회의를 열어 백신 접종 후 발생한 다양한 장애에 대해 '심신증으로 발생한 증상이 만성화된 것으로 판단한다'고 결론지었다.

하지만 이누카이는 그 결론에 정치적 판단이 짙게 개입한 것은 아닐까 의심했다. 그 이유는 백신 제조원인 제약회사가 TPP(환태평양경제동반자협정) 추진 기업에 이름을 올렸기 때문이다. TPP를 추진하는 정부로서는 추진 기업이 백신 피해 소송에 휘말리는 꼴을 보고만 있을 수는 없었을 것이다. 현재 상황을 모르쇠로 일관하기로 판단한 것도 당연하리라.

"예방 접종 안내를 한 보건소에도 가봤지만 전혀 상대해 주지 않더라고요."

아스카는 아무런 말도 하지 않은 채 그저 입을 굳게 다물고 있었다.

보건소의 태도는 분명 냉정했지만 관공서로서의 대응으로는 적합했다. 후생노동성이 추진하는 사업에 이의를 제기하는 지자체는 드물고 애당초 인과관계가 입증되지 않은 부작용 피해 호소에 진지하게 대응할 리 없다.

“하지만 그런 나날을 블로그에 올리자 전국에서 응원 메일이 오고, 비슷한 피해를 당한 사람들에게 연락도 받았습니다. 개중에는 자식을 잃은 의사분도 계셨는데 가나에의 상태를 몹시 걱정하셨어요. 그게 저한테는 무엇보다 큰 버팀목이 됐습니다. 그래서 블로그를 계속했어요.”

블로그를 개설한 동기와 경위는 공감한다. 사야카가 병상에 누운 몸이기에 더욱 그렇게 느끼는 것일지도 모르지만, 정체 모를 사이비 인권 단체가 벌이는 시민운동 같은 수상쩍은 낌새도 없고 아야코의 진지한 생각이 글에서 느껴지기도 했다.

하지만 진지한 생각일수록 악용되기 쉽다. 이누카이는 아야코에게 이는 동정을 차단한 뒤 다시 형사로 되돌아갔다.

“그러다가 제가 총괄 역할을 맡아 백신 피해 집단 소송을 검토하게 됐습니다. 피해 대책 모임에서도 연대해 주시겠다는 이야기가 있었어요. 그러자 또 블로그 방문자가 늘어

나더군요. 역시 아직 살 만한 세상이에요."

"그중에 아야코 씨나 가나에 양을 헐뜯는 댓글은 없었습니까?"

"글쎄요……. 요즘은 댓글이 하도 많이 달려서 죄송하게도 하나하나 전부 훑어볼 수 없어서요. 저기, 혹시 블로그가 수사에 방해가 된다면 사건이 해결될 때까지는 활동을 멈추도록……."

"아뇨, 그러실 필요는 없습니다."

이누카이가 대답하자 나머지 세 형사가 가자미눈을 했다.

"이누카이, 그게 무슨 말이야."

이누카이는 안색이 변한 나가세를 손으로 저지하며 말을 이었다.

"저희는 오히려 블로그를 계속해 주십사 부탁드리려고 합니다. 게다가 가능하면 매일 새 글을 올리시면 좋겠습니다."

"그래도…… 괜찮나요? 지금은 가나에가 없어서 형사님들께 받는 정보밖에 쓰지 못해 난감하기는 한데요."

"한 가지 부탁드리겠습니다. 블로그에 새 글을 올리기 직전에 저희가 그 내용을 확인하고 싶습니다. 수사상 기밀인 사항도 있으니까요."

그러자 나가세와 나베시마는 이해한 얼굴로 고개를 끄덕

였다. 그러나 아스카는 비난의 눈초리로 이누카이를 쏘아봤다.

"네, 저는 상관없습니다. 어쨌든 조금이라도 가나에의 행방을 찾을 단서를 얻고 싶으니까요……. 어머, 죄송합니다. 차를 대접해야 했는데 내 정신 좀 봐. 잠깐만 기다리세요."

아야코는 그렇게 말하더니 부엌으로 사라졌다. 그 순간 아스카가 이누카이에게 따지듯 물었다.

"미끼로 이용하려는 건가요? 저 사람을?"

"그래. 이번 사건의 범인은 블로그로 쓰키시마 모녀의 존재를 알았을 가능성이 커. 나도 블로그를 읽어봤는데 블로그 내용을 세밀하게 분석하면 모녀의 행동 패턴을 예측할 수 있어. 게다가 목표가 기억장애 환자니까 접근해도 증언할 수 없지. 모녀와 무관한 제삼자라도 쉽게 노릴 수 있어."

"하지만."

"몸값을 요구하든 어머니에게 연락하든 직접 접근하거나 전화를 걸기보다 블로그를 이용하는 편이 훨씬 안전하지. 연락할 생각이 없어도 블로그를 훔쳐보면 이쪽 상황을 어느 정도 파악할 수 있어. 금상첨화잖아. 내가 범인이라면 반드시 블로그를 살필 거야. 그렇다면 블로그를 역으로 이용해서 범인을 꾀는 것도 하나의 방법이지. 물론 인질의 안전이 가장 중요하지만 범인과의 귀중한 연결고리를 굳이 방치할 필요는 없잖아. 아니면 범인을 밝혀낼 다른 방법이라도 있나?"

이누카이의 논리가 타당하다는 사실을 깨달았는지 아스카는 분한 기색을 감추지 못하고 입을 다물었다.

나가세와 나베시마는 서로 눈짓을 한 뒤 컴퓨터 앞에 자리 잡았다. 작은 소리로 범인의 흥미를 끌 만한 가짜 게시글을 의논하는 듯했다.

나머지는 나가세 콤비에게 맡기면 된다. 그렇게 판단하고 아스카에게 "가지"라고 말했다. 아직 다른 일이 이누카이를 기다리고 있었다.

"형사님의 검거율이 월등히 높은 이유를 이제야 알겠네요."

아스카는 빈정거리는 말투를 숨기려고 하지 않았다.

"남자의 마음을 꿰뚫어 보는 특기뿐 아니라 피해자 가족까지도 태연하게 도구로 쓸 수 있기 때문인 것 같네요."

가시 돋친 말투에 슬슬 짜증이 치민 이누카이가 반격에 나섰다.

"검거율이 그렇게나 신경 쓰이면 너도 그렇게 하면 돼. 수사에 개인적인 감정을 끌어들이지 않겠다고 한 사람은 너였을 텐데?"

"딱히 검거율을 신경 쓰는 게 아닙니다."

"그럼 형사 따위 때려치워."

드물게 날이 선 말에 나가세가 깜짝 놀라 뒤를 돌아봤다.

"같은 공무원이라도 빈둥빈둥 시키는 일만 하면서 월급 받아 먹는 인간들과는 사정이 달라. 직함, 두뇌, 성격 죄다 상관없어. 검거한 범인의 수로 평가받는 게 형사다. 범인을 잡을 수 있다면 수단을 가리지 않아. 그게 잘못됐다고 생각하면 인사고과에 검거율 말고 다른 요소를 중시해 달라고 형사부장 같은 사람한테 직접 건의하든가."

입 밖으로 꺼내고 나서야 말이 지나쳤다는 생각이 들었다. 뒤를 힐끗 보자 아스카가 분노 가득한 얼굴로 따라오고 있었다.

여자를 상대로는 왜 재치 있게 말하지 못할까. 이누카이는 곰살궂지 않은 자신에 절망하는 한편 이번 사건 파트너로 아스카를 지명한 아소를 저주했다.

"이런, 벌써 가시게요?"

마침 쟁반을 든 아야코와 마주쳤다.

"죄송합니다. 저희는 원래 별동대라서요. 그보다 여쭙고 싶은 게 있습니다."

"뭔가요?"

"아까 말씀하셨던 자식을 잃었다는 의사 말이에요. 그 의사의 연락처를 아십니까?"

4

아야코가 블로그를 운영하면서 알게 된 무라모토 다카시라는 의사는 네즈 신사 근처에 소아과를 개업한 인물이었다.

다이토구 야나카 2번가. 이 지역은 야나카, 네즈, 센다끼리 묶어 일명 '야네센'이라고 부른다. 지진이나 공습의 피해를 받지 않아 대규모 개발을 하지 않은 덕분에 오래된 거리가 지금도 옛날 모습 그대로 남아 있다.

목적지로 이동하던 중, 조수석에 앉아 있던 아스카가 의문을 제기했다.

"왜 그 무라모토라는 의사를 탐문하죠? 그냥 아야코 씨의 블로그를 옹호하는 사람일 뿐이잖아요."

"아야코 씨의 적을 알고 싶어서."

"적이요?"

"그 사람은 딸을 위하는 순수한 마음에서 블로그에 글을 올리는 걸지도 몰라. 하지만 결과적으로는 제약회사를 고발하는 운동으로 번졌잖아. 그런 운동에는 반드시 반대세력이 존재하지."

"그 반대세력이 가나에 양을 유괴했다는 말입니까?"

"아직 몸값을 요구하지 않았어. 애당초 그 집은 막대한 몸값을 낼 형편도 안 되고. 돈이 목적이 아니라면 그밖에 추측할 수 있는 목적은 가해 또는 음란행위지. 하지만 애 어머니가 사회 고발을 한 인물이라면 또 다른 동기가 떠오르잖아."

"고발 저지……."

"현재 쓰키시마 모녀에게 밀려드는 건 동정과 걱정이야. 자궁경부암 백신에 대한 비판은 조용하지. 만약 범인이 딸을 인질로 잡고 제약회사를 향한 비난을 멈추라고 요구하면 그 어머니가 거절할 수 있을 것 같아?"

"하지만 겨우 그런 이유로 유괴한다니. 수지가 안 맞잖아요."

"그래? 업계와 자신, 기득 권익을 지킬 수 있어. 그것을 위해서라면 여자아이 한 명 유괴 감금하는 것쯤이야 일도 아니라고 생각하는 사람은 세상에 널렸다고."

"의료계 종사자라도, 말입니까?"

"직업으로 사람을 판단하지 마. 의사 중에도 형편없는 인간은 있어. 그런 걸 바로 편견이라고 하지."

아스카가 다시 비난의 눈초리로 쳐다봤다. 형사 중에도 형편없는 인간이 있다고 말하고 싶은 눈빛 같았다.

"아야코 씨 의견에 공감했다면 분명 자궁경부암 백신 접종을 부정적으로 생각하는 의사겠지. 후생노동성과 제약회사가 꽉 잡고 있는 세계에서 소수파일 거야."

"그래서요?"

"목소리가 작은 사람들은 종종 신중해. 그리고 신중한 사람은 자신들의 적을 속속들이 알고 있어."

시노바즈 거리에서 뒷골목으로 두 블록 더 들어가자 그 의원이 금방 나타났다. '무라모토 소아과 의원' 간판이 걸린 단층구조의 아담한 건물로 주변 풍경과 잘 어울렸다. 안쪽으로 보이는 별채는 아마도 주거공간이리라.

안으로 들어가니 소독약이 섞인 희미한 우유 냄새가 코를 찔렀다. 소아과 특유의 냄새다. 진료실 쪽에서는 아이

울음소리가 쩌렁쩌렁하게 울렸다.

"아파! 싫어! 하지 마!"

그러고 보니 수사 목적으로 소아과를 방문한 적은 없다. 사야카가 여덟 살이었던 무렵에 찾았던 소아과가 마지막이었다는 기억을 떠올린 이누카이는 잠시 뭉클했다.

접수처에 방문 목적을 알렸다. 미리 연락은 했으나 진료가 끝날 때까지 기다려야 한다고 했다. 어쩔 수 없이 대기실에 놓인 긴 의자에 앉았는데, 아스카가 이누카이와 거리를 두고 앉았다. 노골적으로 싫어하는 티를 내니 차라리 속이 시원하다.

"오래 기다리셨습니다."

두 사람 앞으로 다가온 사람은 삼십 대 후반으로 보이는 덩치가 작은 남자였다. 유행이 지난 검은 뿔테안경을 꼈고 말수가 적어 보였다. 이런 사람이라면 어린이 환자가 무서워하지 않을 듯하다.

"무라모토입니다. 우리 병원에는 응접실이 없어서 진료실에서 말씀을 나눠야 할 것 같은데……."

"괜찮습니다. 가시죠."

조금 전 아이의 울음소리로 진료실의 방음 상태는 확인했다. 어지간히 크게 소리를 지르지 않는 한, 안에서 나누는 대화는 비밀이 보장될 듯했다. 은밀한 이야기를 나누기에는 안성맞춤이었다.

처음 들어가 보는 진료실임에도 기시감을 느꼈다. 아이의 관심을 끌기 위한 인형과 TV 애니메이션 포스터. 사야카를 데리고 들어갔던 진료실도 비슷한 분위기였다.

"쓰키시마 아야코 씨 때문에 오신 거죠? 아야코 씨와는 블로그에서만 이야기를 나눴을 뿐 실제로 뵌 적은 없는데, 그런 제 이야기가 도움이 되겠습니까?"

"선생님도 자식을 잃으셨다고 들었습니다."

"딸이요. 살아 있었으면 가나에 양과 동갑이었겠군요. 아야코 씨에게 들어 아시겠지만 제 딸도 넓은 의미에서 자궁경부암 백신 희생자였습니다."

"그런 걸 백신 부작용이라고 한다더군요. 하지만 백신 부작용으로 사망자가 나왔다는 이야기는 처음 듣습니다."

"직접 사인이 부작용이 아니니까요. 미사키는……, 딸은 백신 접종 후 사지 기능 장애를 겪었습니다. 테니스부에서 활약하던 아이였는데 안타까운 일이었죠."

무라모토의 말에 따르면 미사키는 사지에 통증을 느꼈지만 동아리 활동을 쉬고 싶지 않아 했다고 한다. 그래서 무리해서 등교했다가 육교 계단을 내려오던 중 발을 헛디뎌

도로까지 굴러떨어졌다고 한다.

“그때 기능 장애를 일으켜서 발을 헛디뎠습니다. 틀림없습니다. 하지만 발을 헛디뎠다는 사실과 백신과의 인과관계를 입증할 수 없었습니다. 미사키의 사망진단서에는 뇌좌상이 직접 사인으로 기재됐죠.”

“아내분께서도 상심이 크셨겠습니다.”

“집사람은 미사키를 낳고 얼마 지나지 않아 세상을 떠났습니다.”

담담한 말이 가슴을 울렸다. 그래도 이누카이는 계속 질문했다.

“쓰키시마 가나에 양이 실종된 사건은 알고 계시죠?”

“네. 뉴스를 보고 서둘러 아야코 씨에게 댓글을 남겼습니다. 제가 할 수 있는 일이라고 해봤자 그 정도……, 아!”

무라모토는 소스라치게 놀라며 이누카이의 얼굴을 바라봤다.

“설마 제가 용의자로 지목된 겁니까?”

“아뇨, 아뇨. 그렇지 않습니다. 아야코 씨를 적대시하는 인물에 관해 여쭙고 싶어서 방문했습니다.”

“적이라니요?”

“좀 더 정확하게 말하면 쓰키시마 아야코 씨에게 앙심을 품을 만한 자, 또는 아야코 씨의 사회적 활동을 방해하려는 자입니다."

그렇게 말하자 무라모토는 입을 오므리며 고개를 끄덕였다.

"그러니까 아야코 씨의 자궁경부암 백신 피해 운동에 반대하는 세력, 을 말씀하십니까? 그런데 그런 이유로 아이를 유괴하는 건 리스크가 너무 큰 것 같은데요."

아스카가 바로 옆에서 고개를 살짝 끄덕였다.

"다행인지 불행인지 가나에 양은 기억장애 환자니까 범인은 얼굴을 보여도 상관없죠. 살해할 필요도 없습니다. 적당한 때를 봐서 풀어 줘도 단서는 남지 않죠. 정말 이보다 좋을 수 없는 완전범죄입니다."

이누카이는 상체를 슥 내밀었다.

"만약 완전범죄가 보장된 상황이라면 악의를 품은 자가 쉽게 범죄를 저지를 법하다고 생각하지 않으십니까?"

순간 무라모토와 아스카의 눈빛이 변했다.

"아시겠습니까? 가나에 양은 인질로는 더할 나위 없이 이상적인 존재입니다. 제가 리스크를 무시하는 이유를 이해하시겠죠?"

"확실히…… 보는 사람이 아무도 없으면 떨어진 돈을 주머니에 슬쩍 주워 담는 사람도 많겠죠."

"그래서 아까 질문으로 돌아가겠습니다. 현재 쓰키시마 아야코 씨의 활동을 막고 싶어 하는 단체나 개인이 있습니까?"

아스카는 반신반의하는 모습으로 무라모토의 입을 응시했다. 설마 그럴 리 없다는 눈빛이었다.

잠시 생각에 잠겨 있던 무라모토가 서서히 입을 열었다.

"몇 년인가 전에 일어난 약해 에이즈 사건*을 기억하십니까?"

"네."

"그 사건도 최초 피해 보고는 몇 명 안됐어요. 물론 제대로 된 대책모임 같은 조직도 없었죠. 그런데 피해 사례가 날이 갈수록 늘어나고 마침내 연관 관계를 찾아내 원고단을 모집해 소송을 진행하게 됐습니다."

이후 상황은 누구나 기억한다. 비가열성 치료제를 제조하고 판매한 당시 미도리주지(현 다나베미쓰비시제약)와 화학 및 혈청 요법 연구소, 수입 판매하던 백스터와 일본장기제

---

* 1980년대에 일본에서 혈우병 환자들에게 HIV 바이러스에 오염된 비가열성 혈우병 치료제를 투여해 수많은 에이즈 감염 환자를 낳은 사건.

약, 바이엘야쿠힌, 그리고 비가열성 치료제를 승인한 후생노동성을 상대로 소송을 제기했다. 민사에서는 합의로 끝났지만, 형사에서는 미도리주지의 피고인 세 명은 실형, 관계자였던 후생노동성 관료는 유죄판결을 받았다.

"제약회사와 후생노동성과 의사. 이 삼각 구도의 유착은 어제오늘 일이 아닙니다. 그렇기에 그들이 또 약해 에이즈의 전철을 밟으리라 생각합니다. 그리고 그들이 할 수 있는 최선은 우선 피해자들의 목소리를 압살하는 일이겠죠."

무라모토의 온화한 얼굴이 조금 일그러졌다.

"약해 에이즈 사건 때, 최초 보고 사례를 철저히 묵살하고 피해자 한 사람 한 사람 확실하게 입막음해 두었다면 후생노동성과 제약회사, 의사를 둘러싼 소송전으로 번지지는 않았을 것이다……. 일부 관계자는 여전히 그렇게 생각합니다. 그 패거리들에게는 블로그 투병 기록으로 세간의 이목을 끌어 자궁경부암 백신 피해의 상징이 된 쓰키시마 씨 모녀가 위협적인 존재일 겁니다."

"구체적으로, 어디의 누구입니까?"

"약간 음모설 같지만 백신 제조회사와 후생노동성 경제과 소속 직원 몇 명이요. 일반적으로 후생노동성은 제약업계의 감독관청인데도 그에 속한 경제과라는 부서는 제약업계를 육성하는, 말하자면 업계 편향적인 경향이 있습니다. 안 그래도 제약회사에는 후생노동성의 낙하산 인사들이 득실득실하니까요. 하지만 아무리 그래도 그들이 조직적으로 가나에 양을 유괴해 아야코 씨를 방해한다는 발상은 너무 황당무계합니다."

"그건 맞는 말씀입니다. 그럼 반대로 황당무계하지 않은 상대는 누구일까요? 예컨대 아야코 씨의 블로그에 지나치게 예민하게 반응하는 개인? 아니면 문제의 제약회사와 밀접한 관계에 있는 의료종사자?"

"……그걸, 왜 저한테 물으시는지?"

"아야코 씨의 블로그를 읽다 보면 백신 정기접종에 찬성하는 의사분들이 상당히 많더군요. 피해 여자아이들이 아무리 심신 건강의 문제를 호소해도 스트레스 탓으로 몰아가고 있습니다. 개중에는 애당초 아무 관계가 없으니 백신을 맞은 사실 자체를 잊어버리라고 환자를 꾸짖는 의사도 있다고 하더군요. 옆에서 보면, 마치 뭐라도 드러날까 봐 두려워 필사적으로 뚜껑을 덮으려는 것 같습니다. 부정적인 의사는 아직 소수파인 듯합니다."

"부정적인 사람은 수가 적은 게 아니라 그저 목소리가 작을 뿐일지도 모릅니다."

"그렇군요. 하지만 어쨌든 목소리를 죽이고 있는 사람이 오히려 큰 목소리를 내는 사람처럼 보이는 법입니다. 무라모토 선생님. 간접적이지만 선생님의 따님은 자궁경부암 백신 부작용으로 사망했습니다. 즉 백신 정기접종에 부정적인 입장이리라 생각합니다."

"그러니까 제가 큰 목소리로 떠드는 사람처럼 보인다는 말입니까?"

무라모토는 그렇게 말하고는 팔짱을 꼈다. 짚이는 구석이 없지는 않다. 짚이는 대로 말해도 좋을지 주저하는 것이다.

무라모토는 잠시 망설인 뒤 머뭇머뭇 이야기를 시작했다.

"음……, 이건 본인도 공개석상에서 한 말이니 상관없겠죠. 형사님, 일본산부인과협회라는 단체를 아십니까?"

이누카이와 아스카는 동시에 고개를 저었다.

"비영리 사단법인으로 이름 그대로 산부인과의사협회인데, 협회장인 마키노가 자궁경부암 백신 정기접종의 선봉대에 서 있는 인물입니다. 부인과 의사에게 자궁경부암을 예방하는 백신은 전망이 좋으니 이를 보급하는 데 유독 의욕적이죠. 따라서 백신 부작용이 사회 문제시되는 것에 당연히 가장 예민하게 반응합니다. 실제로 최근 강연에서 쓰키시마 씨 모녀를 지목해 꾀병 사기단 아니냐며 비난했습니다. 아야코 씨를 공격하는 개인으로서는 이 사람이 가장 강경할 겁니다."

"꾀병 사기단이라니, 또 과격한 말씀을 하시는군요."

의사라기보다는 거침없는 기질의 정치인 같은 어투라고 생각했다.

"딸의 회복을 간절히 바라는 어머니 이미지를 뒤집으려면 돈의 논리로 바꿔치는 게 가장 효과적이니까요. 다행인 건 당사자인 아야코 씨가 그러한 중상 비방에 귀를 기울이지 않는다는 점입니다. 비방전으로 번지면 아무래도 다수를 등에 업은 산부인과협회가 유리하죠. 머릿수에서 상대가 안 되니까요."

"그러니까 마키노 회장은 아야코 씨에게 무시당하는 것이나 마찬가지인 꼴이군요. 그러면 그 마키노 회장은 어디 삽니까?"

"자세히는 모르지만 분명 수도권에 집이 있다고 언뜻 들은 적이 있습니다."

산부인과협회장. 그런 대단한 직함을 달고 있는 인물이 열다섯 살 소녀를 유괴한다라. 우스운 이야기지만 직함이 아니라 그가 처한 상황에서 생각하면 어떨까. 백신 문제를 소송전으로 발전시키고 싶지 않다면, 더욱이 마키노 회장

본인이 이권에 개입해 있다면 그 가설을 정말 우스운 이야기로 치부할 수 있을까.

머릿속에 떠오르는 수많은 가능성을 부정하는데 무라모토의 표정이 어두워졌다.

"실제로 마키노 회장이 쓰키시마 모녀에게 꾀병이라고 했을 때는 저도 정의감에 몹시 분개했습니다. 아니, 이건 개인적인 분노라고 말하는 편이 옳을 겁니다. 실제로 제 자식이 운동장애나 기억장애를 앓게 됐는데 꾀병 취급을 받는다면 부모로서 얼마나 분하고 억장이 무너지겠습니까. 그 인간은 그런 심정은 상상조차 못 합니다. 같은 의사로서, 그리고 한 사람의 부모로서 이해가 가지 않습니다."

"마키노 회장 외에 짐작이 가는 인물은 없습니까?"

무라모토는 고개를 절레절레 저었다.

"확실한 동기가 있다는 점에서는 그 사람뿐입니다. 요즘에는 확실한 동기가 없어도 말도 안 되는 범죄를 저지르는 인간들도 있으니 얼마나 참고가 될지는 모르겠습니다만."

이누카이는 마지막 이야기에 암담해졌다. 강도나 살인도 그렇지만, 최근에는 지극히 평범했던 시민이 갑자기 범죄자로 돌변하는 경향이 있다. 심지어 본인들은 가해 의식이 몹시 희박했다. 시각장애인 안내견을 칼로 찌른다. 시각장애인 학생을 뒤에서 걷어찬다. 전부 악랄하고 용서할 수 없는 행위지만 본인들은 별다른 악의는 없다. 악의가 없다는 점이 오히려 섬뜩하다.

무라모토의 말은 용의자의 범위를 무섭게 늘리는 지적이었다. 물론 수사하는 사람으로서 무시할 수 없기는 하지만, 수사 범위를 쓸데없이 늘려 봤자 수사 인력만 소모될 뿐 핵심에 다가갈 수는 없다.

"형사님도 눈치채셨겠지만 아야코 씨의 블로그를 읽고 감동받아 지지하는 사람이 있는가 하면, 그 운동을 조롱하고 가나에 양을 우롱하는 익명의 인간도 존재합니다. 그런 어중이떠중이 중 한 명이 별생각 없이 가나에 양을 유괴했다고 해도 전혀 이상하지 않겠죠."

진료실을 떠난 뒤에도 섬뜩한 기분이 끈질기게 달라붙어 사라지지 않았다. 대단한 동기가 없는 제삼자의 범행. 머릿속 한구석에 남겨 두었던 가능성이지만, 막상 다른 사람의 입으로 분명하게 확인하니 더욱 곤혹스럽고 근심스러워졌다. 옆을 보니 아스카의 표정도 불쾌한 듯 어두웠다.

문득 무라모토가 푸념하던 이야기가 떠올랐다.

— 보는 사람이 아무도 없으면 떨어진 돈을 주머니에 슬

쩍 주워 담는 사람도 많겠죠.

만약 유괴된 가나에가 건강한 사람이라면 범인의 행동은 자연히 제한된다. 인질을 살해하려면 그 작업과 사체 처리에 많은 시간과 수고가 든다. 인질을 살려둔다면 범인과 장소를 특정할 수 없도록 정보를 차단해야 한다. 어느 쪽이든 대단한 수고가 필요한 일이다.

그러므로 어지간한 동기가 있는 자가 아니면 범행을 저지르지 않는다. 하지만 이번 사건은 유괴된 사람이 기억장애를 앓고 있는 소녀다. 별다른 노력 없이 사람들의 시선을 피할 수 있고, 범인과 장소 특정에서 자유로울 수 있다. 종일 옆에 붙어 있어도 얼굴을 기억하지 못한다. 그야말로 '아무도 보지 않는' 상황이나 마찬가지인 셈이다.

블로그를 읽고 많은 지지를 모으고 있는 쓰키시마 모녀에게 반감을 품어 그저 괴롭힐 생각으로 가나에를 유괴했다. 예전이라면 웃어넘겼을 이야기가 지금은 현실성 있는 이야기였다.

"끔찍한 세상이네요."

아스카가 불쑥 중얼거렸다. 마침 같은 생각을 하던 이누카이는 흠칫 놀라 아스카를 쳐다봤다.

"자기보다 약한 사람, 사실은 사회에서 보살펴야 할 사람을 아무렇지도 않게 몰아세우고 공격의 대상으로 삼는다니……. 만약 가나에 양을 유괴한 범인이 그런 놈이라고 생각하면 좀처럼 냉정해질 수 없어요."

"단순한 영리 목적 유괴인 편이 화가 덜 나나?"

"죄상은 같아도 느낌은 상당히 다르죠."

아스카는 화가 가라앉지 않는지 말이 조금 많아졌다.

"예를 들어 가정 폭력이든 리벤지 포르노든 죄상은 그냥 상해죄나 명예훼손이지만 피해자는 죄상 이상으로 상처받고 두려움에 떨어요. 지금의 법은 약자에 대한 배려가 충분하지 않습니다. 마치 강자의 시선으로 만들어진 법 같아요. 만약 이번 사건이 장난이나 충동의 연장선에서 계획된 범행이라도 극형에 처해야 해요."

"너무 불온하잖아."

"형사님은 악의를 깨닫지 못하는 바보들을 감싸시는 겁니까?"

"감싸지도 공격하지도 않아. 우리는 그저 범인을 쫓을 뿐이야. 물증을 모아 범인을 체포해 조서를 작성한 다음 송치한다. 그다음은 검찰의 몫이야."

"명쾌하시네요. 과연 검거율 1위."

아스카는 심사를 부리듯 말했다.

참다못해 말을 덧붙일까 싶었다. 일에 사적인 감정을 개입시키지 않으려면 분명한 구분이 필요하다. 하지만 구분한다고 해도 열정이 없으면 범인을 쫓는 원동력이 부족해진다. 범인을 증오하는 피해자의 억울한 심정을 헤아리지 못하면 지치고 무거운 몸을 채찍질할 수도 없다. 높은 검거율은 그 집념과 비례한다.

아스카는 분명 색안경을 끼고 이누카이를 보고 있다. 같은 사건을 쫓는 파트너로서 문제가 있다. 그러나 그 오해를 풀려고 노력하는 것은 또 귀찮았다. 그럴 여력이 있다면 수사에 쏟고 싶었다.

차는 사법 불신과 오해, 응어리를 실은 채 수사본부로 향했다.

"하필 그런 폭탄을 들고 올 건 뭐야. 일본산부인과협회장이라니?"

보고를 받은 아소는 성가시다는 눈빛으로 이누카이와 아스카를 쏘아봤다.

"아무리 피해자 모녀에게 원한을 품은 자를 찾을 수 없다고 해도 이건 거의 억지지."

"저도 그렇게 생각합니다."

“호오, 깨끗하게 물러나는 거야?”

“억지 같은 느낌은 부정할 수 없으니까요. 하지만 가능성을 무시할 수 없는 것도 사실이죠. 쓰키시마 아야코가 침묵하면 적어도 자궁경부암 백신을 보급하려는 무리는 두 발 쭉 뻗고 잘 수 있을 겁니다.”

“대상이 기억장애 소녀라서 리스크가 적으니 유괴라는 중대범죄를 저질러도 부담이 적다……. 그 의견에도 일리가 있지만 아무래도 목적과 범죄 행위 사이에 균형이 맞지 않아. 꺼림칙하군.”

“꺼림칙해도 괜찮습니다. 그걸 잊지만 않으면요.”

“그건 그렇고 특수반 애들은 함정 제대로 파놓았어?”

“저희가 집을 나올 때는 나가세와 나베시마가 머리를 맞대고 있었습니다. 지금쯤 쓰키시마 아야코를 끌어들여 한창 글을 쓰고 있겠죠.”

결과적으로 블로그 독자들도 속이게 되겠지만 아야코도 딸을 무사히 구출하려고 협력을 아끼지 않으리라. 무엇보다 현시점에서는 범인을 낚을 유일한 미끼이므로 이를 이용할 수밖에 없다.

“아직 단서는 없습니까?”

“없어.”

아소는 내뱉듯 말했다.

"현장 근처에 설치된 CCTV 영상을 샅샅이 분석했지만 범인 같아 보이는 인물은커녕 피해 소녀의 모습조차 찍히지 않았어. 관할 수사관들이 탐문하고 있지만 아직 목격 증언은 나오지 않았고."

"범인이 사전에 현장을 답사했을 가능성이 있잖습니까."

"사건 전날 증언을 모아도 수상한 인물이 떠오르지 않아. 그 부근은 거의 손님을 상대하는 상점 밀집 구역이라 이상한 인간이 어슬렁거렸다면 누군가의 눈에 띄었을 텐데. 그런데 그런 게 없어."

그렇다면 생각할 수 있는 것은 두 가지. 범인은 몹시 눈에 띄지 않도록 행동했거나 지역 사정에 밝은 자다.

사면초가. 아소가 블로그에 설치한 함정에 목을 매는 것도 당연했다. 현재는 범인이 그 블로그에 접속해 어떠한 증거를 남겨 주길 기도하는 수밖에 없었다.

"쓰키시마 모녀 집에 사이버 범죄 대책과 사람들도 합세했어. 지금 과거에 달린 댓글들을 일일이 조사하고 있다고 해."

나베시마의 말에 따르면 댓글 수는 3천 5백 개에 이른다. 그 댓글들을 하나하나 전부 읽고 나서 IP 주소를 추적한다. 생각만 해도 눈앞이 아찔한 이야기에 고생할 동료들이 걱정됐다.

"블로그 주인인 쓰키시마 아야코는 댓글을 다 읽지 않았겠지, 그렇게 많다면."

"반장님은 다 읽으셨어요?"

"대충. 응원하는 내용이 70퍼센트, 욕하는 내용이 나머지 30퍼센트쯤이었지."

아소는 똥이라도 씹은 표정이었다.

"늘 생각하는 건데, 사람은 왜 익명의 뒤에 숨는 순간 그렇게나 추악해지는 걸까. 비열한 인간이 떠올릴 수 있는 온갖 욕지거리를 쏟아내며 괴롭히지. 아야코 씨가 그런 댓글들을 읽지 않았다면 다행이야."

아소처럼 오랫동안 범죄 수사에 몸을 담은 사람조차 인터넷의 악의에는 익숙해지지 않는 모양이다.

일상에 숨어 있는 혼탁한 앙심.

사교적인 미소 뒤에 깔린 잔학성.

그것들이 어떠한 계기로 표출되어 이러한 범죄로 이어졌을 가능성을 끊어낼 수 없다.

언뜻 머리를 스친 범인상에 이누카이는 몸서리칠 뻔했다.

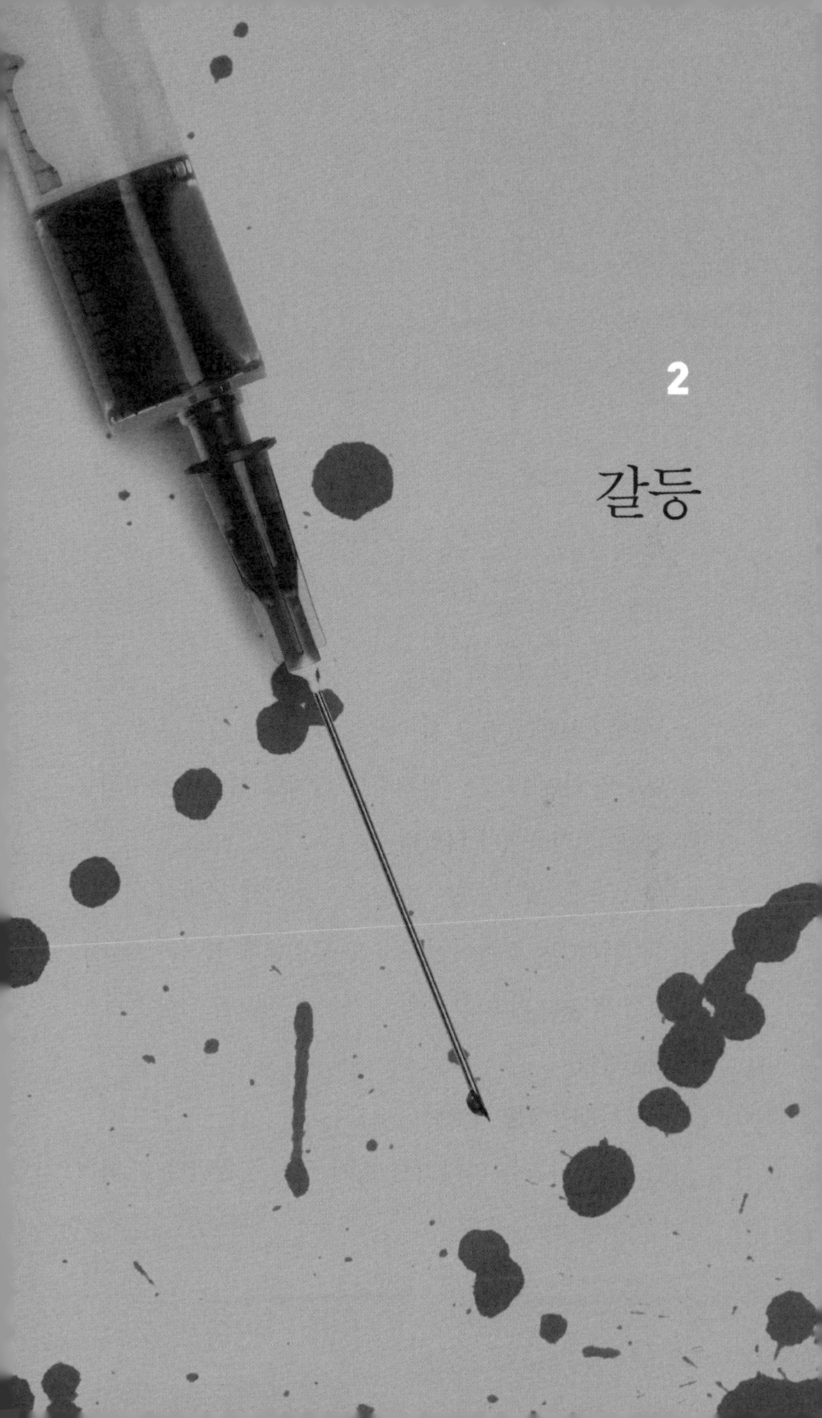

2

갈등

1

3월 13일, 오후 5시 30분.

구단여자학원 교문은 하교하는 학생들로 가득했다. 동아리 활동을 하려고 남은 학생들도 많지만 집으로 돌아가는 학생들도 그만큼이나 많았다.

구리타 미도리는 교문 옆에서 그 아이를 가만히 기다렸다. 학급위원인 그 아이는 오늘도 담임에게 불려가 학급조회 진행 방향을 의논한다. 약속 시간과 장소를 정한 이유도 그 때문이다.

약속 시간이 2분 지났다.

미도리는 사람을 기다리는 일이 힘들지 않았다. 오히려

약속 시간보다 일찍 도착해서 약속 상대가 어떤 얼굴로 나오는지 보는 것이 좋았다. 그 상대가 그 아이라면 더욱 그랬다.

35분, 마침내 정면 현관에 그녀가 나타났다. 그리고 금방 미도리를 발견하고는 유유히 걸어왔다. 사람을 기다리게 해놓고도 결코 서두르는 모습 따위 보이지 않는 점이 그 아이다웠다. 기다리게 해도 미워할 수 없는 점 역시 그 아이다웠다.

"오래 기다렸지."

바로 앞까지 다가온 아미는 조금도 기가 죽지 않은 기색이었다.

갸름한 얼굴에 검은색 긴 머리카락. 가냘프고 곧은 체형이지만 빈약하지는 않다. 체육복을 갈아입을 때 알 수 있는데 온몸에 불필요한 지방은 하나도 붙어 있지 않다.

"선생님과의 회의가 길어졌어?"

"내일이면 학급조회도 마지막이니까 잘하고 싶은데 서로 의견이 맞지 않아서 말이야."

아미는 못마땅한 듯 웃었다. 다른 여자아이가 똑같은 표정을 지었다면 아니꼬워 보였을 테지만 아미가 지으니 어른스러워 보여 신기하다고 할 수밖에.

"아아, 내일 생활 통지표 받겠구나. 우울해 죽겠네."

"미도리, 3학기* 열심히 했잖아."

"그래도 C 판정이 하나라도 있으면 휴대폰 압수야. 휴대폰 없으면 난 못 산다고."

"엄살은."

아미는 교문을 나서는 학생들을 조용히 관찰했다.

"우리 학교, 많지? 동아리 활동 안 하고 집에 가는 애들."

"뭐, 애당초 학생 수가 많으니까."

지요다구의 아동 수는 해마다 감소해 급기야 폐교된 초등학교까지 있다. 그런데도 같은 지요다구 안에 있는 구단 여자학원의 학생 수가 다른 경쟁 학교보다 많은 이유는 아가씨들이 다니는 명문교라는 브랜드 덕분이리라. 명문대 진학률도 높아 도쿄 내는 물론 다른 현縣에서 와 입학하는 학생도 많다.

"확실히 아가씨들이 다니는 학교구나."

미도리가 혼잣말처럼 중얼거리자 아미가 미도리를 돌아봤다.

---

* 일본 학교는 3학기의 교육과정을 운영한다. 4월에 학년을 시작해서 3월에 끝난다.

"무슨 말이야?"

"1년이나 지났지만 새삼스럽게도 말이야, 정말 우리 학교 애들 좋은 집안 자식들뿐이네. 아버지가 대부분 의사거나 변호사거나 회사 사장이잖아."

"너네 아버지도 의사시잖아."

"우리 집은 그냥 페이닥터고. 아미네 아버지와는 하늘과 땅 차이지. 비교도 안 돼."

"비교라니 지위나 수입을 말하는 거야? 그런 건 의미 없어."

"그건 가진 자의 여유지."

"가진 자는 아버지지 내가 아니야."

"그게 그거지."

"아니야."

몹시 냉담한 말투가 조금 마음에 걸렸다.

하지만 아미는 평소에도 쌀쌀맞았다. 상대가 학생이든 선생이든 말투와 태도가 다르지 않았다. 이성을 잃지 않고 항상 한걸음 떨어진 곳에서 상대를 바라본다. 일부 사람들이 아미를 쿨하고 시크하다고 평가하는 것도 당연했다.

하지만 미도리만은 안다. 아미가 결코 냉담하지만은 않다는 사실을. 표정 없는 얼굴 아래 배려가 숨어 있다는 사실을.

첫인상은 불편한 아이였다. 어딘가 냉랭한 얼굴과 사람을 가까이하지 않는 분위기 탓에 도도한 여자아이라고 멋대로 생각했다.

착각이라는 사실을 깨달은 것은 작년 6월이었다.

그날 오후부터 비가 예보되어 있었는데 미도리는 깜빡하고 우산을 잊고 말았다. 강수 확률이 백 퍼센트였는데 깜빡해도 정도가 있지. 아니나 다를까 우산을 놓고 온 사람은 미도리뿐이었다.

학교 건물 현관에서 본격적으로 비가 내리기 시작한 밖을 바라보고 있는데 뒤에서 누가 말을 걸어왔다.

"집에 가는 길 중간까지 같지? 같이 쓰고 갈래?"

아미였다. 둘이서 우산 하나를 함께 썼기에 각자 한쪽 어깨가 젖었지만 미도리는 그날 둘도 없는 소중한 것을 얻었다.

왜 진작 말을 걸지 않았을까 후회했다. 이야기를 나누면 나눌수록 아미의 매력은 늘어갔다. 사흘도 지나지 않아 아미야말로 평생의 친구라고 믿게 됐다.

스스로도 놀랐지만 주변 사람들은 더 놀랐다.

"어째서 하필 미도리가 그 여왕님과 같이 걷는 거야."

"도대체 무슨 공통점이 있지?"

"있잖아, 그런 애 옆에 있으면 피곤하지 않아?"

반 아이들은 저마다 비난 섞인 질문을 쏟아냈지만 그 속내를 뒤집어 보면 사실은 모두 부러워하고 있었다. 사실 자신과 아미의 공통점이라고는 아버지가 의사라는 사실뿐, 외모도 성적도 매우 차이 났다. 교내에서 미소녀 선발대회라도 열리면 아미는 틀림없이 그랑프리를 받을 테지만 미도리는 출전 자격조차 얻지 못할 것이다. 성적은 항상 학년 상위권인 아미에 비해 미도리는 중위권을 맴돌았다.

험담하기 좋아하는 아이들은 미도리는 아미를 돋보이게 하는 들러리인 셈이라며 충고했지만 당사자인 미도리는 전혀 그렇게 생각하지 않았다. 오히려 두 사람의 성격이 너무 달라서 서로에게 끌린다고 생각했다. 아미는 매사에 신중하지만 미도리는 앞뒤 생각 않고 행동으로 옮기는 경향이 있었다. 아미는 마음먹은 대로 행동하는 미도리를 반은 어이없어했고 반은 찬양했다.

"나라면 절대 그런 용기 못 낼 거야."

"아미는 항상 너무 깊게 생각해. 가끔은 마음 가는 대로 움직여도 되는데."

두 사람은 메지로 거리 북쪽으로 걸었다. 이 주변은 학교 밀집 구역이라서 구단여자학원 외에도 다양한 교복을 입은 학생들이 뒤섞여 있었다.

“역시 아가씨 학교야.”

“또 그 소리.”

“봐봐, 우리 교복 엄청 화려하잖아. 다른 학교들에 비해 너무 튀어.”

“뭐 어때. 어차피 학교 안에서는 다들 똑같잖아.”

“그런 사고방식이 이미 상류사회 인간인 거야. 그럼 안돼 아미. 너와 세상의 차이를 인식해야지.”

“내가 그렇게나 튀어?”

“응. 자각하지 못하는 만큼.”

그러니까 자신이 지켜줘야 한다고 생각했다. 세상 물정에 어두운 아미는 보기만 해도 위태로운 구석이 있다. 어떠한 일을 당했을 때 동요하지 않는 점도 바꿔 생각하면 위험에 둔감하기 때문이었다.

학교에서 제일가는 시크한 미소녀가 실은 세상 물정 모르는 겁쟁이라니. 반 아이들 가운데 백합물*을 좋아하는 아이들이 알면 정신을 못 차릴 반전 매력이지만 공교롭게도

---

* 여성 간의 사랑을 주요 소재로 삼는 콘텐츠 장르.

그것은 미도리만의 비밀이다. 이렇게 재미있는 사실은 나만 알아야지.

구단시타에서 이다바시로 향했다. 이 주변도 고등학교와 중학교, 출판사들이 모여 있는데 골목으로 들어가면 고즈넉한 신사와 수도원이 곳곳에 있다. 두 사람이 향하는 곳은 시라기쿠이나리 신사였다.

2학년 때도 같은 반이 될 수 있기를…….

아미가 근처 신사에서 소원을 빌자고 말을 꺼냈다. 아미가 앞으로도 자신과 친하게 지내길 바란다. 그 사실이 더없이 기쁘고 뿌듯했다.

경내는 그다지 넓지 않았다. 하이덴*에서 정원수들로 이어졌고 그 끝에 화장실이 있었다. 신사의 제삿날인 2월 첫 오일午日에는 지역 주민들과 상점 주인, 기업 관계자들이 몰려들어 번창을 기원하지만 이 시기에는 참배객이 없어 지금 하이덴에 있는 사람은 미도리와 아미 두 사람뿐이었다.

두 사람은 하이덴 정면에 섰다.

절 두 번, 박수 두 번, 절 한 번. 그러는 동안 미도리는 있

---

* 신사의 본전 앞에 지은 참배를 하는 건물.

는 힘을 다해 빌었다.

2학년이 되어도, 아니, 고등학교를 다니는 동안 내내 아미의 곁에 있을 수 있게 해 주세요…….

이윽고 고개를 들었을 때 아미와 눈이 마주쳤다. 서로 쑥스러운 듯 웃었다. 특히 아미의 그것은 다른 사람이 흔히 볼 수 없는 미소였다. 지금도 아미의 비밀을 혼자서 독점했다는 우월감이 가슴에 가득 찼다.

신사를 나와 얼마간 걸어 이다바시역이 저 멀리 보일 때쯤이었다.

앗, 하고 아미가 작은 소리를 냈다.

"없어."

당황한 모습으로 자신의 몸을 살폈다.

"아까 그랬나 봐."

"무슨 일이야?"

"신사에 휴대폰을 떨어뜨린 것 같아."

"헐, 큰일났네!"

"참배하던 사람은 우리 둘뿐이었지?"

아미는 말하자마자 들고 있던 가방을 미도리에게 떠넘겼다.

"이거 들고 있어. 금방 가지고 올게."

"어디 떨어뜨렸는지 알아?"

"소원을 빌 때 떨어뜨린 것 같아. 그때밖에 없어."

미도리가 함께 찾자고 말하기 전에 벌써 아미는 뛰고 있었다. 육상부 소속은 아니어도 학교에서 아미의 빠른 발을 모르는 사람은 없다. 미도리의 걸음에 맞춰 달린다면 시간은 아마 두 배 가까이 걸릴 테다. 무엇보다 이미 아미의 짐을 받아 버렸기에 빨리 달릴 수 없었다.

이렇게 된 이상 아미를 기다릴 수밖에 없었다. 괜찮아. 어떤 일이든 실패하지 않는 아미다. 틀림없이 금방 돌아오리라.

3분.

5분.

그리고 10분.

아미는 아직도 돌아오지 않았다. 전화를 걸려고 했지만 아미가 휴대폰을 경내에서 잃어버렸다는 사실이 떠올랐다.

역시 찾는 데 시간이 걸리는 걸까.

미도리는 두 사람의 짐을 품에 안은 채 조금 전 왔던 길을 되돌아가기 시작했다. 신사까지는 메지로 거리 하나. 설마 엇갈리지는 않겠지.

아무래도 두 사람 몫의 짐을 들고 있어 예상보다 걸음이 느렸다. 미도리는 역으로 향할 때보다 두 배 정도의 시간을 들여 드디어 신사로 돌아왔다.

둘러봤으나 하이덴 앞에 아미의 모습은 보이지 않았다.

휴대폰을 찾아 주변을 헤매는가 싶어서 미도리는 잠시 경내를 돌아다녔다.

역시 없다.

정원수 길과 화장실, 일단 돌아와서 하이덴 옆과 뒤쪽까지 돌아봤지만 그림자도 형체도 보이지 않았다.

휴대폰을 찾아서 먼저 돌아갔나?

아니, 아미가 자신에게 알리지도 않고 멋대로 돌아갔을 리가 없다. 무엇보다 아미의 가방을 자신이 가지고 있지 않나.

"아미!"

크게 소리쳐 불렀다. 되돌아온 것은 바람 소리뿐이었다.

그럴 리 없다고 생각하면서도 다시 한번 도리이*가 서 있는 곳에서부터 찾아봤다. 하지만 그리 넓지 않은 경내에서 아무리 같은 곳을 둘러봤자 상황은 달라지지 않았다.

---

* 신사 입구에 있는 문.

생각다 못해 신사의 사무실을 찾아갔더니 안에 구지*가 있었다.

"저 혹시, 방금 여기에 제 또래 여자애 안 왔나요? 긴 머리에 모델처럼 날씬한 아이요."

"여자애?"

"걔가 참배하다가 휴대폰을 떨어뜨린 것 같다며 신사로 다시 갔거든요. 혹시 휴대폰 주우신 적 없나요?"

"글쎄. 난 줄곧 여기서 서류를 정리하고 있었는데 분실물 신고도, 물건을 찾으러 온 사람도 없었단다."

머릿속에서 경보가 울리기 시작했다.

미도리는 계속해서 아미의 특징을 나열했지만 구지는 그런 여자아이는 한 명도 오지 않았다고 잘라 말했다.

미도리는 터질 듯한 불안감을 안고 신사를 나왔다. 메지로 거리를 걸어 신사로 돌아왔을 때 아미와 만나지 못했다. 그렇다면 혹시 다른 길을 지나 한발 먼저 이다바시역으로 가서 기다리고 있는 것은 아닐까.

그곳에서 한 블록 뒤 이다바시 변전소가 있는 거리에서부터 유잔카쿠 빌딩 앞을 지나 이다바시역에 도착했다. 역

---

* 신사의 제사를 맡은, 지위가 가장 높은 신관.

입구는 집으로 돌아가는 학생들과 회사원들로 북새통을 이뤘다.

"아미!"

인파를 비집고 들어가 사람들의 시선도 창피도 개의치 않고 소리쳤다. 무슨 일인가 싶어 몇 사람이 쳐다봤지만 그 중에 아미의 모습은 없었다.

불안이 점점 공포로 바뀌었다.

황급히 시간을 확인했다. 아미가 눈앞에서 모습을 감춘 지 거의 한 시간 정도 지났다.

휴대폰을 꺼내 아미에게 전화를 걸었다. 어쩌면 아미가 휴대폰을 찾았을지도 모른다.

속이 바짝바짝 타는 가운데 통화 연결음을 셌다.

한 번, 두 번, 세 번, 네 번…….

틀렸어. 1분 정도 기다렸지만 전화를 받을 기미는 보이지 않았다.

다음으로 아미의 집에 전화를 걸었다. 전화를 받은 사람은 아미의 어머니 도모에였다.

"아줌마, 저 미도리예요."

—어머 미도리구나. 아미 아직 안 왔는데.

아직, 돌아오지, 않았다…….

아미의 집은 나카노에 있다. 지하철 도자이선을 타면 이다바시에서 20분이 채 안 걸린다. 역에서 집까지 걸어서 5분. 집으로 곧바로 돌아갔다면 진작에 도착했을 시간이었다.

"아, 아미가 아까 이나리 신사에서 휴대폰을 잃어버려서 찾으러 갔어요. 그런데 그때부터 보이질 않아서……."

— 뭐라고? 둘이 같이 안 갔니?

"혼자 찾을 수 있다면서 저한테 가방을 맡기고……."

— 이나리 신사라면 학교 근처에 있는 시라기쿠이나리 신사 말하는 거지? 신사에는 물어봤니?

미도리는 횡설수설하며 자신이 아미를 찾은 동선을 설명했다. 중간부터 말을 제대로 이어가지 못했을 때 자신이 반쯤 울고 있다는 사실을 깨달았다.

서서히, 전화 너머로 도모에의 목소리가 점점 멀어졌다.

왜 이러지. 나 기절하는 건가…….

— 경찰서에는 가 봤니?

그 한마디에 갑자기 정신이 돌아왔다.

"아, 아직이요."

— 미도리, 지금 어디니?

사태를 파악했는지 도모에의 목소리도 다급했다.

"저 이다바시역 앞이에요."

—거기서 기다려, 아줌마가 금방 갈 테니까!

도모에의 말에 미도리는 역 입구에서 꼼짝 않고 기다렸다. 분명 익숙한 역의 풍경인데 달라 보였다.

갑자기 그 풍경이 잘게 떨리기 시작했다. 지진이 났나 했지만 사실 무릎에 힘이 쭉 빠져 후들거릴 뿐이었다. 무릎뿐만이 아니었다. 어깨도 두 손도 가늘게 떨렸다.

아줌마, 빨리 오세요.

저 미칠 것 같아요.

빨리 같이 아미를 찾아요.

마음을 졸이는데 빨간색 폭스바겐 골프가 역 앞에 멈춰 서더니 도모에가 고개를 내밀었다.

"미도리, 타!"

미도리는 조수석에 몸을 실었다. 기분 탓인지 운전대를 잡은 도모에의 얼굴이 굳어 보였다.

"저기, 제가 아미한테 전화를 걸어봤는데 안 받아요……."

"아줌마도 걸어봤어."

도모에는 정면을 바라보며 말했다.

"전혀 안 받더구나. 이런 적은, 한 번도 없었어. 전철 안이라면 문자라도 보내던 아이였는데."

도모에는 메지로 거리를 서행하며 학교 방향으로 향했다.

"미도리, 인도를 다시 한번 살펴 주렴."

도모에는 그렇게 말하며 운전석에서 인도를 바라봤다. 미도리도 지푸라기라도 잡는 심정으로 반대쪽 인도를 살폈다.

그래도 아미는 보이지 않았다.

도모에는 학교 안에 차를 세우고 곧바로 교무실로 향했다. 마침 담임인 히라카타 선생이 있었는데 도모에와 미도리의 조합에 놀란 듯했다.

"어쩐 일이십니까, 두 사람이 함께."

마지막까지 아미와 함께 있었던 미도리가 사정을 설명하자 히라카타의 표정도 점점 딱딱하게 굳었다.

"저도 찾아보겠습니다."

히라카타를 포함한 세 사람이 다시 거리로 나왔다. 미도리와 도모에는 신사에서부터, 그리고 히라카타는 이다바시역 방향에서 다른 길을 되짚으며 아미를 찾기로 했다. 신사에서 역까지는 메지로 거리 외에 뒷길이 두 개, 그 두 길을 가로지르는 형태로 크고 작은 샛길 아홉 개가 나 있다. 세 사람이 각각 한 구획씩 나눠서 수색할 계획이었다.

각 빌딩 입구를 살피고 가게에 들어갔다. 이런 아이 온

적 없냐며 가게 사람들에게 물었지만 아미가 들른 흔적은 어디에도 없었다. 한편 역에서부터 수색을 시작한 히라카타는 역무원에게 목격 여부를 물었지만 교복을 입은 학생들이 한꺼번에 개찰구를 지나는 러시아워에는 한 사람을 특별히 기억할 수 없다는 답변만 받았다.

미도리는 점점 공포에 휩싸였다.

"제가 잘못했어요."

도모에의 뒤에서 그렇게 변명했다.

"아미가 휴대폰을 가지러 갈 때 저도 같이 갔어야 했어요. 그런데 혼자 보내서……."

"괜한 생각 하지 마."

도모에가 딱 잘라 말했다.

"아미는 자기 실수는 자기가 수습하려는 성격이야. 그렇게 키운 사람도 나고. 미도리는 아무런 잘못 없어."

눈물이 나올 정도로 감사한 말이었지만 아미의 행방을 모르는 지금, 솔직하게 기뻐할 수 없었다.

"아줌마는 늘 미도리에게 고마워."

"……네?"

"아미는 친구가 별로 없잖아. 집에서도 말하거든. 미도리보다 친한 친구는 없다고."

"그건, 아미가 뚝부러져서 다가가기 어려워서예요. 전 별로 그런 거 신경 안 쓰고요."

"작년인가부터 아미는 아줌마한테도 제 아빠한테도 말수가 적어져서 말이야. 학교에서도 그런 식으로 마음을 닫고 있을까 봐 걱정했는데 미도리가 친구로 지내 줘서 안심했어."

금시초문이었다. 아미는 원래부터 집안 이야기를 먼저 말하는 편이 아니었다. 기껏해야 아버지의 직업을 가르쳐 줘서 의사의 딸로서 장점과 단점을 재미있고도 우스꽝스럽게 서로 이야기 나눈 정도였다.

"딱 그럴 나이니까 내버려 뒀지. 부모에게는 말하지 못하는 이야기도 친구에게는 말할 수 있으니까. 아줌마도 그럴 때가 있었단다. 그래서 미도리가 곁에 있어 준 게 무엇보다도 고마웠어. 사람은 말이야, 누구라도 말동무가 한 명 있어 주면 그럭저럭 이상한 방향으로는 빠지지 않거든."

"하지만 전 그렇게 훌륭한 친구가 아닌걸요."

"또 그런다. 친구는 그 자체만으로도 훌륭한 존재야."

죄송한 마음과 감사한 마음, 불안과 안도가 가슴속에서 뒤섞이며 미도리는 뭐가 뭔지 더는 알 수 없었다.

반대 방향에서 수색하던 히라카타와 정식집 모퉁이에서

맞닥뜨렸다. 히라카타는 얼굴이 마주치자마자 힘없이 고개를 저었다.

"못 찾았어요. 아미를 목격했다는 사람도 없었습니다."

"경찰서로 갑시다."

도모에는 단호하게 내뱉었다.

"하지만 어머님……."

"일이 커진 다음에 아미가 갑자기 나타난다고 해도 그건 그거대로 상관없습니다. 그보다도 남의 시선을 신경 쓰다가 때를 놓치는 게 몇십 배는 더 무서워요."

아미의 아버지는 지위와 명예가 있는 인물이다. 경찰의 개입을 망설이는 것이 당연했지만 미도리와 히라카타는 도모에의 강경한 태도를 말릴 방법이 없었다.

파출소는 이다바시역에 있는 미도리 일행과 반대 방향에 있었다. 아미가 사라진 경위를 설명하자 응대하던 경찰의 안색이 순식간에 바뀌었다.

"저와 함께 신사로 가시죠."

실종 신고를 접수하고 나서의 대응이 너무나 빨랐기에 미도리 일행은 서로 얼굴을 쳐다봤다. 당사자들의 애타는 심정이야 어떻든 겨우 여고생 한 명이 몇 시간 정도 연락이 되지 않는 일 정도로 경찰이 적극적으로 움직이리라고는 예상도 하지 못했기 때문이다.

모미야마라는 그 경찰을 동반한 세 사람은 시라기쿠이나리 신사를 다시 찾아갔다. 신사 사무실을 방문하자 경찰을 코앞에 둔 구지의 태도가 역시 달라졌다.

"이렇게 빌딩 사이에 낀 신사지 않습니까. 제를 지낼 때가 아니면 쥐죽은 듯 조용해서 제가 온종일 경내에 있지도 않습니다."

"신사에 CCTV는 있습니까?"

"한 대뿐입니다. 새전함이 찍히도록 하이덴 위에 설치되어 있죠."

"나중에 파일 제출을 요청할 수도 있습니다."

모미야마 경관과 함께 경내를 나와 다시 주변을 둘러봤다.

"정말로 아미 양이 남긴 듯한 물건은 찾을 수 없었던 거 맞죠?"

거듭 확인하는 듯한 질문에 미도리는 돌연 자신이 없어졌다. 아까는 제정신이 아닌 상태로 찾아 헤맸다. 냉정한 눈으로 보면 또 무언가 찾을 수 있을지도 모른다.

하지만 이미 저녁 7시가 넘었고 주변은 어두워졌다. 경내를 밝히는 불빛은 충분히 밝지 않아 땅은 어둠 속으로 녹아들었다.

"본인이 휴대폰을 들고 있다면 GPS 기능으로 현재 위치를 파악할 수 있잖아요!"

모미야마가 기세 좋게 말하자 순간 도모에의 안색이 밝아졌다.

그러한 기능이 있다는 사실을 새까맣게 잊고 있었다. 역시 자신도 도모에도 깜짝 놀라서 정신이 없었다는 것을 실감했다.

"혹시 모르니 아미 양에게 다시 전화를 걸어 보시겠습니까?"

"그럼 제가 해볼게요."

그 제안에 미도리도 동의했다. 게다가 조금 전 도모에가 했던 말을 떠올리니 엄마보다는 자신의 전화를 더 잘 받을 것 같았다.

어서 전화를 걸어야지.

통화 연결음이 한 번, 두 번.

그때, 갑자기 어디선가 음악 소리가 들려왔다. 차이콥스키 바이올린 협주곡의 주선율…….

"아미의 휴대폰이에요!"

도모에가 소리쳤다.

"아미가 설정해 놓은 벨소리예요!"

그 자리에 있던 모두가 벨소리가 들리는 곳을 찾았다.

발견한 사람은 모미야마였다. 하이덴 안쪽에 모신 호코라*, 소리는 그 뒤에서 들려왔다. 그곳에서 전화 착신을 알리는 불빛이 희미하게 새어 나왔다. 그런 곳에 있으니 찾지 못한 것도 당연했다.

모미야마가 손전등을 비추면서 신중하게 휴대폰을 집어 들었다. 휴대폰에 달린 마스코트 캐릭터 스트랩은 미도리와 도모에도 본 적 있는 물건이다. 틀림없이 아미의 것이었다.

그런데 모미야마가 집어 올린 것은 그것만이 아니었다.

함께 놓여 있던 듯했다. 스마트폰에 종잇조각이 겹쳐 있었다.

손전등의 동그란 불빛이 종이에 반사됐다.

어떤 일러스트였다. 피에로 분장을 한 남자가 피리를 불고 그 뒤를 아이들이 따라가는 그림이었다.

"그림엽서? 왜 이런 게……."

말을 하던 미도리는 흠칫 놀랐다. 모미야마의 얼굴이 극도의 긴장감으로 뒤덮였기 때문이다.

모미야마는 휴대폰과 그림엽서를 번갈아 보며 나직이 중

---

* 길가 또는 대형 신사 경내에 있는 소형 신사.

얼거렸다.

"……두 명째다."

2

"이번에는 이다바시입니까?"

두 번째 유괴사건 발생 소식을 접한 이누카이는 곧바로 머릿속에 주변 지도를 펼쳤다. 쓰키시마 가나에가 유괴된 가구라자카와 이다바시는 엎어지면 코 닿을 거리다.

"아아. 하나는 고지마치 경찰서, 하나는 우시고메 경찰서 관할인데 두 사건 현장의 직선거리는 1킬로미터가 안 돼. 이거 완전히 바보 취급당했는데. 우시고메 경찰서가 발칵 뒤집혀서 일대를 수색하고 있는 와중에 바로 옆에서 두 번째 아이를 낚아채 갔어."

아소는 화가 치미는 듯 입술을 씰룩거렸다.

"심지어 이번 현장은 신사야. 피리 부는 사나이는 도대체 왜 절과 신사에 집착하는 거지?"

피리 부는 사나이는 수사본부의 누군가가 붙인 유괴범의 별칭이었다. 범인이 남겨 놓은 '하멜른의 피리 부는 사나이' 그림엽서가 무엇을 의미하는지는 아직 분명하지 않지만 어느샌가 범인의 시그니처로 인식됐다.

그나저나 첫 번째는 안요지, 그리고 이번에는 시라기쿠이나리 신사. 확실히 무언가 연결점이 있을지 몰라도 쓰키시마 모녀는 무교라고 들었다. 아소에게 막 호출당한 참이기에 아직 정보가 부족했다. 섣부른 선입견은 버리는 편이 현명하다.

"이번에 유괴된 사람은 누구입니까?"

같이 호출당한 아스카가 묻자 아소가 사진 복사본을 한 장 꺼내놓았다.

"유괴된 아이의 가족에게 한 장 받아 왔어. 아직 열여섯 살 여자아이야."

교문 옆에 여자아이가 서 있었다. 아마도 입학식 사진인 듯했다. 검은색 긴 머리와 예쁘장한 얼굴은 가냘픈 몸매와 어우러져 인형 같은 인상을 풍겼다.

"이름 마키노 아미. 구단여자학원 보통과 1학년이다."

"마키노?"

귀에 익은 이름이다. 아스카도 기억이 떠오른 듯 이누카이를 쳐다봤다.

"설마 아이의 아버지가 일본산부인과협회 마키노 회장입니까?"

"설마가 사람 잡는다는 말이 있지."

아소는 미간을 찌푸렸다.

"아버지 마키노 요시쿠니. 아미는 그의 외동딸이야."

"외동딸. 아버지 요시쿠니 씨는 나이가 어떻게 됩니까?"

"올해 예순. 그러니까 마흔네 살에 딸을 본 셈이지."

"그러니까 자궁경부암 백신 정기접종에 얽힌 피해자와 가해자의 아이가 모두 유괴됐다는 말인가?"

"그렇게…… 되는군요."

"이건 말이 안 돼."

아소는 부루퉁하게 말했다.

"대립 관계에 있는 어느 한쪽만 노린다면 이해가 가지만 양쪽 다 노리는 건 의미가 없어. 그런 경우 우연의 일치일 확률이 높겠지."

아소의 말은 충분히 논리적이었다. 하지만 이누카이는 무조건 동의하고 싶지 않았다.

분명 우연의 일치일 수는 있다. 그러나 그것은 서로를 연결하는 공통점이 일반적인 사실일 경우에 한해서다. 매우 특수한 공통점일 경우에는 우연으로 치부하는 편이 오히려 더 위험하다.

자궁경부암이라는 병이 얼마나 알려진 병인지 이누카이는 모른다. 도쿄 내에 그 백신을 정기접종한 여학생들이 몇 명인지도 파악하지 못했다. 그러나 한쪽이 피해를 고발한 인물, 나머지 한쪽이 정기접종을 추진하는 중심인물이라면 이는 특수한 공통분모라고 할 수 있지 않나.

"이 교복, 굉장하네요."

아스카가 감탄하듯 중얼거렸다.

이누카이는 아스카가 든 사진을 빼앗아 아미를 다시 한 번 뚫어져라 쳐다봤다. 디자인이 확실히 독특했다. 블레이저 재킷이겠지만 단색이 아니고 짧은 치마는 체크 무늬였다. 여자 아이돌 그룹의 무대 의상으로도 어울릴 법한 교복이었다.

"이거 DB예요."

"DB?"

"디자이너 브랜드요. 구단여자학원의 교복은 대대로 그래요. 유명하죠."

여자라서 떠올릴 수 있는 착안점 같았다. 이래 봬도 관찰력이라면 다른 사람에게 지지 않을 자신이 있지만 패션 센스만큼은 아무래도 어렵다. 다소 화려한 교복이라고 생각한 정도지 거기까지는 생각이 미치지 못했다.

아스카가 말을 이었다.

"이렇게나 튀는 교복에다 눈에 띄는 얼굴이에요. CCTV에 유괴 전후 영상은 없어요?"

"그건 가장 먼저 생각했지. 뭐, 생각한 건 감식반 애들이지만. 하지만 꽝이었어."

"어째서요?"

"일단 피해 소녀가 유괴되었다는 신사에는 CCTV가 한 대만 설치되어 있어. 게다가 하이덴 주변을 감시 구역으로 설정해 놔서 경내의 상황을 알 수 없어."

"하지만 이다바시역 근처에는 CCTV가 여러 대 설치되어 있잖습니까."

"범행 시간이 하교 시간과 겹쳐. 그 시간대 이다바시 부근에는 똑같은 교복들이 넘쳐나고. 현재 CCTV 정밀도로는 5미터 이상 떨어져 있는 얼굴은 식별이 어려워. 그 정도는 알잖아."

아스카는 더욱 끈덕지게 물고 늘어졌다.

"네. 그리고 보행 감정 시스템도 소문으로 들어 알고 있습니다."

의외로 소문에 빠르군, 이라며 조금 감탄했다.

보행 감정 시스템은 사람의 영상을 실루엣으로 가공해 걸음걸이의 특징을 분석하는 기술을 활용해 인물을 특정할 수 있는 시스템이다. 얼굴을 식별하려면 5미터 범위 내에서 촬영해야 한다는 조건이 있으나 이 시스템이라면 백 미터 떨어진 위치도 감정할 수 있다.

다만 문제점이 있다.

"아직 시험 단계야. 현장에 도입하기에는 아직 이르다고. 미완성 시스템으로 피해 소녀든 용의자든 특정할 수 있다고 해도 만에 하나 오판이었다면 어떻게 될 것 같아. 혼란이 발생하면서 수사가 크게 지연되고 잘못되면 오인 체포로 이어질 수 있어."

아스카는 분한 듯 입술을 깨물었다.

"범인이 CCTV 위치를 알고 있었다는 이야기는 없었습니까?"

이누카이의 말에 아스카가 눈살을 찌푸렸다.

"무슨 뜻이야?"

"첫 번째 때는 가구라자카 사방팔방에 깔린 CCTV의 사각지대를 이용한 행적이 드러났습니다. 게다가 이번에는 CCTV가 적은 신사를 범행 현장으로 골랐죠. 범인은 적어도 CCTV를 의식하며 행동하고 있습니다."

"특수반도 그렇게 판단한다는군."

아소는 난감한 표정을 지었다. 수사1과가 아니라 특수반이 지적했다는 사실이 마음에 들지 않는 듯했다.

"특수반은 이번 유괴까지 포함해 지역 주민이 범인 아닐까 추측하고 있어. 확실히 그 지역에서 오래 산 사람이면 CCTV 설치 장소도 대부분 파악하고 있겠지. 더욱이 두 유괴사건이 서로 가까운 곳에서 발생했다는 사실이 그 사실을 뒷받침하고."

"CCTV 위치를 안다는 사실만으로 지역 주민을 대상으로 수사망을 펴는 건 조금 위험할 것 같습니다."

이누카이는 자신의 휴대폰을 꺼내 어떤 애플리케이션을 실행했다.

'Surv'라는 애플리케이션이었다.

"이건 야외에 있는 CCTV의 위치를 지도상에 표시한 앱입니다. 이용자의 위치를 중심으로 반경 백 미터 이내에 설치된 CCTV의 위치를 알려 주죠."

"……요즘은 그런 것도 있나?"

"보행 감정 시스템과 마찬가지로 아직 미완성 상태이기는 합니다. 그래도 대도시권에서는 쓸 만하죠. 이런 문명의 이기가 존재하는 이상 범인을 지역 주민으로 한정하는 게 과연 옳은 일일까 싶어요."

"범인이 그런 종류의 도구에 정통하다는 말인가?"

"그런 건 아닙니다. 다만 범인이 유괴 실행 시각과 장소를 기분에 따라 즉흥적으로 고르는 건 아니라는 말이죠. 무섭게 용의주도한 놈인 것 같아요."

"용의주도하다는 점엔 나도 동의해."

아소는 복사한 사진을 한 장 더 내밀었다. 휴대폰과 그림엽서를 찍은 사진이었다.

"휴대폰은 피해 소녀 거야. 첫 번째 사건과 똑같이 휴대폰에도 그림엽서에도 피해 소녀 외의 지문은 남아 있지 않았다. 지금 감식반에서 경내를 뒤지고 있는데 아직 주목할 만한 유류품은 없다고 해."

"가나에 때는 학생증, 이번에는 휴대폰. 휴대폰도 신분증 같은 존재니 패턴은 같네요."

"GPS 기능으로 위치 추적을 당할까 봐 겁이 났겠지. 용의주도한 데다 신중하기까지 해. 젠장, 어지간해서는 꼬리를 잡기가 쉽지 않겠어."

아소는 점점 언짢아졌다.

이누카이는 그 이유가 훤히 보였다. 첫 번째 유괴사건이 진작에 암초에 부딪힌 상황에서 발생한 두 번째 사건. 조만간 수사본부에 질책의 목소리가 집중될 것이 뻔하다. 전담반으로 지명된 아소는 가시방석에 앉은 기분이리라.

"마키노 회장 집에는 절차대로 특수반이 출동했어. 유괴된 지 약 여섯 시간이 지났고 범인에게서는 아직 아무 연락도 없어서 녀석들도 상당히 똥줄이 타는 상태야."

"여섯 시간이고 뭐고, 범인은 쓰키시마 아야코 씨에게도 아직 접촉하지 않았잖아요. 도대체 범인의 목적이 뭘까요?"

아스카는 마치 아소가 범인인 양 물었다.

"마키노 회장네는 부유합니까?"

"의사인 데다 백신 업계에 줄이 있으니 연수입이 상당하지 않을까. 적어도 영리 목적 유괴의 대상으로는 충분하겠지."

그렇기에 이해되지 않는다고 이누카이는 자문했다.

한쪽은 한부모 가정, 한쪽은 부유층. 연쇄 유괴사건이라고 판단했을 때 유괴 대상의 선택에 일관성이 없다. 그런데도 수법과 그림엽서를 생각하면 거의 틀림없이 동일

범이다. 게다가 범인은 아직까지도 양가에 접촉하지 않았다. 이는 지금까지의 유괴사건과는 명백하게 다른 양상을 보인다.

애초에 연쇄 유괴사건이라는 성격 그 자체가 말이 되지 않는다. 유괴를 한 번 성공해서 금품을 갈취한 뒤 그 맛을 잊을 수 없어 다음 범행을 저지르는 경우라면 몰라도, 이번 사건의 범인은 몸값을 요구하지도 않고서 다음 범행을 저질렀다. 이런 유괴사건은 처음 본다.

모든 범죄에는 목적이 있고, 목적이 있기에 수사방침을 세울 수 있다. 영리 목적이라면 돈이 궁한 인물을 조사하면 된다. 외설 목적이라면 관련 전과자나 평판이 좋지 않은 사람을 조사하면 된다. 그러나 목적을 모르면 어둠 속에서 손만 더듬거리는 격이다. 글자 그대로 암중모색暗中摸索이다.

그렇다면 이누카이의 사고회로는 아무래도 자궁경부암 백신을 둘러싼 갈등으로 향할 수밖에 없다. 현 상황에서 두 유괴사건을 연결하는 공통분모는 이것뿐이다.

“아무튼 피해자 집에 다녀와.”

아소는 벌써부터 지친 목소리였다.

마키노 아미의 집은 나카노역 남쪽에 있었다. 이 주변은 다카무라 고타로*가 사용한 아틀리에가 유적으로 남아 있으며 저택촌으로 불렸다. 일찍이 대저택이 있던 자리에 맨션이 대신 들어섰지만 차분한 분위기는 고급 주택지 분위기를 여전히 간직하고 있었다.

마키노 저택도 예상과 다르지 않게 훌륭했다. 서양식 3층 건물에 현관 주변을 찍고 있는 CCTV가 집주인의 부유함을 대변했다.

이누카이는 쓰키시마 모녀의 집과 너무나 큰 격차에 불편함을 느꼈다. 두 집안의 외동딸이 같은 유괴사건에 관해서는 완전히 대등한 취급을 받는다니, 이 얼마나 아이러니한 일인가.

쓰키시마 모녀 집에서와 마찬가지로 특수반이 집 안에서 CCTV로 자신과 아스카의 모습을 전부 지켜보고 있을 것이다. 초인종을 누르자 곧바로 현관문이 열렸다. 모습을 드러낸 사람은 어머니로 보이는 여성이었다.

이누카이와 아스카가 경찰 신분증을 보이자 여자는 정중

---

* 일본의 근대시인이자 조각가(1883~1956). 생애에 720여 편의 시와 70여 점의 조각작품을 남겼다. 번역과 평론 등에도 업적을 남긴 예술인으로 평가받는다.

하게 머리를 숙였다.

"엄마 도모에입니다. 늦은 밤까지 고생 많으십니다."

말끝이 떨리는 것을 이누카이는 놓치지 않았다. 그러나 진심에서 비롯된 동요인지 연기인지까지는 모른다. 그러기에 자신의 관찰력을 최대한 발휘하는 수밖에 없다.

거실로 가니 먼저 온 특수반 인력들이 있었다. 도노야마와 겐조, 모두 몇 번 얼굴을 마주친 적 있는 사람들로 두 사람이 들어가자 눈으로만 인사를 나눴다.

도노야마와 겐조와 대치하고 있는 반백의 남자가 분명 이 집의 주인이리라.

"수사1과의 이누카이 하야토입니다. 이쪽은 다카치호 아스카입니다."

"마키노 요시쿠니입니다."

아소의 말로는 예순 살. 나이다운 외모지만 이지적인 눈빛과 점잖은 태도가 실제 나이 이상의 풍격을 느끼게 했다. 협회장이라는 직함도 한몫했다.

이누카이가 특수반 두 사람을 바라보자 도노야마가 고개를 저었다. 아직 범인이 접촉하지 않았다는 의미다.

"도대체 이럴 수가 있습니까?"

마키노 회장이 갑자기 의심 섞인 질문을 던졌다.

"이제 곧 날짜가 바뀔 시간인데 아직도 범인에게 연락이 없다니. 도대체 유괴사건이란 게 이런 겁니까?"

도노야마가 대답했다.

"아뇨, 드문 일입니다. 과거에는 범인이 피해자의 가족에게 원한이 있거나 정신적인 고통을 주려고 일부러 연락하지 않은 케이스도 있습니다만……."

"남에게 원한 살 일은 한 적 없습니다."

마키노 회장은 조금 분개하며 말했다. 옆에 선 도모에가 그 말에 긍정하듯 고개를 끄덕였다.

"원한을 산 쪽에서 짚이는 바가 없는 건 흔히 있는 일이죠. 오해로 원한을 사는 경우도 있고요."

마키노 회장은 번뜩이는 눈으로 이누카이를 노려봤다.

"그리고 범인의 목표가 가족이 아닌 아미 양 본인에게 있다고도 생각할 수 있습니다. 최근 따님에게 이상한 일은 없었습니까?"

"……모르겠습니다."

대답이 한 박자 느리게 흘러나왔다.

"요즘 통 대화를 하지 않아서."

"싸우기라도 하셨나요?"

"그런 기억도 없습니다. 이누카이 형사님이라고 하셨죠?

형사님, 딸이 있습니까?"

"네."

"나이가?"

"열네 살입니다."

"아미와 두 살 차인가. 그 나이대 딸이 있으니 아시겠죠. 아빠를 너무 싫어해서 같은 세탁기를 쓰는 것조차 거부합니다. 통과의례 같은 것이라 말이 안 통해도 내 책임은 아니지요."

어딘가 모르게 부루퉁한 말투였으나 비통한 마키노 회장의 지적은 타당했고 이누카이 본인도 짐작 가는 구석이 있어 반박할 마음은 들지 않았다.

"난 그 아이에게 이 세상 보통의 아버지들보다 많은, 모든 부정을 쏟았습니다. 저희 부부의 나이도 이미 알고 계시지 않습니까."

"회장님이 예순, 사모님이 다섯 살 차이셨나요."

"불임 체질이라서요. 우리 부부에게는 오랫동안 아이가 생기지 않았습니다. 불임 치료의 결실로 아내가 임신했을 때는 서른여덟 살, 고령에 초산이기도 해서 산모의 위험을 생각하면 사실상 마지막 기회였죠. 그래서 무사히 태어났을 때는 더욱더 기뻤습니다. 제게도 마흔 넘어서 본 아이니까 말입니다. 마치 할아버지가 손녀를 예뻐하는 마음이었죠."

"어떻습니까, 사모님."

"남편 말이 맞습니다."

도모에는 고개를 숙인 채 말하기 시작했다.

"아미가 남편하고만 대화를 나누지 않으려고 한 건 아닙니다. 작년인가부터 제게도 말을 안 하기 시작했습니다."

"사춘기, 였나요?"

"그런 것 같습니다. 말수가 줄어든 정도고 폭력 사건은 전혀 없었으니까요."

"그럼 아미 양에게 수상한 사람이 접근했다거나 집 주변에서 수상한 사람을 목격했다거나 한 적은 있습니까?"

부부는 서로 얼굴을 마주보더니 이윽고 고개를 절레절레 저었다.

"이 주변은 옛날부터 주택가라서……."

"알고 있습니다. 소위 저택촌이라고 하죠."

"이사 오는 분도 적고, 맨션에 사는 분들도 대부분 신분이 확실해서 수상한 사람이나 낯선 사람은 금방 눈에 띕니다. 그런데 제가 부주의한 탓인지 모르겠지만 전혀 짚이는 사람이 없습니다."

이누카이는 생각에 잠겼다.

만약 자신이 유괴를 계획한다면 우선 유괴 대상인 아이의 생활 패턴 조사부터 시작할 것이다. 몇 시에 집을 나와 어떤 경로로 등하교를 하고, 그리고 어느 지점에 CCTV가 설치되어 있는지. 그 외 여러 가지를 조사하고 나서 사각지대 한 지점을 선택해 대상을 유괴한다. 도리어 그렇게까지 조사하지 않으면 불안해서 범행을 실행할 수 없다.

그러니까 범인은 아미를 유괴하기 전에 꼼꼼하게 조사했을 터였다. 그 모습을 전혀 목격하지 못했다면 이 역시 범인의 신중한 성격을 나타내는 증거다.

먼저 도착한 특수반은 이미 구획을 나누고 근방부터 정보를 수집하기 시작했을 터다. 특수반 두 사람에게 눈짓하자 도모에의 증언을 뒷받침하듯 두 사람 모두 고개를 살짝 끄덕였다.

도노야마에게 확인했다.

"첫 번째 사건은?"

"진작 이야기했지. 연쇄 사건일 가능성이 농후하다고."

그렇다면 이야기가 빠르다.

"엿새 전에도 또래 여자아이가 같은 수법으로 유괴됐습니다. 사는 곳도 학교도 다르지만 말입니다."

"뉴스에서 언뜻 봤습니다. 분명 가구라자카에서 유괴됐

죠."

"마키노 회장님. 첫 번째 유괴 소녀가 자궁경부암 백신 부작용 환자라는 사실은 알고 계십니까?"

"네에!?"

쓰키시마 가나에의 증상을 언급하는 보도기관은 아직 없다. 주간지 같은 곳에서 기사화하면 당당하게 보도하겠지만, 신문과 TV는 관련 단체의 항의를 우려한 듯 이 부분은 입을 다물고 있다. 하지만 쓰키시마 아야코의 블로그가 공개되어 있어서 인터넷상에서는 익히 알려진 사실이고 수사상 비밀도 아니다.

마키노 회장의 반응은 지극히 자연스러워서 연기 같은 낌새는 어디에도 찾아볼 수 없었다.

"쓰키시마 가나에라는 아이인데 자궁경부암 백신 정기접종을 받은 뒤 기억장애를 앓게 됐습니다. 어머니는 그게 백신 부작용이라며 자신의 블로그에 글을 올리고 있습니다."

"아아……, 그 쓰키시마 씨였습니까?"

"쓰키시마 아야코 씨가 개인적으로 항의하거나 질문한 적은 없습니까?"

"제 개인에게요? 아뇨, 그런 적은 전혀 없었습니다. 협회 쪽으로는 뭔가 보냈을지 몰라도 공교롭게도 제 눈에 띈 적은 없어요."

그러리라고 생각했다. 아야코를 사정 청취했을 때도 '전국 자궁경부암 백신 피해자 대책 모임'과의 접촉과 집단 소송 마무리, 그리고 블로그의 유지에 관해서밖에 언급하지 않았다.

"이누카이 형사님. 설마 아미의 유괴가 자궁경부암 백신과 관계있다고 의심하십니까? 그건 너무나 황당무계한 발상이라고 생각합니다만."

"황당무계하다고요?"

"백신을 맞은 여자는 전국에 몇만 명 단위입니다. 고등학생까지 백신을 맞는 건 오히려 당연한 일입니다. 그런 게 공통점이 될 수 있을까요?"

"실례했습니다. 다만 저희로서는 아무리 사소한 가능성이라도 무시할 수 없어서요."

"부작용이라는 건 새 백신이 나올 때마다 매번 떠들어대는 단골 레퍼토리입니다."

마키노 회장은 묻지도 않았는데 말하기 시작했다.

"백신뿐만이 아닙니다. 약은 모든 환자에게 똑같이 작용하지 않습니다. 지병에 영향을 받기도 하고 개인의 체질과도 관계가 있습니다. 개중에는 효과가 전혀 없는 환자도 있어요. 그런 환자 중에는 피해의식 때문에 다른 원인으로 나타난 증상을 곧장 백신 부작용과 연결 짓는 사람이 있습니다. 더 심각한 경우에는 병이라고 속이며 협박하기도 하죠."

"쓰키시마 아야코 씨도 그런 부류라고 말씀하시는 겁니까?"

"그런 뜻은 아닙니다. 형사님이 백신을 둘러싼 갈등 같은 걸 암시하시니 항변했을 뿐입니다. 백신 부작용이라는 건 어디까지나 피해망상에 지나지 않습니다."

그러자 지금까지 침묵을 지키고 있던 아스카가 입을 뗐다.

"백신 부작용을 호소하는 아이들이 그 숫자 1천 2백 명이 넘는다고 들었습니다. 그럼 그 1천 2백 명이 모두 망상을 한다는 말입니까?"

마키노 회장의 안색이 변한 것과 동시에 이누카이의 손이 아스카를 제지했다.

"동료가 실례했습니다. 수사와는 상관없는 말이었습니다. 그런데 이 그림엽서를 본 적 있습니까?"

이누카이가 종이 한 장을 마키노 부부에게 내밀었다. 유괴 현장에 남아 있던 예의 그림엽서였다.

"……이게 뭔가요?"

"'하멜른의 피리 부는 사나이'라는 동화가 있지 않습니까. 여러 동화집에 실린 삽화 중 하나입니다. 아미 양의 휴대폰이 놓여 있던 곳에 이 그림엽서가 함께 있었습니다."

마키노 회장과 도모에는 서로 마주본 뒤 떨떠름한 표정을 지었다.

"죄송하지만 짚이는 게 아무것도 없네요."

이누카이는 큰 기대는 하지 않았기에 실망하지도 않았다.

하지만 이것은 범인의 시그니처다. 머지않은 미래에 반드시 이 그림엽서에 의미를 부여할 날이 온다. 그것만은 확실해 보였다.

"두 분은 이만 주무시는 게 어떨까요?"

그래도, 라고 입을 연 마키노 회장을 이누카이가 손으로 제지했다. 도노야마를 흘끗 쳐다보니 특수반도 이의는 없어 보였다.

"사건 발생 엿새가 지난 지금도 범인은 아야코 씨 집에 연락하지 않았습니다. 아야코 씨가 연락을 받지 못한 이상 여기로 연락이 올 일은 없다고 생각합니다. 어쨌든 두 분께 기력과 체력이 필요할 때가 올 겁니다. 그때까지 힘을 비축해 두시죠. 저희는 이만 실례하겠습니다."

마키노 저택을 나온 뒤 이누카이는 아스카를 추궁했다.

"마키노 회장에게 한 질문, 뭐야? 도발이야, 아니면 혼자 오버한 거야?"

아스카는 잠시 침묵하다가 이윽고 화를 억누르며 말했다.

"아까 한 말은 그야말로 제약회사와 후생노동성의 완벽한 대변이었습니다. 만약 공식 석상에서 그런 말을 했다면 앙심을 품을 사람도 있겠죠."

"여자로서의 분노, 인가."

"옆에서 듣던 부인의 얼굴, 보셨어요? 남편에게 순종적인 듯한데 그 이야기를 들을 때만은 착잡한 얼굴이었습니다. 분명 어머니로서 동의할 수 없었던 걸 거예요."

어머니의 입장?

이누카이는 자제심이 부족한 아스카에 혀를 차면서도 한편으로는 마음이 어수선했다. 그것이야말로 자신이 가장 이해할 수 없는 영역이기 때문이었다.

3

마키노 아미가 유괴된 지 이틀이 지났지만 범인의 성명이나 연락은 아직 없었다.

"범인은 도대체 무슨 생각인 거야."

수사회의 자리, 무라세는 입을 열자마자 투덜거렸다. 범인을 향한 불만은 곧 진척 없는 수사 상황을 향한 것이기도 했다. 죽 늘어앉은 수사관들은 하나같이 가시방석에 앉은 듯한 얼굴이었다.

무라세 다이지 관리관. 지난번 '살인마 잭 사건'에서의 실책을 이유로 경질된 쓰루사키 관리관의 후임으로 발령받은 남자다. 시시콜콜 감정을 드러내면서 수사관에게 공격적이었던 쓰루사키와는 달리 필요한 말만 하는 인물이다. 그렇다고 해서 상대하기 쉬운 관리관은 아니어서 바로 옆에 앉은 쓰무라 1과장도 불편한 기색이었다. 끝에 앉은 아소도 덩달아 쌔무룩했다.

"첫 번째 쓰키시마 가나에 유괴사건이 일어난 지 8일, 범인에게서 연락은 전혀 없고 피해 소녀의 흔적도 파악할 수 없다. 이래서는 유괴 목적조차 알 수 없어."

굳이 언급하지는 않았지만 흔적을 파악할 수 없다는 발언은 사체도 발견되지 않았다는 사실을 암시했다. 영리 목적이 아니라면 외설 폭행이 목적. 그러나 사체가 발견되지 않았다면 어느 쪽도 단정할 수 없다.

초조한 무라세를 생각해서인지 쓰무라도 평소보다 더 고민스러운 얼굴로 수사관에게 질문을 던졌다.

"첫 번째는 가구라자카, 두 번째는 이다바시. 두 현장은 엎어지면 코 닿을 거리다. 범인은 그 동네 지리에 밝은 사람일 가능성이 커. 지역 수사는 어떻게 됐나."

이 질문에 자리에서 일어선 사람은 우시고메 경찰서와 고지마치 경찰서의 수사관이었다.

가나에 유괴사건이 발생했을 때 수사본부는 경시청과 우시고메 경찰서 합동 수사로 구성됐으나 여기에 아미의 유괴가 더해지며 고지마치 경찰서도 합류했다. 현재는 삼자 합동 수사가 되면서 규모가 단번에 커졌다.

"가구라자카 일대에서는 아직 수상한 인물은 나오지 않았습니다. 평일에도 움직일 수 있는 학생이나 프리랜서 같은 인물이 명단에 올라 있지만 피해 소녀들과의 접점은 발견되지 않았습니다."

"이다바시역 부근 수사도 똑같습니다. 여기도 범행시간에 움직일 수 있는 사람 명단은 만들었지만 절실할 정도로 생활이 궁핍한 자나 전과자는 보이지 않아 용의자를 좁히지 못하고 있습니다."

두 유괴사건은 각각 범인이 철두철미하게 사전 조사한 흔적이 보인다.

쓰키시마 가나에 사건의 범인은 피해 소녀가 기억장애를 앓는다는 사실을 아는 데다 가구라자카 지리에 밝은 자로 추측된다. 한편 마키노 아미 사건도 시라기쿠이나리 신사에 혼자 있을 때를 계산해서 유괴했기에 얼마간 미행했으리라 짐작된다. 설마 거리에서 우연히 발견하고 유괴 대상으로 선택했을 리는 없다. 아미의 행동을 사전에 파악하지 않거나 신사 주변 지리에 밝지 않으면 CCTV에 찍히지 않고서 움직이기란 어렵다.

수사본부는 이 가정을 바탕으로 단독범이든 공범이든 용의자는 면식범이며 지리에 밝은 자라고 추론했다.

당초 그러한 조건을 충족하는 자는 한정되므로 용의자 색출이 비교적 쉽겠다고 생각했다. 그런데 수사를 해도 조건에 해당하는 사람은 학교 관계자와 상점가 관계자 정도고, 다들 범행 시각에는 직장에 묶여 있어 확실한 알리바이가 있었다.

쓰무라는 언짢은 심사를 숨기려고 하지도 않았다.

"다음, 유류품."

다른 수사관이 일어섰다.

"시라기쿠이나리 신사에 남아 있던 마키노 아미의 휴대폰에서는 역시 본인의 지문만 검출됐습니다. 또 통화 기록에는 어머니와의 통화만 남아 있었고 수상한 자와의 접촉은 나오지 않았습니다."

"요즘 여자아이라면 통화나 문자보다는 거의 라인(LINE)만 쓰겠지."

"그건 그렇습니다만……, 피해 소녀는 교우 관계가 몹시 좁아서 라인으로 소통하는 상대는 당시 함께 하교하던 구리타 미도리뿐이었던 모양입니다. 당일 메시지 기록은 없었습니다."

"다음, 현장에 남아 있던 그림엽서."

이 질문에는 아스카가 일어섰다.

"두 현장에 남아 있던 건 지요다구 간다 진보초에 본사가 있는 문방구 회사 '세렌도'가 2년 전에 발매한 '그림 동화 시리즈' 중 한 장입니다. 총 12종인데 그중 '하멜른의 피리 부른 사나이'는 4천 세트, 한 세트에 다섯 장 들어 있으니 총 2만 장 제작된 셈입니다. 이 '그림 동화 시리즈'는 매장 반응이 좋아서 재고도 아주 적었습니다."

"세트로 산 사람이 4천 명이나 된다는 말인가?"

"가격이 한 세트에 2백 엔이라서 아이들 용돈으로도 살 수 있으니까요. 그리고 도쿄 내에서 비교적 규모가 큰 문구 매장에 확인한 바로는 이런 종류의 상품은 대부분 현금으로 구매하지 카드로 결제하는 경우는 지극히 드물다고 합니다."

학생이 구매한다면 카드로 결제하지 않을 테고 성인이 구매한다고 해도 그렇게나 적은 금액이면 지갑에 있는 잔돈을 사용해도 충분하리라. 결국 기록이 남아 있기 어려운 상황이었다. 그러면 최종 소비자를 추적하는 것은 불가능에 가깝다.

"그럼 유괴된 소녀들의 공통점은."

이누카이가 일어섰다.

"첫 번째 피해자 쓰키시마 가나에는 열다섯 살, 거주지는 신주쿠구 야라이초. 두 번째 피해자 마키노 아미는 열여섯 살, 거주지는 나카노구 나카노. 유치원 시절까지 거슬러 올라갔지만 두 사람이 같은 학교에 다닌 사실은 없습니다. 두 사람이 다니는 학교는 비교적 가깝지만 이다바시 주변은 원래부터 학교 밀집 구역이고, 또 두 사람 모두 동아리 활동으로 교류한 적도 없던 것 같습니다."

"학교 안으로만 한정 지을 건 아니잖나."

"두 아이의 어머니들에게 확인했습니다만 학교 밖에서 아는 사이였다는 증언도 없었습니다."

입 밖으로 내지 않았지만 쓰키시마 집안과 마키노 집안의 경제 격차도 이 사실을 뒷받침했다. 한쪽은 한부모 가정, 한쪽은 의사 집안. 같은 학교 학생이 아닌 한 접점은 좀처럼 생기지 않는다.

무엇보다 두 사람이 자궁경부암 백신이라는 한 가지 문제로 연결된다는 사실을 상부에 보고했지만 아소는 그다지 내켜 하지 않았다. 이누카이는 혹시나 해서 아소의 얼굴을 살폈지만, 아소는 천천히 고개를 저었다. 확실한 정보가 아니면 이 자리에서 보고하지 말라는 신호다.

"그럼 특수반 쪽 진척은."

쓰키시마 가나에의 집에서 대기하는 나가세, 마키노 아미의 집에서 진을 치고 있는 도노야마가 동시에 일어섰지만 두 사람 모두 안색이 나빴다. 두 집 모두 사건 발생 후 범인의 연락이 단 한 번도 없었다고 보고하며 끝났다.

"다음, 쓰키시마 아야코가 개설한 블로그."

그 호명에 젊지만 다소 비만 기미가 보이는 수사관이 일어섰다. 선입견은 금물이지만 아침부터 밤까지 컴퓨터 앞에 앉아 있으면 운동이 부족할 만하다고 이누카이는 멋대로 상상했다.

"사이버 범죄 대책과 미쿠모입니다. 피해자 어머니의 블로그에 올라온 댓글 3,524개 중, 적의 또는 명확한 악의가 담긴 댓글을 추출한 결과 1,487개가 나왔습니다. 현재 그 댓글들의 IP 주소를 한 건 한 건 추적해 사용자를 특정하고 있는 단계입니다. 아직 용의자 후보를 추리지는 못했습니다."

쓰무라의 말투가 점점 험악해졌다.

"유괴된 사람은 영유아가 아니다. 나름대로 힘과 덩치가 있는 열다섯, 열여섯 청소년이야. 설마 연기처럼 사라진 건 아닐 테고 범인에게 끌려갔다면 어딘가 CCTV에 찍혔겠지. 그런데 왜 하나도 없는 거지?"

현장 근처 CCTV에 범인은커녕 소녀의 모습조차 찍히지 않은 이유는 범인이 지리를 잘 알기 때문이다. 이 대전제에 이누카이는 반은 긍정 반은 부정하는 입장이었다. 지역 주민이라면 분명 샛길이나 지름길은 빠삭할 테니까 여자아이 한 명을 안고 우왕좌왕하는 상황에 빠지지는 않을 것이다. 하지만 길을 잘 아는 것과 CCTV에 찍히지 않는 것은 다른 문제다. 오래전부터 그 지역에 산 주민들이 CCTV 설치 장소와 촬영 구역을 파악하고 있느냐 하면 결코 그렇지 않다.

오히려 이누카이가 아소에게 보여 준 'Surv' 같은 애플리케이션을 다룰 수 있는 사람이라면 지리에 밝지 않아도 CCTV의 사각지대를 이용해 범행을 저지를 수 있다. 게다가 두 현장은 길이 복잡하지도 않다. 사전 조사를 해 두면 범행 경로 확보도 그리 어려운 작업은 아니라고 생각했다.

반은 자포자기 심정으로 던진 질문에 그제야 젊은 수사관이 대답했다.

"범인이 피해 소녀를 차로 유괴했을 가능성이 크기 때문에 해당 지역의 CCTV로 잡을 수 있는 주차 차량의 번호판을 조회해 소유주를 뽑고 있습니다. 아직 작업 중이지만 현재로서는 전부 상점이나 기업의 영업용 차량이며 수상한 차량은 발견되지 않았습니다."

"영업 차량이라도 제외할 이유는 없지. 반드시 운전자의 알리바이를 확인해 둬."

쓰무라가 명령한 뒤 무라세에게 흘끗 시선을 보냈다. 유감스럽게도 이 자리에서 보고할 정보는 끝이었다.

무라세는 감정을 읽을 수 없는 얼굴로 입을 열었다.

"처음에도 말했지만, 마키노 아미가 유괴된 지 이틀이 지났는데 범인은 몸값을 요구하거나 연락을 해오지 않는다. 첫 번째 피해자인 쓰키시마 가나에도 마찬가지. 현재 범인에게 몸값을 가로챌 의사는 보이지 않는다. 그러나 유괴된 두 소녀의 안전이 가장 중요하므로 앞으로는 계속 비공개 수사를 한다. 지역 탐문 수사를 더욱 강화해. 각 수사관들은 더욱 분발하도록. 이상."

지지부진한 회의였지만 범인을 유추할 만한 단서가 전무한 지금, 공연히 회의를 질질 끌며 수사에 쏟을 시간을 까먹는 것보다는 훨씬 낫다.

그럼, 하고 자리에서 일어날 때 단상에서 내려온 아소가 이누카이에게 다가왔다. 무슨 말을 하려는지 얼굴만 봐도 금세 알았다. 이런 사람은 표정 없는 무라세보다 훨씬 대하기 쉽다.

"뭐 좀 건졌어?"

"건졌으면 회의에서 보고했겠죠. 왜 굳이 제게 물으십니까?"

"관리관이나 과장한테 무언의 압박을 받는 저 자리에 앉아 좋은 점은 전망이 좋아서 수사관들이 한눈에 들어온다는 점 말고는 없어. 뭣하면 한번 앉아 볼래?"

"아뇨, 아직은 아니에요."

"흥, 아직이라니. 언젠가는 앉을 생각인 모양이지? 수사관들을 둘러봐도 대부분 따분한지 동태눈깔을 하고 있었어. 너뿐이었다, 뭔가를 숨기고 있는 듯한 눈은. 그래서, 도대체 뭘 숨기고 있는 거야."

"딱히 숨긴 거 아닙니다. 단지 백신 건이 머릿속을 떠나지 않을 뿐이죠."

"그 자궁경부암 백신 말인가. 우연의 일치일 확률이 높다고 말했을 텐데."

"네. 하지만 현 단계에서 다른 공통점이 아무것도 없는 이상, 이 떡밥을 물 수밖에 없으니까요."

아소는 잠시 이누카이를 노려봤다. 원래대로라면 관리관의 지시에 따라 현지 탐문 수사를 강화하기 위해 자신과 아스카를 탐문 수사로 돌리고 싶겠지.

경찰 조직은 철저한 수직구조다. 군대처럼 상명하복 기능을 극대화하려면 그 체제가 이상적이기 때문이다.

상사의 명령은 절대적이다. 그러나 수직구조라도 사냥개를 키우는 부서에서는 물고 온 사냥감의 수로 특권이 부여되기도 한다. 그리고 이누카이는 사냥감 수로는 누구에게도 뒤지지 않는다.

이윽고 아소는 짧은 한숨을 한 번 내쉬고서 괘씸한 듯 말했다.

"가능성을 하나씩 없애는 것도 수사의 일부지. 다녀와."

"부하를 내보내는데 얼굴 좀 펴시면 안 돼요?"

"속이 부글부글한 건 어쩔 수 없잖아."

"왜 부글부글하십니까."

"아까 관리관 말, 들었지? 이 수사는 지금부터 비공개로 진행하자고."

"인질들의 안전이 가장 중요하다는 말에는 찬성입니다."

"인질의 안전이 아니야. 마키노 아미의 안전이지."

감정을 죽인 목소리에 모든 것이 이해됐다.

"……마키노 요시쿠니의 딸이기 때문입니까?"

"일본산부인과협회장이라는 이름이 생각보다 더 지명도

가 있나 봐."

한부모 가정 자녀라면 수사를 신속하게 진행하기 위해 공개수사를 한다. 그러나 유력자의 자녀라면 신중에 신중을 기한다. 맨정신으로는 도저히 냉정하게 들을 수 없는 이야기였다.

다만 그 결과, 가나에의 사건도 덩달아 비공개 수사로 전환된 점은 환영할 만한 일이었다. 아소의 말마따나 속이 뒤집어지는 이야기지만 자신의 감정만 눌러 덮어 놓으면 피해 소녀들을 구할 수 있다.

"알겠으면 가."

더 이상의 말은 필요 없었다.

그런데 회의실을 나오자마자 이번에는 아스카에게 붙잡혔다. 오늘은 사람들에게 꽤나 붙잡히는 날인 듯하다.

"어디 가세요?"

"별로 가망 없는 가능성을 깨부수러 간다."

"저도 같이 가겠습니다."

"가망 없는 가능성이라고 말했을 텐데."

"형사님이 그런 것 때문에 발바닥에 땀 나도록 돌아다닐 사람 같지는 않거든요."

비꼬는 것인가, 아부하는 것인가. 어쨌든 따라온다는 사람을 억지로 떼어놓을 이유도 없어, 이누카이는 말없이 아스카의 앞을 지나갔다.

이누카이는 데이토대학교 부속병원에 차를 세웠다. 눈치 빠른 아스카는 정문에서 병원 이름을 확인하자마자 불온한 눈초리를 했다.

"여기 형사님 따님이 입원한 병원이죠?"

"잘 아네. 누구한테 들었어?"

"근무 중에 개인 용무라니요?"

"오버하지 마, 목적지는 산부인과다."

"네!?"

"딸 때문에 가기에는 십 년은 빠르지."

"설마 자궁경부암 백신에 대한 수사인가요? 그건 이미 무라모토 선생, 마키노 회장 양쪽의 이야기를 들었잖아요."

"백신 정기접종에 관해 무라모토 선생은 신중파, 마키노 회장은 추진파지. 두 사람의 의견은 당연히 극단적이야. 그래서 어느 입장도 아닌 의견도 듣고 싶어."

아스카는 의아하다는 눈빛으로 이누카이를 바라봤다.

"그거 하나 물으려고 일부러 여기까지 왔단 말이에요?"

"현재로서는 두 피해 소녀의 유일한 공통분모야. 객관적인 시각은 어떤지 확인해 두지 않으면 오판하겠지. 결국 내 어림짐작이야. 억지로 같이 행동하지 않아도 괜찮아."

이누카이가 먼저 차에서 내렸다. 아스카도 무뚝뚝한 얼굴로 그 뒤를 따랐다.

접수대로 가니 매우 낯익은 여성이 있었다.

"어머, 이누카이 씨. 사야카 양이라면 지금 링거를 맞을 시간……."

"아뇨, 오늘은 다른 용건으로 왔습니다. 산부인과의 오구라 선생님을 뵙고 싶습니다."

평소 보이지 않는 경찰 신분증을 제시하자 접수처 여직원의 표정이 굳었다. 이미 종결된 사건이라고는 해도 이곳은 '살인마 잭 사건'의 여파가 있는 병원이었다. 경찰 신분을 내세우면 직원들 사이에 금세 긴장감이 조성되기 마련이었다.

"오구라 선생님은 지금 진료 중이셔서……."

"15분. 아니, 10분이면 됩니다."

병원 안에 이누카이의 끈질긴 성미는 어느 정도 알려져 있다. 보통은 줄곧 신사적으로 행동한다는 사실 역시.

접수처 직원의 표정이 풀리는 데 몇 초도 걸리지 않았다. 내선으로 두세 마디 하더니 금방 이누카이에게로 몸을 돌렀다.

"20분만 기다리시면 선생님 휴식시간입니다. 단 5분만이에요."

"감사합니다."

인사를 건네고 산부인과가 있는 건물로 향했다. 빠삭하게 알고 있는 병원은 이럴 때 편하다.

"그런데 단골 병원 의사에게 의견을 묻는 건 좀 안이한 것 같은데요."

"유명한 대학병원이야. 그런 곳에서 근무하는 의사의 식견이니 절대 만만하지 않을 거야."

산부인과가 있는 층 복도에서 기다리니 예정보다 5분 늦게 이름을 불렀다.

진료실로 들어갔다. 개인적인 용무든 공적인 용무든 진료실은 여러 번 드나들었지만 산부인과는 처음이었다. 어쩐지 금제의 구역에 발을 들이는 듯한 기분에 심란했다.

"아, 형사님이 소문의 이누카이 형사님이세요?"

오구라는 웃으면 눈이 가늘어지는, 체구가 작은 여의사였다. 나이는 사십 대 중반. 온화해 보이는 미소는 분명 임부의 긴장을 풀어주는 데 효과적이리라는 생각이 들었다. 자신의 소문이라는 말이 신경 쓰였지만 어차피 변변치 않은 소문일 테니 굳이 언급할 마음은 없었다.

"귀중한 시간을 내주셔서 감사합니다……. 그래도 휴식이 5분뿐이라니 빠듯하네요."

"이렇게 큰 종합병원도 산부인과는 일손이 모자라기 일쑤예요. 최근 몇 년, 산부인과를 지망하는 의사는 계속 줄기만 하죠. 자연분만은 시간을 가리지 않으니까 스물네 시간 대기 상태여야 하고, 젊은 애들은 좀처럼 버티질 못해요."

오구라는 입 밖으로 꺼내지 않았지만 이누카이는 또 다른 이유도 들어서 알고 있다. 의료 기술의 발달로 요즘이야말로 출산은 안전하다는 인식이 널리 퍼져 있지만, 분만은 산모와 아이 모두의 목숨이 걸린 일이기도 하다. 잠재된 위험도는 높고 당연히 소송 위험도 높아진다. 스물네 시간 대기를 강요당하면서 소송 위험 부담까지 있으니 기피하는 것도 당연했다.

"그보다도 빨리 본론으로 들어가죠. 모처럼 낸 5분이 아까우니까요."

"여쭙고 싶은 건 자궁경부암 백신 정기접종에 대해서입니다."

"제도에 대해서요?"

"아뇨. 제도의 옳고 그름에 대해 전문의의 의견을 듣고 싶습니다."

오구라는 이해한 듯 아, 하고 고개를 끄덕였다.

"최근 일부 언론에서도 화제죠. 아니면 가나에 양 모녀의 블로그라도 보셨나요?"

"블로그도 읽기는 했는데……. 그 블로그가 산부인과 의사들 사이에서 유명합니까?"

"의사로서 완전히 무시할 수는 없잖아요. 게다가 저도 같은 여자니까요. 가나에 양 어머님의 억울함이라고 할까 집념에는 공감하는 부분이 많습니다. 그런데 이누카이 형사님이 묻고 싶으신 건 산부인과 의사로서의 견해겠죠."

오구라는 의자에 깊숙이 몸을 묻고 다리를 꼬았다.

"자궁경부암을 예방할 수 있다는 관점에서 백신을 부정하지는 않습니다. 이 의견은 부인과 의사라면 예외가 없으리라 생각해요. 다만 그 백신에 분명한 부작용이 발견된다면 적어도 정기접종이라는 의무나 마찬가지인 제도는 삼가는 편이 현명하지 않을까 생각합니다. 예방접종법 때문에 무료 접종이 원칙인 점은 매력적이지만 후생노동성이 적극적으로 권장하는 건 문제가 있죠. 실제로 후생노동성도 접종 권장은 중단했습니다."

"하지만 일본산부인과협회와 정부의 검토부회에서는 접

종 권장 재개에 적극적이라고 들었습니다. 그건 부작용을 인정하지 않는다는 태도겠죠."

"부작용을 일으키는 메커니즘이 아직 증명되지 않았으니까요. 이게 원인이 아닌가 의심되는 요인은 있지만……."

"그게 뭐죠?"

"부작용을 호소하는 환자 중에는 기억장애에 걸린 사람도 있습니다만, 이런 고차뇌기능장해라는 병은 중추신경이 어떤 영향을 받았다고 추측할 수 있습니다. 그런 경우 가장 먼저 짐작할 수 있는 원인은 백신에 포함된 면역 촉진제입니다. 면역 촉진제라는 건 백신을 투여할 때 그 백신에 대한 세포 면역과 항체 생성을 증강하는 화학물질인데, 이 물질에 자궁경부암의 원인인 인유두종 바이러스의 DNA가 들어 있습니다. 그런 이물질이 체내에 들어가니 면역 메커니즘이 망가져도 이상할 게 없죠."

"추진파는 그래도 부작용을 인정하지 않으려고 하는군요."

"자궁경부암 백신은 대부분 접종 후 오랜 시간이 지난 후에 피해 보고가 올라오는 듯합니다. 접종 후 반년 이상 지나면 인과관계를 인정받기 어렵죠. 더욱이 많은 분이 착각하고 계실 수도 있는데 백 퍼센트 안전한 백신이라는 건 존재하지 않아요. 모든 백신은 부작용이 나타날 수 있습니다. 그렇다고는 해도 이번처럼 뇌 기능에 직접 영향을 미치는 부작용은 예외지만요."

"그런 위험이 있는 백신을 산부인과협회와 검토부회는 왜 정기접종을 시키려는 거죠?"

아스카가 이해할 수 없다는 투로 끼어들었다.

"두 분도 대충은 아시겠지만, 제약회사와 후생노동성과 의사는 이익공동체 같은 면이 있으니까요. 백신 접종을 반의무화하면 설령 출산율이 오르지 않아도 제약회사는 굶어 죽지는 않습니다. 그리고 제약회사가 검토부회에 참가하는 위원 대부분에게 어떠한 이익을 제공한다고 들었습니다. 바로 최근에도 제약회사가 백신을 권장하는 전문가 단체에 거액의 기부금을 기부한 일이 문제가 되었습니다. 업계에서는 규정 위반이거든요. 그리고 또 한 가지, 미국에서는 이미 백신 접종을 중단했습니다.* 그 남아도는 백신을 일본에서 처리하는데 심지어 정부가 지원금이라는 당근을 흔들고 있죠."

무라모토의 말이 떠올랐다. 제약회사와 후생노동성, 그

---

* 작가가 작품을 출간한 시기(2016년경)에는 미국은 백신 접종을 중단했지만 현재는 재개한 상태다.

리고 의사의 유착. 결국 의醫는 인술이 아니라 산술이라는 말인가.

"속이 안 좋으세요, 이누카이 형사님?"

"……딸을 선생님들께 맡기고 있는 사람으로서 복잡한 심경이네요."

"복잡한 심경, 이라고요. 역시 그게 여자와 남자의 차이인가 봅니다."

오구라는 입꼬리를 끌어올렸지만 눈은 웃지 않았다.

"당연한 이야기지만 자궁경부암 접종 대상은 여자아이들입니다. 자궁경부암이라는 난치병을 예방하려면 이 백신을 맞으세요. 이건 국가사업이니까 무료입니다. 그런 달콤한 말에 속아 소중한 딸을 장애인이나 아이를 낳을 수 없는 몸으로 만든 어머니의 기분을 분명 남자는 이해할 수 없으리라 생각합니다. 산부인과 의사면서 해당 백신의 정기접종에 의혹을 제기하는 건 제가 여자이기 때문일지도 모르겠군요."

순간 오구라와 아스카 사이에 공범자와 같은 시선이 오고 갔다. 이누카이는 자신이 마치 이방인 같다고 느꼈다.

"이누카이 형사님은 똑똑하신 분 같아요."

"그렇지 않습니다."

"똑똑한 사람은 행동을 보면 알 수 있습니다. 불필요한 행동은 하지 않아요. 말하기보다 듣기를 더 잘하죠. 그러니까 형사님께는 분명 설명이 필요 없을 거예요. 재앙은 나중에 발목을 잡을 거라는 말."

"백신 재앙입니까?"

"자궁경부암 백신 부작용 사례는 현재까지 1천 2백 건 보고됐을 뿐이지만 저는 빙산의 일각이라고 생각해요. 물 밑에 가려져 안 보이는 부분이 드러나는 건 2년 후나 5년 후, 아니면 10년 후……. 그때가 되면 피해자는 도대체 몇 만 명으로 늘어날까요. 그리고 그들에게 누가 어떤 형태로 보상할 수 있을까요? 생각할 때마다 같은 의료인으로서 부끄럽습니다만, 약해 에이즈 사건 때 제약회사나 비가열성 치료제를 승인한 후생노동성나 사건에 관여한 의사나 모두 추악한 행태가 만천하에 드러났습니다. 권력과 욕심에 찌든 자는 어리석어요. 어리석으니 몇 번이나 같은 잘못을 반복하고 몇 번이나 같은 추태가 까발려지죠."

"이것이 제2의 약해 에이즈 사건이 되리라 말씀하시는 겁니까?"

"자궁경부암 백신을 맞은 소녀는 당시 비가열성 치료제를 투여한 환자보다 훨씬 많습니다. 이미 340만 명 이상이 백신을 맞았으니까요. 만약 재앙이 터진다면 제2의 약해 에이즈는 댈 것도 아닙니다. 훨씬 더 거대하고 심각한 사태가 터지고도 남습니다."

냉정한 말투가 오히려 박력을 더했다.

자궁경부암 백신에 부정적인 사람들이 적은 것이 아니라 목소리가 작을 뿐일지 모른다. 무라모토의 지적은 옳았다. 이곳에도 작은 목소리를 내는 사람이 있었다.

작은 목소리. 그러나 시사하는 내용은 날카로웠고 의료 문제에 문외한인 이누카이를 겁먹게 하기에 충분했다.

이누카이가 찬물을 뒤집어쓴 기분으로 있는데 오구라가 갑자기 호들갑스럽게 말했다.

"어머나! 이게 무슨 일이야. 5분만 쉴 생각이었는데 10분이나 지났네요."

이만 나가라는 신호였다.

이누카이와 아스카는 순순히 자리에서 일어났다.

진료실을 나와서도 목 뒤에 오구라의 말이 달라붙어 있는 기분이 들었다. 옆에서 걷는 아스카는 말없이 화가 난 기색이었다.

"기분이 안 좋네."

"그래서 싫으세요?"

무슨 말을 못 하게 한다.

"말도 안 된다고 생각하지 않으세요?"

"백신 재앙 말이야? 역사는 반복된다는 말에 어울리는 사례지."

"그게 아니라 이번 백신 피해자 모두 여자라는 사실이요. 왜 여자만 기업의 이익과 관공서에 희생당해야 합니까."

그 뜻이었나. 자신은 여전히 여자의 마음을 읽지 못하는 듯하다.

"형사님은 아무렇지 않으신가 보네요."

아무렇지 않아 보인다면 아스카도 남자의 마음을 읽지 못하는 사람이다.

"무서워서 아까부터 몸서리를 칠 것 같아. 오구라 선생의 예언이 적중하지 않길 바랄 뿐이지만 그 이전에 문제가 너무 커. 약해 에이즈 사건보다 더 큰 재앙이 현실로 닥친다면 어떻게 될지 상상하면 오금이 저려."

아스카의 안색이 변했다.

"제약업계뿐만이 아니라 온 나라가 휩쓸릴 대재앙이야. 재판으로 번져서 패소라도 하면 가해자 측은 약해 에이즈 사건보다 더 많은 죄인과 배상금을 내놓아야 해. 빵에 가거나 직을 내놓는 자들도 나오겠지. 이권에 개입한 놈들에게는 사활이 걸린 문제야. 정기접종 추진파와 피해자들 사이는 갈등이 아니라 증오 수준의 이야기야. 그래서 더 모르겠어. 피리 부는 사나이가 왜 양쪽을 대표하는 사람들의 딸을 유괴했는지."

제대로 된 대답은 기대하지 않은 채 아스카에게 물었다. 아니나 다를까 아스카는 대꾸할 말이 없는 듯했다.

"자궁경부암 백신으로 기억장애 환자가 된 소녀와 자궁경부암 백신 접종의 선봉장으로 유명한 남자의 딸인 소녀. 가정환경도 생활 형편도 상반되는 두 사람. 왜 이 두 사람을 유괴해야만 했을까? 게다가 이번 연쇄 유괴에는 또 한 가지 질 나쁜 구석이 있어. 가장 중요한 카드를 아직 까지 않았다는 점이다."

"뭡니까? 가장 중요한 카드라니."

"사체."

"……네?"

순간 아스카의 미간에 주름이 잡혔다.

"유괴범은 범행 성명도 내지 않고 몸값도 요구하지 않아. 그리고 두 사람의 사체도 발견되지 않았지. 영리 목적인지 외설 목적인지 단순히 묻지 마 범행인지 범죄의 형태와 동기를 전혀 알 수 없어. 유괴라면 협상으로 범인과의 거리를 좁힐 수 있다. 사체가 발견되면 사법해부로 범인상을 추적할 수 있지. 하지만 범인이 아무런 정보도 보내오지 않는 한 우리는 계속 칠흑 같은 어둠 속에서 손만 더듬거리며 걸을 뿐이야."

아스카는 무책임하다는 눈빛으로 이누카이를 쏘아봤다.

"하지만 피리 부는 사나이가 정말로 악랄한 이유는 수사를 어렵게 해서가 아니야. 딸을 유괴당한 부모들은 자식이 살았는지 죽었는지조차 몰라 견딜 수 없지. 어차피 무책임한 김에 까놓고 말하면 사체가 발견되면 포기라도 할 수 있지, 생사불명이면 희망 고문만 하는 셈이라 그만큼 죄가 깊어. 피를 말려 죽이는 거야. 정신적으로 타격이 가장 크지."

어머니의, 여자의 심정은 헤아릴 수 없다.

그러나 부모의 심정은 안다. 만약 사야카가 유괴되어 생사도 알 수 없는 상황이 며칠이나 계속된다면 자신은 이성을 잃고 폭주하리라.

유괴된 두 소녀의 공통분모를 객관적으로 파악하려고 발걸음했지만 오히려 더욱 혼란스러워졌다.

"도대체 이득을 보는 사람이 누굴까?"

"네?"

스스로에게 한 질문이었는데 아스카가 반응했다.

"수사의 기본이야. 금전, 명예, 쾌락, 안녕, 무엇이든 좋다. 그 범죄로 이득을 얻는 사람을 가려내면 반드시 범인을 찾을 수 있어. 하지만 이번 사건에는 그런 인물이 보이지 않아. 쓰키시마 가나에와 마키노 아미를 유괴해서 두 가족을 정신적으로 고통스럽게 한다. 이 일로 누가 무슨 이익을 얻지?"

대답을 할 수 없어 분한지, 부끄러운지 아스카는 다시 입을 다물었다.

이누카이를 고심하게 하는 요인은 하나 더 있었다.

왜 '하멜른의 피리 부는 사나이'인가.

범인은 그 그림엽서로 피해자 가족에게 무엇을 전하려고 하는가.

어쨌든 '하멜른의 피리 부는 사나이' 동화를 다시 조사해야 한다.

두 사람은 말없이 차에 탔다.

4

"여러분, 저녁 식사가 준비됐으니 어서 드세요."

마키노 도모에가 쟁반에 담아온 카레를 내밀자 도노야마와 겐조의 굳은 표정이 사르르 녹았다.

"죄송합니다, 사모님. 괜히 저희까지 신경 쓰시게 해서."

"아니에요. 두 분 다 집에서 나가지도 못하는데 이 정도는 당연하죠."

특수반 두 사람이 유선전화 앞에서 대기하는 동안 세 끼 식사를 준비하는 일은 도모에의 일과가 되다시피 했다. 처음에는 남편과 똑같은 메뉴를 준비했지만 두 형사가 쉴 새 없이 무언가를 조사하기에 둘째 날부터는 한 손으로 먹을 수 있는 메뉴 위주로 준비했다.

두 사람은 남편 마키노 요시쿠니가 회장을 맡고 있는 산부인과협회의 명단과 부장으로 소속된 병원의 직원 명단을 조사했다. 아미가 유괴되고 나서 요시쿠니와 적대 관계인 인물을 추려내는 데 힘을 쏟는 듯했다.

도모에는 묵묵히 숟가락을 움직이는 도노야마를 보고 있자니 같은 질문을 또 하지 않을 수 없었다.

"왜 아미를 유괴했을까요?"

숟가락을 쥔 도노야마의 손이 멈췄다. 바로 앞에 앉아 있는 겐조와 거북한 얼굴로 서로 마주봤다.

"아직 범인이 몸값을 요구하지도 않았어요. 돈을 노린 유괴가 아닌가요?"

도노야마는 면목 없다는 듯 도모에를 바라봤다.

"수사 단계라서 뭐라고 드릴 말씀이 없습니다. 하지만 따님보다 먼저 유괴된 집에도 아직 범인의 연락이 없는 듯하니……."

즉 범인이 아무 소리도 내지 않고 있는 상황은 아미 사건뿐만이 아니라고 말하고 싶은 것이다.

"수사본부 인력이 보충돼서 3백 명 규모로 수사하고 있습니다. 부디 걱정하지 않으셔도 됩니다."

"……네."

같은 질문에 같은 대답. 허무한 행동이라는 것은 알지만 그마저도 하지 않으면 온갖 것이 의심스럽고 불안해져 속이 새까맣게 될 것만 같았다.

별실로 돌아가니 남편이 의자에 앉아 초조하게 다리를 떨고 있었다.

볼썽사나운 버릇이니 하지 마. 신혼 때 말했지만 좀처럼 고치지 못했다. 그 버릇을 뚝 그친 것은 아미가 유치원에 들어갔을 무렵이었다. 아미가 싫어할 것이라고 반 농담 삼아 협박하자마자 자취를 감췄다. 버릇이 자연히 사라진 것이 아니라는 사실은 가끔 무릎을 두드리며 참는 행동을 보면 알 수 있다. 어지간히도 아미를 실망시키고 싶지 않았던 모양이다.

그 버릇이 아미가 유괴되자마자 다시 시작됐다. 마치 부부 두 사람뿐일 때의 생활로 돌아간 듯해 어쩐지 불길했다.

"저 두 인간은 뭘 그렇게 뒤적거리는 거야."

종합병원 부장, 일본산부인과협회장. 자리가 사람을 만든다고, 그에 걸맞은 위엄을 갖추게 되지만 어디까지나 사회생활용 가면이다. 집에 돌아와 아내 앞에서는 본모습을 드러낸다. 남편 요시쿠니에게 그것은 바로 소심함과 성급

함이었다.

"형사라는 족속은 밖에 나가 사람들한테 물어보고 돌아다니는 인간들 아냐? 근방의 수상한 남자나 백수인 남자를 탐문해야 하는 거 아니냐고. 그런데 어쩌자고 집구석에만 틀어박혀서는!"

"비공개 수사인가 때문에 너무 드러내놓고 움직이지는 못한다나 봐요. 그래도 경찰이 3백 명이나 움직이고 있대요."

"3백 명이라고? 고작?"

요시쿠니는 화가 난 듯 책상을 쳤다.

"마키노 집안의, 우리 집안의 외동딸이야. 천 명 정도는 동원해야지!"

거만한 말이었지만 아미를 찾는 인원이 많다면 그보다 더 좋을 수는 없다. 그 마음은 도모에 역시 같았다.

"도대체가 말이야, 마지막까지 같이 있던 미도리라는 아이가 수상한 거 아냐? 혹시 질 나쁜 패거리와 어울리는 아이 아니냐고."

평소에 집에 없는 시간이 많은 아버지는 딸의 친구 관계를 너무 모른다. 구리타 미도리가 아미의 몇 안 되는 친구라는 사실조차 모른다. 함께 보내는 시간이 어머니보다 적다지만 어쩌면 이렇게나 무지할까.

"미도리를 의심하다니 제정신이에요? 우리 집에 몇 번이나 놀러 온 가장 친한 친구잖아요."

"여러 번 놀러 왔다고 좋은 애라고 단정할 수는 없지."

"미도리네 아버지도 의사고, 예의 바르고 착실한 아이예요."

"그래? 의사 집안의 딸이었군……."

요시쿠니는 의사 집안이라는 말을 듣더니 의심을 깨끗이 거뒀다. 의사가 아닌 사람이 들으면 황당할 이야기일 테지만, 같은 의사 집안이라는 사실만으로 마음이 놓일 정도로 소속 의식이 분명하게 존재했다.

"아무리 그래도 유괴된 지 이틀이나 지났는데 아직 아무 단서도 없다는 게 말이 돼? 그래놓고 세계에서 제일가는 경시청이라고 떠들어댈 수 있어?"

요시쿠니는 체면을 생각해서인지 형사들 앞에서는 목소리를 높이지 않았다. 하지만 그 비난의 화살은 항상 도모에를 향했다. 도모에는 남편이 직장에서 받는 스트레스를 집에서 풀어도 상관없다고 생각하며 살았다. 친정어머니도 남자의 세계는 지위가 높아질수록 속내를 털어놓기 힘들어진다고 철저히 가르치셨다.

하지만 이번 사태는 딸의 유괴사건이다. 요시쿠니 못지 않게, 아니 비교도 할 수 없을 정도로 애가 타는 사람이 어머니인 자신이라고도 생각한다. 경찰을 향한 불만을 자신에게 쏟아내니 부아가 치밀었다.

"……수사내용이 그렇게나 불만이면 당신이 직접 경시총감* 한테라도 이야기하면 되잖아요."

"뭐라고?"

"당신은 종일 여기서 불평불만만 늘어놓잖아요. 어차피 할 일이 없을 것 같으면 병원에 가는 게 낫겠어요."

"병원에 돌아가봤자 마찬가지야. 이런 상태에서 일이 손에 잡히겠어?"

"그럼 조금은……."

"딸이 유괴됐는데 어떻게 침착할 수 있겠어."

요시쿠니의 기분이 점점 나빠졌다. 도모에가 답지 않게 반기를 든 것도 한몫했을 테다.

"애당초 아미가 왜 낯선 사람한테 쉽게 유괴됐겠어. 모르는 사람을 따라가면 안 된다는 건 초등학생도 알아. 당신은 그런 것도 안 가르치고 뭐 했어!"

---

* 도쿄도를 관할하는 경시청의 총책임자.

더는 참을 수가 없었다.

"말을 그렇게밖에 못 해요? 집안일, 아미의 가정교육이랑 학교 교육까지 거의 다 나한테만 떠맡겨 놓고 이제 와서 그런 식으로 말하지 말아요."

"전업주부잖아. 남편이 밖에서 일하는 동안 그 정도는 당연히 해야지."

"당신이 남의 말 할 군번이에요? 요즘 아미가 당신을 싫어한다는 건 알고 있었죠? 그렇다고 나한테만 책임을 전가하려고 하지 말아요. 나는 아미를 어디 내놓아도 부끄럽지 않게 키웠다고 자부하니까요. 그래도 부족하다고 한다면 그건 역할을 다하지 않은 당신 책임이에요."

말을 쏟아내고 나서 자신도 모르게 입을 막았다.

지금까지 남몰래 가슴에 품고 있던 불만과 분노가 한꺼번에 터져 나온 듯했다. 분명 아미가 유괴된 충격과 불안감 탓에 자물쇠가 헐거워졌을 것이다.

도모에 본인도 놀랐을 정도니 남편은 말할 것도 없었다. 요시쿠니는 믿을 수 없다는 눈빛으로 도모에를 쳐다봤다.

분명 손찌검을 당하리라 생각해 몸이 움츠러들었지만, 예상과 달리 요시쿠니는 고개를 저을 뿐 달려들지 않았다.

"날 싫어한다는 건 알아. 나라고 바보가 아니라고. 쉬는 날 말을 걸어도 대답도 제대로 하지 않았으니까. 하지만 그 나이대 여자아이들은 으레 아버지를 그런 시선으로 보잖아? 그래서 굳이 신경 쓰지 않았어. 하지만 아미를 예뻐하는 마음이 달라진 건 아니야. 병원 사람들이 딸바보라고 놀렸지만, 나 하나쯤은 무조건 사랑해 줘도 괜찮으리라고 생각했어."

분하고 억울한 심정을 토해낸 뒤 따라오는 허무한 마음에 요시쿠니의 속내가 흘러들었다.

"당신도 알잖아. 그 녀석이 유치원에 들어갔을 때부터 갑자기 일이 바빠진 걸. 병원과 협회 일이 겹친 데다 양쪽 모두 직을 맡게 됐지. 덕분에 형편은 넉넉해졌지만 그만큼 아미와 보낼 시간이 줄어들었어. 그게 아버지의 숙명이라며 체념했는데……."

직함도 위엄도 내려놓은 남자는 그저 딸의 안부를 걱정하는 평범한 아버지였다.

남편도 상처받고 쇠약해졌다. 왜 이렇게나 단순한 사실을 깨닫지 못했을까.

"형사님들에게 차를 내주고 올게요."

물론 적당히 둘러대는 핑계였다. 도모에는 남편의 얼굴을 똑바로 바라보지 못하고 부엌으로 피신했다. 평소 집을 자주 비우는 요시쿠니는 케케묵은 교육을 받은 탓인지 부엌에는 더욱 들어오려 하지 않았다. 도모에가 달아나기에 이보다 적당한 곳도 없었다.

싱크대 앞에서 찻잎을 꺼내는 중에도 머릿속이 아미의 얼굴로 가득 찼다. 도모에는 후회로 몹시 괴로웠다. 요시쿠니에게는 그렇게 말했지만 아미가 낯선 사람을 따라간 것은 집안의 불협화음과도 적잖이 관계가 있을지도 모른다. 그렇다고 한다면 자신에게도 어느 정도 책임이 있다.

아미가 유괴된 것은 자신의 책임이다. 만약 만에 하나라도 아미가 사체로 발견된다면…….

거기까지 생각이 미쳤을 때, 도모에는 다급히 머리를 흔들었다.

상상하면 안 돼.

상상하면 할수록 현실로 다가올 것만 같은 공포가 엄습했다.

이누카이라는 형사에게 증언한 대로 작년부터 아미는 부모에게 마음을 닫기 시작했다. 요시쿠니는 사춘기 탓이라고 판단했지만 도모에는 이해할 수 없었다.

사춘기인 딸이 아버지를 싫어하는 것은 도모에 자신도 경험한 바 있다. 지금까지 아버지이기만 했던 존재가 어느 순간부터 수컷으로 보인다. 그것을 경계로 외모와 체취에도 혐오감을 느끼게 된다. 나중에 돌이켜보면 그저 한 번 앓고 지나가는 홍역 같은 것이며 머지않아 다시 가족 한 사람으로 인식하게 된다.

하지만 아미의 아버지 혐오는 소녀 시절 도모에에 비할 바가 아니었다. 외모나 체취 수준이 아니라 존재를 떠올리는 것만으로도 싫어했다. 원래 결벽증 경향이 있어서 더욱 그러했으리라. 그에 더해 어머니인 자신에게까지 반항적으로 바뀐 것도 일종의 통과의례라고 포기하고 있었음을 부정할 수 없었다.

어째서 그때 딸을 조금 더 이해하려고 하지 않았을까.

어째서 서로의 거리를 좁히려고 노력하지 않았을까.

지금에 와서는 후회밖에 할 수 없었다. 스스로도 타산적이라는 생각이 들었다. 손만 뻗으면 닿을 거리에 있었기에 대화를 나누지 않아도 서로를 이해하리라고 생각했다. 결혼은 아직 먼 이야기니 당연히 곁에 있으리라 믿었다.

사라지고 나서야 아미가 자신에게 얼마나 큰 존재였는지 뼈저리게 느꼈다. 정신을 차리고 보니 자신들의 삶은 아미를 중심으로 돌아가고 있었던 것이다.

갑자기 시야에 물기가 어렸다.

아미의 유괴 소식을 들은 당일, 불안과 공포로 눈물이 다 말라 버릴 정도로 통곡했는데, 눈물샘에 아직도 눈물이 남아 있었나 보다.

어느새 물이 끓었다.

찻잎을 넣은 찻주전자에 천천히 물을 따르고 있으니 눈물도 말랐다. 핑곗거리로 우려낸 차지만 모처럼 준비했으니 내놓기로 했다.

거실에서는 도노야마와 겐조가 여전히 명단을 조사하고 있었다.

"저, 차 좀 드시면서 하세요."

"아, 사모님. 정말로 신경 안 쓰셔도 됩니다."

도노야마는 두 손을 모아 공손한 자세로 찻잔을 받았다. 말이 없고 표정이 없는 겐조와는 달리 의외로 친해지기 쉬운 인상이다.

그래서 물어보고 싶어졌다.

"도노야마 형사님, 한 가지 여쭤봐도 될까요?"

"네, 말씀하세요."

"범인은 왜 그런 그림엽서를 남겨 놨을까요?"

하이덴 안쪽, 스마트폰과 함께 놓여 있던 '하멜른의 피리 부는 사나이' 그림엽서. 처음 그 그림엽서를 봤던 순간 느꼈던 위화감을 떨칠 수 없다. 그로부터 이틀, 아무리 생각해도 아미는 그림 동화 중 한 편과 아무 연관이 없다.

"첫 번째 소녀 때도 그게 남아 있었죠? 마치 명함을 대신하는 것처럼. 도대체 '하멜른의 피리 부는 사나이'에 어떤 의미가 있나요?"

그러자 도노야마는 순간 꺼림칙한 표정을 짓더니 겐조와 눈짓을 주고받았다. 말해도 되냐는 무언의 질문에 겐조가 고개를 살짝 끄덕였다.

"확실히 그건 범인의 시그니처 같은 게 맞습니다. 저희도 '하멜른의 피리 부는 사나이'에 대해서는 문외한이라 문헌을 뒤졌습니다. 다들 거기에 범인의 메시지가 담겨 있다고 생각하니까요. 하지만 의견이 여러 가지라 결론을 내는 데 시간이 좀 걸리네요."

도노야마는 머리를 긁적였다.

"그림 동화는 완전한 창작물이 아니라 그림 형제가 각 지역의 민간설화를 엮은 것이라더군요. 그래서 동화 대부분에 역사적 사실이나 사건이 포함되어 있습니다. '하멜른의 피리 부는 사나이'도 예외는 아니죠. 1284년 독일 하멜른이라는 도시에서 아이 130명이 갑자기 사라졌다는 민담을 기반으로 한 동화입니다. 그만큼이나 많은 아이가 한꺼번에 모습을 감췄으니 당연히 대단한 이유가 있으리라 생각했죠. 그중 하나가 산사태나 홍수 등 자연재해, 또는 전염병 때문에 많은 아이가 죽었다는 설입니다. 이 설은 피리 부는 사나이가 사신死神을 상징한다고 해석합니다."

불안이 사라지지는 않았지만 도모에는 두려우면서도 동화 해석에 흥미를 느꼈다. 동화 원전은 몹시 잔혹한 이야기가 많다고 들었는데 '하멜른의 피리 부는 사나이' 민담도 상당히 끔찍했다.

"다른 설은 어떠한 군사행동 아니냐는 해석입니다. 1260년 제데뮌데 전투에서 하멜른의 시민군이 전멸했는데, 이 시민군을 아이 130명에 비유했다는 이야기죠. 이 해석에서는 징병관이 피리 부는 사나이인 셈입니다."

이 역시 수긍하지 못할 이야기는 아니라고 생각했다. 지금보다 평균수명이 짧았던 시대에는 분명 어린 소년병들이 징집됐을 터다.

"세 번째 설. 이게 가장 일반적으로 알려진 설인데요, 아이들이 자신의 의지로 도시를 떠난 것 아니냐는, 말하자면 이주설입니다. 13세기 독일은 인구가 워낙 많아서 집과 땅을 상속받을 수 있는 사람은 장남뿐이었습니다. 그래서 차남 이하 아이들이 새로운 세상을 찾아 떠났다는 겁니다. 실제로 나중에 역사학자들이 조사해 보니 하멜른에서 볼 수 있는 성씨나 그와 비슷한 성씨를 가진 사람이 동유럽 식민지에 많이 남아 있었다는 듯해 이 해석을 뒷받침하는 근거가 됐습니다."

재해나 병으로 인한 사망설, 전사설, 그리고 이주설.

해석은 하나같이 흥미를 불러일으켰지만 현실에서 일어난 두 유괴사건과 비교해 보면 다소 동떨어진 느낌이 있다.

같은 생각을 한 듯했다. 도노야마도 이해할 수 없다는 듯 다시 머리를 긁적이기 시작했다.

"아무리 생각해도 이거다 싶은 게 없죠? 병으로 인한 사망설만 해도 첫 번째로 유괴된 아이는 분명 장애를 앓고 있지만 아미 양은 건강하니까요. 전사설은 전혀 의미가 맞지 않고, 유괴니까 이주설도 맞지 않습니다."

"그러네요. 게다가 해석이 그렇게나 분분하면 범인이 명함 대신 놓고 간 것도 설명이 안 되죠."

도모에가 그렇게 말하자 두 형사는 다시 눈짓을 주고받았다.

"그래서 그 그림엽서를 무슨 의도로 놓아두었는지도 수사하고 있습니다. 조금만 더 시간을 주세요. 저희도 최선을 다하겠습니다."

도모에는 '하멜른의 피리 부는 사나이'를 둘러싼 해석을 머릿속에서 떨쳐낼 수 없었다. 도노야마의 어조가 어쩐지 석연치 않았기 때문이다.

너무 신경이 쓰여서 별실에 있는 컴퓨터로 직접 동화의 유래를 확인하기로 했다. '하멜른의 피리 부는 사나이'를 검색하자 곧바로 정보가 한눈에 나타났다. 역시 많은 사람이 도모에만큼, 아니면 그 이상으로 관심을 보인 것으로 보이며 민담 해석을 놓고 학자들이 다양한 추론을 펼치고 있었다.

그런데 도모에의 눈이 특정 해석에 멈췄다. 도노야마가 말하지 않은 네 번째 해석이었다.

이해 못 하는 바는 아니었다. 딸을 유괴당한 어머니에게 들려줄 만한 내용이 도저히 아니었기 때문이다.

―피리 부는 사나이란 정신 질환을 앓던 소아성애자였다. 그는 하멜른에서 아동 130명을 유괴해 자신의 비뚤어진 욕구를 충족했다. 어떤 아이는 다섯 토막을 냈고, 어떤 아이는 나무에 매달았다.

그 순간, 도모에는 핏기가 가시는 소리를 들었다.

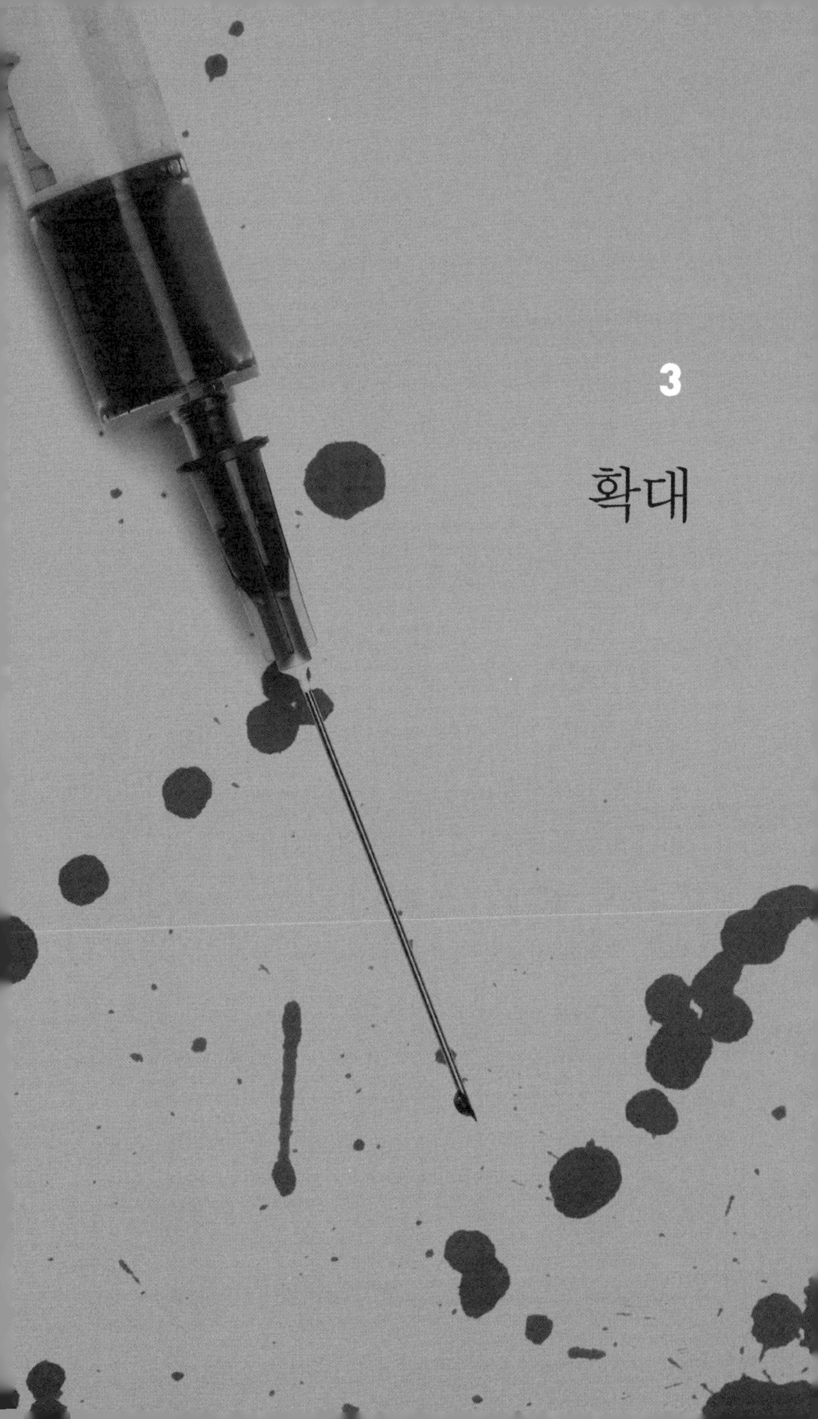

3

확대

1

3월 16일, 오후 1시 30분.

이누카이는 아스카와 함께 참의원* 의원회관 위원회실에 있었다. 형사라는 직업상 다양한 곳을 드나들지만 의사당 안에 발을 들여놓은 것은 이번이 처음이었다.

나란히 앉은 의원들을 앞에 두고 석상에 오른 소녀 다섯 명이 긴장한 얼굴로 호소하고 있었다. 다섯 아이는 회견석까지 설치된 좁은 통로를 휠체어를 타고 힘겹게 이동했다. 소녀들의 어머니로 보이는 여성들이 조금 떨어진 곳에서

* 양원제인 일본의 국회에서 상원에 해당. 하원은 중의원이다.

그 모습을 걱정스럽게 바라봤다.

위원회실 뒤쪽에는 카메라를 멘 보도진이 자리 잡고 있었는데, 그 수가 열 명이 채 되지 않아 언론의 관심이 저조하다는 사실을 대변했다.

"고, 고등학교 3학년 가리야 유미코입니다. 삼, 삼 년 전 9월과 10월에 백신을 맞았습니다. 그러고 나서 한동안 현기증이 나더니 다음에는 손발이 저리기 시작했습니다. 이런 적은, 지금까지 한 번도 없었습니다."

어른들 앞에서 말하는 것이 익숙하지 않은지, 유미코는 몇 번이나 혀를 깨물 뻔했다. 아니, 익숙하지 않아서가 아니라 경련이 혀까지 퍼져서 일지도 모른다.

"그래서 신경외과에서 진찰을 받았습니다. 저, 저는 백신을 맞고 나서 이상해졌다고 말했지만, 이상이 없다는 진단을 받았습니다. 그래서 세타가야 보건소에 상담했더니 다른 병원을 소개받았습니다……. 후, 후생노동성 지정 대학병원이었습니다. 저는 경련이 멈추지 않는다고 말했습니다. 하지만 의사 선생님은 기분 탓이라고만 했습니다. 기, 기분 탓에, 하, 하루 종일 손발이 떨린다니 이게 말이 되나요? 저는 2월이 되고 나서는 졸도까지 했습니다. 병원에서 메니에르병이 의심된다는 진단을 받고 약을 받아 왔습니니다. 매일 꼬박꼬박 약을 챙겨 먹고 있어요. 하지만 전혀 낫지 않습니다."

"가와무라 기리, 열여덟 살입니다. 중학교 3학년 때 백신을 맞았습니다. 며칠 후부터 갑자기 두통과 구역질이 한꺼번에 시작됐습니다. 생리통이 아닙니다. 저 같은 경우 생리통이 오면 몸이 처질 뿐이어서 그것과는 증상이 다릅니다. 그러다가 손발이 마비됐습니다. 손가락이 떨려서 펜도 쥐지 못합니다. 수업 시간에 칠판에 글씨도 못 쓰고 노트에는 지렁이 기어가는 듯한 글자만 남았습니다. 저 자신도 읽을 수 없을 정도라 집에 돌아와서도 복습을 할 수 없습니다. 다리도 덜덜 떨리기 시작했고 걷는 중에도 금세 무릎이 꺾입니다. 그래서 휠체어를 타기 시작했습니다."

기리는 잠시 말을 끊었다.

"……저는 스튜어디스가 꿈이었습니다. 그래서 초등학교에 입학하기 전부터 영어 회화를 배웠습니다. 그런데."

기리의 떨리는 목소리가 날카로웠다.

"휠체어 생활을 하게 되면 이제 스튜어디스는 될 수 없습니다. 저는 장래…… 장래…… 장래 희망을 포기해야만 했습니다. 저는, 아무 잘못도 하지 않았는데, 열심히 공부하고, 키 크려고 매일 우유를 마셨는데, 전부 소용없는 일이 됐습니다. 제 18년 인생을 돌려달라고, 누구에게 말해야 한단 말인가요?"

"고등학교 2학년 가이 시오리라고 합니다. 두 번째 접종을 한 직후부터 심한 두통과 경련에 시달렸습니다. 그래서 내과에 갔는데 그 병원 선생님은 검사조차 해 주지 않았습니다. 저는 배구부 소속이고 전국 고등학교 종합 체육대회에 나가는 게 꿈이었는데 이제는 무리…… 무리입니다. 공을 치려고 해도 손의 경련이 너무 심해서 금세 공을 떨어뜨리고 말아요."

시오리는 갑자기 고개를 숙이고 코를 훌쩍였다. 이누카이 자리에서도 시오리가 울음을 참고 있다는 사실을 알 수 있었다.

"잔인하네요, 이런 거."

아스카는 더는 못 보겠다는 듯 시선을 돌렸다.

"마치 구경거리 같잖아요."

"마치가 아니라 구경거리 맞아."

이누카이는 절대로 시선을 떼지 않았다.

"저 아이들은 자신들이 처한 현실을 국회의원들에게 알리려고 스스로 모습을 드러냈어. 전해 듣는 것만으로는 그 고통과 괴로움이 반도 전해지지 않으니까. 게다가 백신 피해로 고통받는 아이들은 전국에 1천 2백 명이나 있어. 저 아이들은 그 1천 2백 명을 위해 모든 용기를 쥐어짜서 이 자리에 서 있는 거야."

만약 자신의 딸이 저들과 같은 입장이었다면, 하고 생각하니 도저히 참을 수 없었다. 그렇기에 더더욱 시선을 돌려서는 안 된다고 생각했다.

시오리가 간신히 얼굴을 들었다.

"……그 사이에, 경련이 전신으로 퍼져서 서 있을 수조차 없어졌습니다. 저는, 그래도 계속 학교에 다녔습니다. 목발을 짚으며 학교에 나갔습니다. 반년 동안 노력했습니다. 하지만 이제 1미터도 걷기 힘들어져서……. 그래서 선생님과 상담 끝에 휴학했습니다. 하지만 치료에 전념한다고 해서 몸이 원래대로 돌아오리란 보장은 어디에도 없어요. 의원님들, 저는 도대체 누구에게 화를 내야 하나요?"

시오리의 물음에 의원들은 하나같이 아연한 표정을 지었다. 개중에는 시오리의 시선을 견딜 수 없는지 고개를 돌리는 자도 있었다.

네 번째로 마이크 앞에 선 사람은 아직 앳된, 체구가 작은 여자아이였다. 나이며 체격이며 사야카와 많이 닮았다.

"중학교 3학년 오와다 하루카입니다. 저는 작년 4월에 처음 자궁경부암 백신을 맞았습니다. 그러고 나서 6월쯤 고열과 온몸의 통증 탓에 서 있을 수도 없어졌습니다. 그래서 곧바로 의사 선생님한테 갔는데 의사 선생님은 진찰도 제대로 안 하고서 감기약을 줬습니다. 약을 먹었지만 낫지 않았어요. 그리고 두 번째 주사를 맞았습니다. 이때 또 증상이 심해졌습니다. 아침부터 밤까지 근육통과 어깨 결림에 시달렸습니다. 금방 피곤해지고 고열이 났습니다. 세 번째 접종 때는 백신을 맞을 때마다 몸이 이상해진다고 의사 선생님한테 말했습니다. 하지만 그 의사 선생님은 분명 기분 탓일 거라며 엉뚱한 소리 하지 말라고 화를 냈습니다."

하루카는 그 의사가 눈앞에 서 있는 것처럼 허공을 노려봤다.

"그런데 세 번째 접종 후에 증상은 더욱더 심해졌습니다. 근육통으로 계단조차 오르내리지 못하게 됐습니다. 손목에 힘을 줄 수 없어서 페트병 뚜껑도 못 열었어요. 매일 고열에 시달렸습니다. 이대로는 정말로 죽을 것 같아서 부모님이 대학병원에 싣고 가셨어요. 대학병원 선생님은 전신성 에리테마토데스라고 진단했습니다. 엄청난 난치병이라고 했습니다. 이상했습니다. 왜냐면 저는 철이 들 무렵부터 병에 걸린 적이 없거든요! 왜 그런 들어 본 적도 없는 난치

병에 걸려야만 했을까요. 저와 부모님은 백신을 놓은 의사에게 항의하러 갔습니다. 그러자 그 의사는 엄마한테 '당신이 백신 탓이라고 떠들어 대니까 딸의 병이 전혀 낫지 않는 겁니다'라고 했고, '그런 식으로 백신 탓을 하는 환자는 거의 다 꾀병이다'라고도 했습니다."

분명 하루카의 어머니일 것이다. 회견석 가장자리에서 듣고 있던 한 여성이 참을 수 없다는 듯 손으로 얼굴을 덮었다.

"마지막으로 그 의사는 백신을 맞은 사실을 잊으면 어떻겠냐고도 했습니다. 마치 열심히 백신을, 그 주사를 놓은 자신을 감싸는 것처럼밖에 보이지 않았습니다. 그때 저와 부모님은 아무 대꾸도 못 한 채 돌아왔습니다. 하지만 지금이라면 분명히 말할 수 있습니다. 저를 이렇게 만든 건 자궁경부암 백신이라고."

하루카는 반은 절규에 가까운 목소리로 이야기를 끝냈다. 이누카이의 가슴이 조여들었다. 겨우 중학교 3학년 여자아이를 여기까지 몰아넣은 의료란 과연 무엇인가. 평소에 딸이 인공 투석으로 생명을 이어가고 있기에 더욱 그런 생각이 들었다. 왜 의료라는 것은 사람의 생명을 구하면서도 갉아 먹을까.

예전에 장기이식을 둘러싼 사건을 수사할 때 머리를 스쳤던 생각이 되살아났다. 사람을 불행하게 만드는 의료행위가 무슨 의미가 있는 것일까. 아니, 애초에 의료는 누구를 위해 존재할까. 적어도 환자를 위해서는 아니다. 만약 환자를 위해서라면 어째서 의료행위 때문에 그들과 같은 피해자가 생기는 것일까, 어불성설 아닌가.

마지막으로 나온 사람은 긴 검은 머리의 소녀였다.

"하세쿠라 유카입니다. 나이는 열…… 열여덟, 인 것 같습니다. 몇 년인가 전에 딱 한 번 백신을 맞았습니다. 그랬더니 저기, 숫자를 전혀 외울 수 없게 됐습니다. 지금은 간단한 덧셈도 못 합니다. 우리 학교는 대학 진학을 목표로 하는 학교니까 제가 처음부터 이런 상태가 아니었던 것은 확실합니다. 그런데 백신을 맞고 나서는…… 저기, 제 나이도 몰라서……."

유카의 목소리가 떨리기 시작했다.

"고, 고등학생인데, 초, 초등학교 1학년도 하는 계산을 못해서, 이런 상태로는 시험도 볼 수 없습니다. 가고 싶던 대학도 포기해야 해요. 저는 반 성적도 좋았고 대학에 가려고 지금까지 열심히 공부했는데, 왜 이런…… 왜……."

유카는 결국 고개를 숙이고는 오열하기 시작했다.

"아, 아빠가 백신을 맞으라고 허락한 엄마를 탓하면서 우리 집은 풍비박산이 났습니다. 왜 엄마가 비난받아야 하나요? 백신을 맞으라고 한 사람은 의사인데 어째서 우리 가족이 뿔뿔이 흩어져야 하나요."

유카는 한동안 흐느꼈다. 어머니로 보이는 여성이 그 모습을 보다 못했는지 유카를 내려오게 했다.

마이크를 이어받은 사람은 쓰키시마 아야코였다.

"이 자리에 모여 주신 의원님들. 지금까지 아이들의 이야기를 잘 들으셨습니까?"

이누카이는 당찬 사람이라고 감탄하며 귀를 기울였다.

자궁경부암 백신 원내집회 '피해자의 목소리를 듣다'는 처음부터 오늘로 예정되어 있었다. 아야코가 집회 총괄을 맡고 있어 딸 가나에도 참가할 예정이었다고 한다.

그런 가나에가 유괴되는 바람에 개최 자체가 무산될 위기에 처했지만, 아야코는 예정대로 집회를 열었다. 저 멀리 도치기현에서 와 주는 모녀에게도 미안하고 만약 이곳에 가나에가 있었다면 역시 집회 개최를 찬성했으리라는 마음이었다.

전화로는 연락하지 않은 범인이 집회 장소를 이용해 아야코에게 접촉할지도 모른다. 이누카이와 아스카는 그 가능성 때문에 아야코의 곁에서 수행했고, 경계 인력도 집회에 섞여 있었다. 따라서 이누카이는 회장 안에서 수상한 움직임을 보이는 인물을 주시하고 아스카는 참가자 한 사람 한 사람의 얼굴을 카메라로 담았다.

아야코의 유창한 연설이 이어졌다.

"사정이 있어 이 자리에 함께하지 못했지만, 제 딸도 자궁경부암 백신을 맞고 난 후 심각한 기억장애 환자가 되었습니다. 처음에는 그저 기억력이 나빠진 정도였지만 점점 전철을 잘못 환승하거나 친구의 이름을 잊어버렸고 급기야 엄마인 제 이름과 관계까지 기억하지 못하게 됐습니다. 이제 어린 시절 추억은 전부 잃어버렸습니다. 15년 인생을 통째로 잃어버린 겁니다. 그래도 저희는 아직 포기하지 않았습니다. 이 아이들은 아직 십 대거든요. 앞길이 구만리 같은데 어떻게 포기할 수 있겠습니까?"

대단하다. 이누카이는 또다시 감탄했다. 물론 여러 번 리허설을 했겠지만 평범한 일반인인 아야코가 국회의원을 앞에 두고 주눅 들지 않고 당당하게 연설한다. 분명 어머니의 힘이리라 생각했다.

"저희는 지금 곤경에 처했습니다. 아이들을 치료할 자금과 환경이 없기 때문입니다. 완치되기까지 긴 시간과 막대한 치료비가 필요합니다. 하지만 형편이 넉넉한 가정은 많지 않습니다. 몇 년 뒤라니 가당치도 않습니다. 내년도 늦습니다. 지금이에요. 지금 당장 구제해 주셔야 합니다. 부디 저희를 도와주십시오. 그리고 또 다른 피해자가 발생하지 않도록 하루라도 빨리 자궁경부암 백신 접종사업을 중단해 주십시오."

아야코가 연설을 마치고 가볍게 머리 숙여 인사하자 참석한 의원들 속에서 드문드문 박수가 나왔다.

마지막으로 마이크를 잡은 사람은 무라모토 의사였다.

"도쿄에서 소아과를 운영하는 무라모토라고 합니다. 오늘 집회를 주재한 쓰키시마 아야코 씨와는 블로그를 통해 알게 됐고, 오늘은 의사로서 이 집회에 참가했습니다."

아야코의 연설에 비하면 박력이 다소 부족하기는 했다. 그래도 무라모토의 말에는 전문가로서의 책임과 긍지가 느껴졌다.

"이런 약물 피해 사건은 오래되고도 새로운 문제입니다. 몇 년 주기로 발생하고 의사와 제약회사와 후생노동성의 유착이 밝혀지며 관계자가 체포되고 재판이 오랫동안 진행되면서 환자 몇 명이 희생되고 나서야 마침내 구제가 시작되죠. 그러나 그때가 되면 이미 또 다른 약물 피해 사건이 물 밑에서 진행되는 실정입니다. 즉 해결되는 듯 보여도 근본적인 부분은 전혀 개선되지 않는다는 뜻입니다. 제약회사는 부작용 있는 백신을 계속 만들고, 의사는 의료 수가를 받으려고 의심스러운 백신을 환자들에게 계속 투여하며, 후생노동성은 낙하산 욕심에 백신을 순순히 허가하고 접종을 권장하는 구조가 사라지지 않고 이어집니다. 그러나 의사로서 말씀드리면 이상이 있는 약은 즉시 사용을 중단하고 경고해야 합니다. 이런 당연한 말이 입찬소리 같이 들리겠지만, 의사와 후생노동성의 사명은 국민의 건강을 지키는 것이기 때문입니다. 유효성이 보증되지 않은 백신을 충분한 설명 없이 권장하는 것은 범죄 행위나 마찬가지입니다. 환자의 이익과는 무관한 논리로 백신 접종을 권장하는 후생노동성과 의료기관은 망국의 무리라고 해도 과언이 아닐 겁니다."

무라모토는 감정을 억누르며 떠듬떠듬 말했다. 그러나 현역 의사의 항의라는 모양새가 발언에 무게를 더했다.

"방금 증언을 들으신 대로 저 아이들은 백신만 맞지 않았다면 장애를 앓지 않았을 겁니다. 왜 이런 사업을 계속 추진할까요? 왜 검토부회 중 의문을 제기하는 위원이 단 한 명도 없는 걸까요? 지식이 부족해서일까요, 아니면 양심이 부족해서일까요? 무엇보다 자궁경부암은 부위별 암 사망률 중 꾸준히 감소하는 병입니다. 3백억 엔이나 추가해 백신 접종을 추진할 필요가 있다는 주장에 도무지 동의할 수 없습니다. 의원님들, 저도 부탁드리겠습니다. 환자의 생명을 담보로 사리사욕을 채우는 제약회사, 공무원, 의사. 그런 하이에나들보다 이 아이들을 바라봐 주십시오. 이 아이들의 고통을 덜어줄 수 있는 사람은 나라를 움직이는 여러분입니다."

무라모토를 향한 박수는 아야코에게 보냈던 그것에 비하면, 한층 조심스러웠다.

집회가 끝나고 아야코가 이누카이와 아스카에게 다가왔다.

"이런 곳까지 돌아다니시게 해서 죄송합니다."

머리를 깊이 숙이는 인사에 민망했다. 끌려다니는 것이 아니라 자신들이 따라다니고 있을 뿐이다.

"아야코 씨, 훌륭한 연설이었습니다."

아스카가 감격한 듯 말했지만 아야코의 표정은 밝아지지 않았다.

"그건…… 불안을 달래려던 행동이었을 뿐입니다. 뭐라

도 하지 않으면 미칠 것 같아서요."

사람은 극도의 패닉에 빠지면 평정심을 유지하려고 평소 행동을 흉내 내게 된다. 아야코가 집회를 개최한 이유도 그 발로라고 해석했다.

"다섯 아이도 오늘을 위해 열심히 연설 준비를 했어요. 제 개인적인 사정 때문에 취소할 수는 없지요."

"그러고 보니 그 아이들은 다들 휠체어를 타잖아요. 멀리 도치기에서 온 아이도 있다고 들었는데 이동할 때 힘들겠네요."

이누카이의 소소한 질문에 아야코가 차분하게 대답했다.

"그 점은 걱정 안 하셔도 돼요. 요즘에는 간병용 시설이 비교적 잘되어 있어서요……. 비록 고령자 배려용이 대부분이긴 하지만요."

"열차에서야 휠체어 사용객의 편의를 위한 서비스를 제공하지만, 역까지 가는 길이 힘들지 않습니까?"

사야카가 이동해야 하는 상황을 생각하니 반드시 물어보고 싶었다.

"휠체어를 실을 수 있는 간병용 소형 버스가 있어요. 아이들은 그 버스를 타고 가까운 호텔로 갈 거예요."

간병용으로 특화된 소형 버스는 처음 들었다.

"요양원 입소자가 단체로 이동할 때 사용하려고 만든 것 같아요. 덕분에 저희도 예전보다는 편하게 이동할 수 있게 됐어요. 다만 보호자들은 다른 차로 이동해야 하지만요."

버스라고 해도 비용을 생각하면 대형 버스를 개조할 수는 없다. 휠체어를 실을 충분한 공간이 필요하므로 소형 버스는 휠체어 여섯 대를 싣는 것만으로도 빠듯해서 보호자가 동승할 여유가 없다고 했다.

"하지만 운전기사님이 환자에 익숙한 분이어서요. 저희도 안심하고 맡길 수 있어요."

들어 보니 숙박 호텔은 의원회관에서 차로 10분 거리에 있으며 보호자들도 택시로 뒤따라 간다고 했다. 과연 호텔이 그만큼 가까우면 휠체어를 사용하는 아이들도 스트레스를 최소한으로 줄일 수 있을 듯하다.

"다들 호텔에서 묵으십니까?"

"도쿄에 사는 아이도 있지만 여기까지 이동하는 데 상당한 체력이 소모되거든요. 같은 증상을 앓는 아이들끼리 친분을 다지려는 의미도 있고요……. 숙박비와 교통비는 피해자 대책 모임에서 지원해 주니까 그 정도는 괜찮겠죠."

원래라면 그 속에 가나에도 포함되어 있었겠지. 아야코의 원통한 심정을 생각하니 이누카이는 역시 참을 수 없었다.

하지만 수사는 수사다.

"그보다 아야코 씨, 이 사진을 좀 봐 주세요."

이누카이는 아스카에게 카메라를 받아 참가자들의 얼굴을 촬영한 사진을 보여줬다.

"이 중에 혹시 과거 또는 최근에 본 적 있는 사람이 있습니까?"

위원회실에 모인 사람은 참의원과 보도진, 일반 방청객까지 총 45명이었다. 만약 이 가운데 아야코의 지인이 섞여 있다면 그 인물이 돌파구가 될 가능성이 있다.

그러나 사진을 차례로 살펴봐도 아야코의 시선을 붙잡는 인물은 좀처럼 눈에 띄지 않았다.

"의원님 중에는 안면이 있는 분도 있는데……. 설마 그건 상관없겠죠."

모든 사진을 확인하는 데 15분이 걸렸지만 결국 이렇다 할 카드는 나오지 않았다. 필사적으로 셔터를 눌러댄 아스카는 수확이 없다는 사실을 깨닫고 짧게 한숨을 쉬었지만, 모래밭에서 바늘 찾기가 그리 쉬울 리 만무했다.

그 순간, 아야코의 가방 속에서 발랄한 멜로디가 흘러나왔다. 아야코가 휴대폰을 꺼냈다.

"실례하겠습니다……. 네, 쓰키시마 아야코입니다. 네네, 저는 아직 의원회관에 있는데요……. 네? 벌써 15분도 더 전에 출발했는데…… 아직이라고요? 길이 막히는 거 아닐까요? 아, 그런데 보호자들은 벌써 호텔에 도착했다고요……. 조금만 더 기다려 보면 어떨까요? 마침 여기 형사님들도 계시니까……. 네, 그럼……."

통화를 끝낸 아야코는 천천히 이누카이와 아스카를 돌아봤다. 물을 것도 없었다. 그 얼굴이 바로 무언가 사건이 터졌다는 증거였다.

"가리야 씨…… 유미코 양의 엄마인데, 아이들을 태운 소형 버스가 아직 호텔에 도착하지 않았다네요."

이누카이와 아스카는 무심결에 서로의 얼굴을 쳐다봤다. 순간 머리를 스친 생각은 분명 '하멜른의 피리 부는 사나이'였다.

형용하기 어려운 불안감이 머리 위에 내려앉았다. 이누카이의 머릿속에 경보가 시끄럽게 울렸다. 경험상 이런 상황에 느끼는 불안은 대부분 적중한다.

"아야코 씨, 소형 버스는 어느 버스회사에서 빌렸습니까?"

"저기……, 분명 휴대폰에 연락처가 있을 거예요."

이누카이는 아야코의 휴대폰을 받았다. 화면에 '게이요

버스'라는 글자와 전화번호가 보였다.

"아야코 씨, 만약을 위해서입니다. 운전기사에게 연락해 보라고 회사에 요청하세요. 지금 어디쯤 가고 있냐고 물어 보라고."

아야코는 이누카이의 지시대로 버스회사에 연락했다.

이누카이 일행은 일단 버스회사의 연락을 기다렸다. 그 사이에도 불안은 점점 커졌다.

"설마 버스째로 다섯 명을 유괴했다거나……."

아스카는 혼잣말처럼 중얼거리다가 황급히 입을 다물었다. 말이 씨가 된다고 믿는 기색이었다.

이윽고 버스회사에서 전화가 왔다. 그러나 통화를 하는 아야코의 얼굴이 순식간에 경악의 빛으로 물들었다.

"……운전기사와 연락이 안 된다고 하네요."

"전화를 바꿔 주세요."

이누카이는 빼앗다시피 휴대폰을 받아들었다.

"전화 바꿨습니다. 경시청 형사부 이누카이입니다."

— 경시청이요?

"운전기사와 연락이 안 된다니 사실입니까?"

— 네네, 우리 회사 소속 구사마라는 남자 직원인데, 아까부터 몇 번이나 전화를 걸어도 받지 않습니다.

"휴대폰이요?"

— 네, 회사에서 대여한 물품입니다만.

"GPS 기능으로 현재 위치를 추적할 수 있습니까?"

— 잠시만 기다리세요.

잠시 후 통화 상대가 돌아왔다.

— 저기, 현재 위치를 알아냈습니다만……, 좀 이상합니다. 한 장소에 멈춰서 전혀 움직이지 않습니다.

"그게 어딥니까?"

— 지요다구 나가타초 2—1—1. 참의원 의원회관입니다.

"뭐라고요!?"

이누카이는 서둘러 운전기사의 휴대폰 번호를 물어본 뒤 아야코를 향해 돌아섰다.

"아야코 씨, 호텔에서 기다리는 보호자 분들과 계속 연락해 주시겠습니까?"

"알겠습니다."

"가자, 아스카."

그 자리를 뛰쳐나온 이누카이는 자신의 휴대폰으로 운전기사인 구사마에게 전화를 걸었다. 신호음만 이어지는 가운데 상대는 받을 기미가 보이지 않았다.

"운전기사는 이 의원회관 어딘가에 있어. 휴대폰 벨소리든 진동 소리든 귀를 쫑긋 세우고 찾아."

"말도 안 되는 소리 마세요. 이렇게 넓은 건물 안에서 벨 소리만 듣고 어떻게 찾습니까."

"이런 건물 안이니까 하는 말이다. 일반인이 드나들 수 있는 곳이 한정되어 있을 거야."

의원회관에서 일반인이 출입할 수 있는 장소는 참관 로비, 참의원 본회의장, 천황 휴게실*, 황족실, 중앙 로비, 국회 앞 정원 등 여섯 군데 정도밖에 없다. 이누카이는 아스카와 해당 장소를 일일이 수색했다.

그러나 참관 로비부터 중앙 로비, 국회 앞 정원까지 찾아 헤매도 운전기사로 보이는 남자는 찾을 수 없었다. 물론 벨 소리도 들리지 않았다.

이제 어디가 남았지? 일반인이 자유롭게 드나들 수 있는 장소. 그곳에 일정 시간 머물러도 의심받지 않을 장소.

거기다…….

이누카이는 중앙 로비로 되돌아가 구석에 있는 장애인용 화장실로 뛰어들어갔다.

---

* 정기국회, 임시국회 등 국회가 열릴 때 국회를 방문한 천황이 잠시 휴식하는 장소.

다시 전화를 걸었다. 그러자 화장실 칸 안에서 희미하게 새어 나오는 벨소리가 들렸다.

"여긴가! 대답해!"

문을 두드렸지만 대답은 없었다. 이누카이는 문을 타고 기어올라 위에서 안을 들여다봤다.

변기 위에 남자가 앉아 있었다. 눈가리개를 쓰고 재갈을 물고 사지가 묶인 상태였다. 남자의 가슴팍에서 벨소리가 허무하게 들려왔다.

문을 뛰어 넘어간 이누카이는 남자의 발밑에서 낯익은 종이 한 장을 발견했다.

빌어먹을, 이라는 말이 저절로 흘러나왔다.

'하멜른의 피리 부는 사나이' 그림엽서였다.

2

다음 날, 소녀 다섯 명을 태웠던 소형 버스가 지요다구 산반초에 있는 도고 겐스이 기념공원 주차장에 버려진 채 발견됐다.

물론 버스 안은 텅 비어 소녀들은커녕 휠체어의 흔적조차 남아 있지 않았다. 남아 있는 것은 다섯 명이 가지고 있던 휴대폰뿐이었다.

경찰 조사를 받은 게이요 버스 직원 구사마 후미요시의 증언에 따르면 상황은 이러했다.

참의원 의원회관 주차장에 버스를 세우고 대기하는데 차문으로 사람이 탔다. 봄 코트를 입고 챙이 넓은 모자를 깊게 눌러 써서 남자인지 여자인지 알 수 없었다. 구사마는 운전석 거울로 확인했지만 분명 버스를 빌린 손님 중 한 명일 것이라 생각해 그다지 주의를 기울이지 않았다.

그 인물이 성큼성큼 앞으로 다가왔다. 목적지에 관해 무언가 확인이라도 하려는 모양이라고 생각했는데 갑자기 뒤에서 머리를 눌렀다. 그리고 어깨 언저리에 무언가 주사를 놓자 이윽고 몸이 말을 듣지 않게 되었다고 한다.

그 사람은 구사마의 팔과 다리를 단단히 묶고 눈가리개를 씌운 뒤 재갈을 물리고는 모자 같은 것을 씌워 휠체어에 태웠다. 함께 버스에서 내려 얼마 동안 휠체어를 타고 움직이더니 화장실 안에 버려두고 떠났다. 화장실 안이라는 사실은 냄새로 알았다고 한다. 그리고 화장실 칸 안에 있는 동안 휴대폰이 여러 번 울렸으나 묶인 데다 몸이 돌덩이처럼 무거워서 움직일 수 없어 어쩔 도리가 없었다.

"구사마를 옮기는 데 사용한 휠체어는 의원회관에 비치되어 있던 것입니다. 화장실 입구에 그대로 방치되어 있었습니다."

이누카이의 설명을 듣던 아소의 입가가 일그러졌다.

"구사마의 몸속에서 미량의 근이완제가 검출됐습니다. 바로 그것 때문에 몸을 움직일 수 없었던 듯합니다."

"근이완제라고? 드러그스토어에서 살 수 있는 것도 아니잖아. 그러면 범인은 의료계 종사자란 말인가?"

"그렇다고 단정할 수는 없습니다. 검출된 근이완제는 숙시닐콜린이라는 약물입니다. 이건 즉효성 약물인 동시에 단시간 안에 회복되는 근이완제인데 인터넷에서 개인이 수입해서 살 수 있게 됐습니다."

근이완제는 용량을 자칫 잘못 계산하면 생명에도 영향을 미친다. 그런 점에서 숙시닐콜린을 사용한 점은 어느 정도 세심한 배려였다고 말할 수 있다. 사실 이누카이가 달려왔을 때는 이미 구사마에게 투여한 약효가 거의 사라진 상태였다.

"또 그놈의 인터넷인가. 빌어먹을, 마약이니 권총이니 요즘에는 일반 시민들이 인터넷에서 그런 위험한 물건을 살 수 있다니. 조만간 인터넷에서 핵미사일도 팔게 생겼어."

아소의 언짢은 심기가 이누카이와 아스카에게 향했다.

"범인은 구사마에게 챙이 넓은 모자를 씌우고 휠체어에 태워 옮겼습니다. 모자챙으로 눈가리개와 재갈을 감춘 데다 당일에는 휠체어 사용자가 다섯 명이나 있어서 경비원도 수상하게 여기지 않았을 겁니다. 장애인용 화장실은 사용하는 사람도 적어서 거기에 가둬 두면 발견도 늦습니다.

치밀하게 계획했군요."

이누카이가 말할 때마다 아소의 미간 주름이 깊게 팼다. 그 반응을 본 이누카이는 어느새 자신이 범인을 칭찬하고 있었다는 사실을 깨달았다.

"소형 버스를 도고 겐스이 기념공원에 버렸는데, 거기서 범인과 연결 지을 유류품은 발견되지 않았어. 제길, 이번에도 역시 CCTV가 적은 곳을 골랐어. 촬영 구역에서 벗어난 곳이라 차를 버리는 장면도, 범인의 모습도, 아무것도 찍히지 않았다고."

여간 화가 나는 것이 아닌지 아소는 자신의 책상이라도 칠 기세였다.

이누카이는 그럴 만하다고 생각했다. 이번에는 다섯 명을 한꺼번에 유괴했다. 이로써 피리 부는 사나이는 무려 일곱 명이나 되는 소녀를 유괴한 셈이다. 유괴된 인원으로는 일본 범죄사상 가장 많지 않을까.

"보호자들도 설마 전세 버스 운전기사가 유괴범이리라고는 상상도 못 했으니까요. 버스가 제자리에 있고 묵묵히 아이들을 태우니 안심했겠죠. 더욱이 다섯 명 모두 휠체어를 탄 몸이라 목적지가 도중에 바뀐 것을 알아차려도 저항이고 뭐고 못 했을 겁니다."

"공원 근처에서 탐문 수사를 하고 있지만 아직 목격자는 없다. 이건 어떻게 된 일이야."

"범인은 아마 다섯 소녀를 어딘가로 데리고 간 뒤 소형 버스만 공원에 버렸을 거예요. 그러는 편이 힘도 덜 들고 목격될 위험도 적으니까요."

빌어먹을! 아소가 또다시 욕했다.

"유괴된 다섯 아이 모두 부유층 가정의 자녀들이라고 하기 어려워. 딸의 치료비를 댄다고 저축한 돈을 까먹고 있는 가정이 대부분이지. 그런 집안 딸들을 유괴해서 범인이 얻는 게 뭘까? 리스크는 큰데 돌아오는 건 너무 적잖아."

"돌아오나 마나, 피리 부는 사나이는 몸값 요구는 고사하고 아직 의사 표시조차 하지 않았습니다. 놈이 단순히 영리 목적으로 유괴했다고 단정하기에는 너무 빠릅니다."

"그럼 이유가 뭐야. 돈도 필요 없고, 경찰과 언론을 가지고 놀려고 계속 유괴한다는 말이야?"

"그건 모르겠습니다. 하지만 이번에 유괴된 아이들은 모두 자궁경부암 백신 피해자들입니다. 이로써 범인의 목적이 백신 사태와 관련된 무언가라는 사실은 확정 아닐까요."

"그건 부정 않겠어. 하지만 그 사실을 확인받는 대가로 아이 다섯 명이 유괴됐어. 절대 싼 수업료가 아니지. 네가 현장에 있었는데도 이게 도대체 무슨 꼴이야!"

아소는 마치 이누카이가 유괴범인 양 몰아붙였다. 이번 집단 유괴에 상당히 자극받은 모양이었다.

현장에서의 실수를 질책하는 아소에게 이누카이와 아스카는 입이 열 개라도 할 말이 없었다. 두 사람 모두 아야코에게만 붙어 있었던 탓에 아이들의 경호는 전혀 생각지도 못했는데, 이는 외부에 내놓을 만한 해명이 아니었다. 언론은 분명 현장에 경찰관이 있었는데도 소녀 다섯 명이 유괴됐다고 조롱할 것이다.

그런데 자극을 받은 사람은 역시 아소보다 보호자들이리라. 사정 청취를 하기 위해 유괴된 아이들의 어머니들을 수사본부로 불러들였지만 모두 몹시 혼란스러워해서 조사를 제대로 하지 못했다고 한다. 지금부터 사정 청취에 합류하는 이누카이로서는 골치 아픈 문제였다.

이누카이가 생각하는 것을 수사본부 윗선이 생각하지 않을 리 없다. 이어진 아소의 말은 이누카이가 당연히 예상했던 것이었다.

"쓰무라 과장님이 너희 둘은 수사에서 빠지는 게 어떻겠냐고 제안하셨어."

옆에 서 있던 아스카가 움찔했다. 아스카가 한 걸음 앞으로 나선 순간, 이누카이가 손으로 저지했다.

"그럼 저희는 후방 지원입니까?"

"오버하지 마. 제안이라고 했잖아. 난 현상 유지하겠다고 대답했어. 이제 와서 편한 곳으로 빼 줄 거라고 생각하면 큰 오산이야. 수사본부에 똥물 뒤집어씌운 책임은 확실히 져야지."

아소에게서 해방되자마자 두 사람은 곧바로 취조실로 향했다. 아스카는 분한 마음과 비참한 심정이 공존하는 얼굴을 했다.

"아까 반장님한테 뭐라고 들이받으려고 했어?"

"반장님이 했던 말과 똑같은 말을 하려고 했어요. 이제 와서 후방 지원이라니 절대 싫거든요."

"왜."

"왜냐니요……. 당연하잖아요. 범인의 동기가 자궁경부암 백신과 관련 있다고 처음부터 의심한 사람은 이누카이 형사님이에요. 그런데 이제 와서 다른 형사에게 맡기라니."

역시 그 정도의 이유였나……. 그렇게 이해하던 이누카이는 다음 말에 자신의 관찰력이 부족했다는 사실을 뼈저리게 깨달았다.

"그보다도 그 아이들을 유괴한 피리 부는 사나이를 용서할 수 없어요. 아무 잘못도 안 했는데 절망의 늪에 빠진 아이들을 유괴까지 했잖아요. 동기가 무엇이든 범인을 절대로 용서할 수 없습니다."

즉 모성에서 비롯된 분노인가. 여전히 여자의 마음은 읽지 못하는구나.

이누카이는 문득 당혹스러웠다. 수사에 개인 감정을 개입시키는 것은 바람직하지 않다. 수사관 개인의 공명심이 수사 방향을 오판하게 할까 몹시 우려되기 때문이다. 모성이라는 원초적 본능도 예외는 아니다.

"너무 흥분하지 마."

"네?"

"지금까지의 유괴사건을 보면 피리 부는 사나이는 굉장히 침착하고 냉정한 인물이다. 여자아이를 일곱 명이나 유괴하면서 단서다운 것이라고는 그림엽서 외에 아무것도 남기지 않았어. 그런데 수사하는 사람이 흥분하면 어쩌자는 거야. 그게 바로 놈이 바라는 바라고."

아스카는 분한 듯 입을 꾹 다물었다.

첫 번째 사정 청취 대상자는 가리야 유미코의 어머니, 가즈미였다.

“아이들의 연설이 끝나고 나서 저희는 의원회관 직원의 안내를 받아 출입구로 갔습니다. 그곳에, 의원회관에 올 때 타고 온 버스가 서 있기에 아무런 의심 없이 아이들을 휠체어째 버스에 태웠죠.”

“운전기사가 바뀌었다는 사실을 눈치채지 못하셨습니까?”

이누카이가 묻자 가즈미는 항의하는 눈빛으로 쏘아봤다.

“형사님은 버스를 탈 때 일일이 운전기사의 얼굴을 확인하세요?”

“아뇨………. 안 하죠.”

“저희도 마찬가지였어요. 방심했다고 해도 어쩔 수 없지만 형사님 같은 분도 의심하지 않는 걸 우리 같은 일반인들이 어떻게 눈치채겠어요?”

“아이들이 탈 때도 운전기사는 움직이지 않았었죠?”

“네. 간병용 차량이라 아이들이 휠체어에 탄 채로 차에 탈 수 있는 구조예요. 저희는 그 모습을 지켜보기만 하면 됐어요.”

사정 청취를 하는 내내 가즈미는 입고 있는 원피스의 무릎 부분을 주름이 질 정도로 세게 움켜쥐었다.

“운전기사와 대화를 나누지는 않았습니까? 운전기사는 남자였습니까, 여자였습니까? 혹시 신체 특징 같은 게 있었다면 알려 주세요."

"운전기사와는 한마디도 나누지 않았어요. 그리고 몇 번이나 말한 것 같은데 저희는 아이들이 무사히 차에 타는 모습을 지켜보느라 여념이 없어서 운전기사 쪽은 쳐다보지도 않았고요. 그래서 남자인지 여자인지도 모릅니다. 키나 체격도 못 봤어요."

"그럼 최근 며칠 동안 수상한 사람이 접촉한 적은 없습니까?"

"없습니다."

두 번째 사정 청취 대상자는 가와무라 기리의 어머니, 치사토였다.

"우리 모녀는 도치기에서 도쿄까지 힘들게 왔고……, 소형 버스를 타고 호텔로 이동하는 일정도, 따지고 보면 우리 모녀가 멀리서 오니까 짜 주신 거예요."

"이 집회는 언제부터 계획하신 겁니까?"

"석 달 전쯤이었을 거예요. 블로그를 보고 알게 된 아야코 씨의 권유로 참가하게 됐습니다."

"집회 소식을 블로그에도 올렸나 보군요."

"네. 국회의원들 앞에서 연설할 여섯 아이도 정해져 있었어요. 아, 그중에는 참가하지 못하게 된 가나에 양도 있었습니다."

즉 집회 당일 다섯 아이가 어디에 있을지, 블로그를 본 사람이라면 누구나 파악할 수 있었다는 말이다.

"최근 며칠 동안 수상한 사람이 접촉한 적은 없습니까?"

치사토는 곤혹스러운 모습으로 고개를 저을 뿐이었다.

세 번째는 가이 시오리의 아버지, 게이스케였다. 아버님이 동행하셨습니까, 하고 아스카가 물었더니 게이스케는 망연자실한 얼굴로 대답했다.

"집사람이 시오리를 간병하다가 그만 지쳐 쓰러지는 바람에……. 저는 대타 같은 겁니다."

몹시 불온한 태도에 이누카이가 곧바로 교대했다.

"시오리 양과 아이들이 유괴된 뒤 문제의 버스가 발견되기까지 거의 반나절이 걸렸습니다. 그 사이에 아이에게 문자를 받았다거나 한 보호자 분은 안 계셨습니까?"

"글쎄요……. 우리는 의원회관에서 숙박 장소인 호텔까지 쭉 다 같이 움직였는데, 연락을 받은 부모는 아무도 없었던 것 같습니다."

"최근 며칠, 혹은 의원회관을 나선 직후부터라도 상관없습니다. 범인 같은 사람이 접촉하지는 않았습니까?"

"그런 놈이 있었다면 애저녁에 신고했을 겁니다."

게이스케가 거칠게 말했다.

"형사님, 말해 두지만 저도 집사람도, 그리고 시오리도 남에게 원한을 산 기억은 없습니다. 분명 다른 가족들도 마찬가지일 겁니다. 그러니까 이런 식으로 따로따로 불러서 이야기를 들어봤자 수사는 진전되지 않아요. 빨리 유괴범을 잡아 주세요."

"원한을 산 기억이 없다고 하신 말씀, 맞겠죠. 실제로 가이 씨도 그렇고 다른 분들 가정 모두 딸의 병을 치료하는데 온 힘을 쏟고 있어서 동정은 받을지언정 원망을 받지는 않는 듯하고요."

"이누카이 형사님이라고 하셨죠. 자녀가 있으십니까?"

"딸이 하나 있습니다."

"집회에서 아이들의 연설을 듣고, 솔직히 무슨 생각을 하셨습니까?"

공교롭게 자신의 딸도 병마와 싸우고 있다. 하지만 그 사실을 입에 올릴 생각은 없었다.

"남 일 같지 않았습니다. 한쪽으로 치우친 관점에서 생각하는 건 피해야겠지만 그래도 후생노동성과 제약회사의 대처에는 분노를 느끼지 않을 수 없었습니다."

"아이들이 가엽다고 생각합니까? 그러면 지금 당장이라

도 범인을 잡아 주세요. 범인이 어떤 놈인지는 알고 있으니."

"어떤 사람이라니, 무슨 말씀이시죠?"

"뻔하지. 자궁경부암 백신에 부작용이 있다는 걸 알리고 싶지 않은 놈들이겠죠. 아이들의 존재가 거슬려 견딜 수 없는 놈이 다섯 아이를 유괴한 겁니다."

미심쩍고 터무니없는 음모설이지만 유괴된 아이가 일곱 명이나 되다 보니 범인이 집단이라는 설도 전혀 이해하지 못할 것은 아니었다. 그리고 범인이 집단이라면 동기는 자연히 집단의 이익을 지키는 것으로 좁혀진다.

예컨대 살인사건의 경우 한 건 한 건은 금전, 애증이라는 동기가 주축이 된다. 그런데 연쇄살인으로 발전하면서 사망자가 두 명, 세 명 늘어나면 동기는 다른 것으로 변질된다. 유괴도 마찬가지다. 한 명을 유괴했다면 영리나 폭행 외설 목적으로 좁힐 수 있지만, 이 정도의 인원이 유괴됐다면 목적 역시 변질된다.

조금이라도 가능성이 있다면 무시할 수 없다. 이누카이는 집단범죄설을 일단 머릿속 서랍에 넣어 두었다.

네 번째 사정 청취 대상자는 오와다 하루카의 어머니, 에미였는데 시종 허둥거려서 제대로 대답을 듣지 못했다.

"빨리 하루카를 찾아 주세요. 하루카는 똑부러져 보이지만 아직 고작 열다섯 살 아이란 말이에요. 틀림없이 지금도 겁에 질려 있을 거예요. 이런 거 할 시간에 빨리 찾으시라고요."

"어머님, 진정하세요. 이번 사건을 계기로 수사 인력도 증원돼서 수사관 수백 명이 지금 거리를 뛰어다니고 있습니다."

이누카이는 그렇게 말하면서도 허무하다고 느꼈다. 피해가 확대되면 관리관 대부분은 인해전술을 펼치고 싶어 한다. 반드시 잘못된 방법이라고 할 수는 없지만 이번 사건처럼 범인이 아무런 물증도 남기지 않았을 때는 헛수고로 끝나는 경우도 종종 있다.

지금 필요한 것은 확고한 방향성이지 머릿수가 아니다. 말단 수사관인 자신도 아는 사실을 어째서 지휘하는 사람들은 이해하지 못할까.

"최근 며칠 사이에 수상한 사람이 접촉한 적은 없습니까?"

"그런 일이 있었다면 결코 하루카를 도쿄까지 데리고 오는 짓은 안 했을 거예요!"

에미는 소리를 지르다시피 대답했다.

"사실은 그게 아니어도 불안했어요. 하, 하루카는 스스로 젓가락조차 쥐지 못하거든요. 나, 남편은 하루카의 병을 세상에 널리 알릴 수 있다면 의미 있는 일이라고 했어요. 하루카도 그러고 싶다고 했고요. 자신과 같은 증상에 시달리는 사람이 있다는 사실을 한 사람이라도 더 알았으면 좋겠다고 말했어요. 그래서 저는 마지못해 동의했던 거예요. 그게, 그게 이렇게 돼 버려서……."

그다음부터는 무슨 질문을 해도 종잡을 수 없는 대답뿐이었다.

마지막 사정 청취자인 하세쿠라 유카의 어머니, 가나코는 우선 경찰의 실책을 나무랐다.

"아야코 씨에게 들었습니다. 이 모든 유괴사건은 7일부터 시작됐다던데요. 9일이나 된 사건이잖아요. 시간이 그렇게나 많았는데 경찰은 아무것도 못 한 건가요? 만약 그 사이에 범인을 잡았다면 이런 일은 안 벌어졌을 텐데."

고작 9일 안에 유괴범을 체포하라는 말은 다소 공격적인 의견이었지만, 9일 사이에 소녀 일곱 명을 유괴당한 경찰로서 반론의 여지가 없었다. 이누카이와 아스카는 가나코의 고압적인 말 앞에서 고개를 숙이는 일밖에 할 수 없었다.

"정보를 더 공개하고 신문과 TV의 힘을 이용할 수 있었을 거예요. 왜 그러지 않았죠?"

"유괴사건은 인질의 안전 확보가 가장 중요해서 정보를 공개하는 데 신중할 수밖에 없습니다."

"하지만 범인은 여전히 몸값을 요구하지 않죠."

아무래도 아야코가 수사 진행 상황을 누설하는 듯하다. 아야코도 조심성이 없다고 생각했지만, 범인의 연락이 전혀 없는 이상 새어나갈 만한 정보라고 해봤자 수사본부에 대책이 없다는 사실 정도다.

"그러면 왜 유괴범에 대해 대대적으로 발표하지 않습니까? 유괴된 아이들이 자궁경부암 백신 피해자라는 사실이 알려질까 우려해서입니까? 경찰도 제약회사와 후생노동성과 산부인과협회의 눈치를 보나요?"

"아뇨, 결코 그렇지……."

초동수사가 지연된 이유가 비공개 수사 때문이라는 점은 부인할 수 없다. 하지만 그것은 어디까지나 경찰의 논리다. 자식을 유괴당해 분노의 대상을 찾고 있는 어머니에게 맞설 수 있는 논리가 아니었다. 이누카이와 아스카는 그저 가나코를 향해 연신 고개를 숙였다.

사정 청취라기보다는 가시방석에 앉아 있는 기분이었다. 그래도 청취 내용을 정리해 형사실로 돌아오니 아소가 몹시 흉포한 얼굴로 두 사람을 맞이했다.

"잠깐 와봐."

그 목소리에 이누카이는 심상치 않은 기운을 느꼈다. 아무래도 잔소리나 질책은 아닌 듯했다.

아소는 장갑을 낀 오른손으로 봉투를 들고 있었다.

"왔어. '하멜른의 피리 부는 사나이'가 보낸 첫 번째 성명이다."

"뭐라고요!?"

"지금 막 수사본부 앞으로 도착했어. 지문 채취는 끝났지만 일단 장갑은 껴."

아소의 책상에는 투명 폴리백에 든 B5 크기 종이가 있었다. 이것이 봉투의 내용물인 듯하다. 봉투에 적힌 주소와 이름, 그리고 본문까지 전부 타이핑으로 작성됐다.

"그림엽서 다음은 편지야. 문자나 라인으로 소통하는 요즘 시대에 꽤나 고풍스러운 범인 아닌가. 하기야 그 정도로 용의주도한 놈이니 종이나 잉크로 단서를 잡을 수 있을 것 같지도 않군."

아소의 독설을 흘려들으며 이누카이는 내용을 훑었다.

이제 일곱 명이 되었으니 요구한다. 한 사람당 10억 엔, 총 70억 엔을 준비하면 인질을 무사히 풀어주겠다. 돈을 마련하는 방식은 내가 제안한다. 백신 접종사업으로 이득을 챙긴 제약회사와 접종사업을 추진한 산부인과협회에 협조를 구하라. 그들이 거부하면 그것이 그들의 신조이니 어쩔 수 없지만, 그러면 피해는 일곱 명에서 끝나지 않는다. 내가 먼 옛날 유괴했던 아이는 130명이었으니까.

하멜른의 피리 부는 사나이

이누카이는 입술을 꽉 깨물었다. 목적을 달성할 때까지 계속 유괴한다. 이것이 스스로 '하멜른의 피리 부는 사나이'라고 칭한 이유였나.

얼굴을 맞대다시피 하고 편지를 읽던 아스카도 똑같이 분노를 터뜨렸다. 계속 부딪쳤던 파트너인데도, 범인을 향한 분노만은 일치한 모양이다.

아소의 다음 말은 두 사람의 분노에 기름을 붓는 격이었다.

"같은 편지를 재경 TV 방송국* 다섯 군데와 3대 중앙지

---

* 주로 도쿄도에 본사를 둔 TV 방송국으로, 니혼TV, 아사히 TV, TBS텔레비전, 후지TV, TV도쿄를 가리킨다.

에도 보냈다는군. 살인마 잭 사건에서 멋대로 보도한 방송국이 곤욕을 치르는 바람에 이번에는 여기저기서 수사본부에 확인 전화를 걸어왔어. 비공개 수사라면 보도를 자제하겠다는 의사를 표시했지만 이렇게나 광범위하게 편지를 뿌려댔으니 언론사 하나만 자제한다고 해봤자 의미 없지. 대충 형식만 갖추는 꼴일 거야."

"범인은 이번 유괴사건을 극장형 범죄로 끌고 갈 심산일까요?"

유괴사건의 범인은 몸값을 주고받으려면 반드시 피해자 가족과 접촉할 수밖에 없다. 극장형 범죄와는 성질이 맞지 않아서 적지 않은 위화감을 느꼈다.

"극장형 범죄로 만들었을 때 분명한 메리트가 있지."

아소는 종이에 침이라도 뱉을 기세로 말을 내뱉었다.

"몸값 70억 엔은 제약회사와 산부인과협회에 청구하라는 대목. 물론 그쪽은 자기네와는 무관하다며 거절할 수도 있겠지. 하지만 이 글이 전국에 보도돼 봐. 유괴된 아이들이 백신 사태의 피해자라는 뉴스까지 가세해 몸값 지불을 거부한 회사나 협회는 큰 비난을 받을 거야. 똑똑한 놈이야. 이 편지 한 통으로 제약회사와 산부인과협회의 멱살을 잡아 무대로 끌어 올렸으니까 말이야. 이렇게 되고 보니 범인이 일부러 한부모 가정 아이를 유괴한 이유를 마침내 알겠어. 그건 별 의미 없는 행동이었다. 놈의 목적은 처음부터 일반 가정의 푼돈 냄새 나는 지갑이 아니라 훨씬 큰 금고였어."

3

이미 비공개 수사가 아니었다는 경시청의 답변으로, 소녀 다섯 명이 의원회관에서 유괴된 사건은 다음 날 뉴스로 전국에 알려졌다. 그와 동시에 쓰키시마 가나에와 마키노 아미의 유괴까지 합세해 전후戰後 전례 없는 집단 유괴사건으로 보도됐다.

모든 현장에 그림엽서가 남아 있었다는 점과 공개된 범행 성명 때문에 각 언론사는 성명문의 내용대로 범인을 '하멜른의 피리 부는 사나이'라고 이름 붙였다.

70억 엔이라는 금액도 어마어마했지만 그보다도 눈길을 끄는 사실은 유괴된 소녀들이 하나같이 자궁경부암 백신 피해와 관련 있는 인물이라는 점이었다.

자궁경부암 백신 부작용에 대해서는 예전에도 보도된 적이 있지만 후속 기사가 없어 단발로 끝났다. 일부에서는 제약회사가 불을 끄려고 동분서주했다는 소문이 돌았는데, 이번 집단 유괴사건으로 다시 불이 붙은 느낌이었다.

아야코가 홈페이지를 개설하고, '전국 자궁경부암 백신 피해자 대책 모임'이 비통한 목소리를 높여도 민사소송까지도 가지 못한 단계에서는 조직적인 운동을 펼치기 주저되는 감이 있었다. 그러나 형사사건이 되면 이야기가 다르다.

유괴된 소녀 중 여섯 명이 백신 피해자고 나머지 한 명은 백신 정기접종을 추진하던 의료 협회 관계자의 딸이다. '하멜른의 피리 부는 사나이'는 친절하게도 유괴와 백신 피해 사이의 관련성을 시사했다. 모처럼 범인이 떡밥을 던졌다. 덥석 물지 않는다니 말도 안 된다.

이리하여 각 언론기관은 '하멜른의 피리 부는 사나이'의 범행을 보도하는 한편, 자궁경부암 백신 부작용의 증상과 사례를 구체적으로 열거했다. 부패한 권력을 규탄하는 언론 본연의 기능이 이제야 제대로 작동하는 형세였다. 아마 보도하는 측도 부끄러웠으리라. 지금까지의 방관자 입장을 버리고 백신 피해의 실태를 신중하게 소개했다. 피해자를 구한다는 동기도 있었다. 그러나 그 이상으로 이 문제가 제2의 약해 에이즈 사건으로 발전하리라는 판단을 기반으로 한 보도 자세였다.

물론 스폰서인 제약회사는 몹시 불쾌해했지만 유괴사건의 근간과 관련된 사안이라서 항의도 하지 못한 채 간부들은 모르는 척 외면할 수밖에 없었다.

반면 백신 문제 자체는 재조명을 받으며 온 국민의 주목을 받았다. 더욱이 이번 유괴사건과 관련이 있어서 예전보다 주목도가 훨씬 높았다.

백신 피해 증상이 이렇게나 많았나.

백신 피해가 이렇게나 가혹한 문제였나.

거의 모든 시간대에 보도되면서 아이를 키우는 어머니뿐 아니라 일반 여성층에 피해 상황이 알려지자 즉시 반향이 일어났다. 다음은 데이토 TV의 뉴스 프로그램 '애프터 눈 JAPAN'에 방송된 시청자의 목소리다.

—자궁경부암 백신 부작용이 그렇게 심할 거라고는 상상도 못했어요.

—우리 딸도, 보건소 사람이 백신 접종은 거의 의무라고 하는 바람에 속아서 맞았어요. 아직 부작용은 없지만 혹시라도 증상이 나타나면 누가 치료비를 내 주나요?

—뉴스를 보고 너무 놀랐어요. 저도 열여덟 살 딸을 둔 엄마예요. 도대체 후생노동성과 제약회사와 의사는 같은 짓을 몇 번이나 되풀이해야 직성이 풀릴까요. 약해 에이즈 사건으로 그렇게나 안팎으로 비판을 받았는데 그때뿐인가 봐요.

—애꿎은 아이들만 심각한 장애에 시달리게 해놓고 자기들은 아무렇지 않게 이익을 챙기다니. 그런 사람들을 정말 의료인이라고 할 수 있나요? 그냥 범죄자잖아요?

—왜 이렇게 큰 사건이 지금까지 대대적으로 보도되지 않았을까요? 알려진 부작용 사례가 1천 2백 건이라면 아직 알려지지 않은 수만 건의 사례가 있다는 뜻이잖아요. 그런데 나라에서는 정기접종만 중단했을 뿐 부작용에 대한 구명究明은커녕 백신 접종 자체를 중단하지 않았다고요. 이 나라는 사람의 목숨이나 엄마가 될 여자의 몸 따위는 아무렇지 않게 생각하는 것 같아요.

—마침 오늘 보건소에서 백신 접종 알림 안내서가 왔더라고요. 바로 찢어 버렸죠. 피해가 만천하에 드러났는데 아직도 이딴 걸 보내다니. 정말 후안무치한 보건 행정이라는 말밖에 안 나와요.

물론 방송에서는 자궁경부암 백신 부작용은 의학적으로

증명되지 않았다며 양해를 구했지만 한없이 범인 취급하는 분위기를 조성한 데다 그렇게 받아들일 만하게 구성되어 있었다.

사건이 공개되면서 주목받은 점이 한 가지 더 있었다. 70억 엔이나 되는 몸값을 누가 어떻게 마련할 것인가 하는 문제였다.

장애 피해를 입은 아이들의 가정은 전부 평범한 가정이거나 한부모 가정으로, 아무리 탈탈 털어도 한 명당 10억 엔이라는 금액을 마련할 수 없었다. 예외는 산부인과협회 회장인 마키노였는데 아무리 그라도 개인 자산이 그 정도는 아니었다.

당연하게도 세간은 '피리 부는 사나이'가 언급한 제약회사와 산부인과협회의 대응에 주목했다. 그러나 해당 제약회사도 협회도 노코멘트를 반복할 뿐 아직 명확한 의사 표명은 하지 않았다.

—이처럼 제약회사와 일본산부인과협회는 소녀들의 몸값을 빌려주는 건에 대해서는 여전히 침묵을 지키고 있습니다. 확실히 두 곳 모두 몸값을 지불할 책임은 없습니다만, '피리 부는 사나이'가 지목한 이상 어떠한 의사 표명은

해야 하지 않을까 하는 목소리도 나오고 있습니다. 유괴사건 해결이 몸값 마련에 달려 있다면 향후 제약회사와 일본산부인과협회의 대응에 주목하지 않을 수…….

뉴스 캐스터가 말을 끝내기 전에 이누카이는 TV 전원을 껐다.

2년 전부터 금연이라고는 하나 형사실 천장은 담뱃진으로 군데군데 누렇게 색이 변해 있었다. 그 얼룩을 보는데 옆에 있던 아스카가 나직이 중얼거렸다.

"좀 열받네요."

"왜."

"언론의 태도 때문에요. 아이 일곱 명이 유괴된 중대 사건인데 보도 스탠스는 백신 문제로 치우친 것 같지 않아요?"

아스카의 의견에 과연 그렇다고 수긍이 가는 부분이 있었다. 확실히 소녀들이 유괴된 각각의 경위와 범인상을 추측한 뉴스가 끝나면 남은 시간은 백신 문제에 대한 설명에 할당하는 방송이 대부분이었다. 뉴스 전체로 보면 거의 절반을 자궁경부암 백신 부작용 이야기로 채우고 있었다.

"유괴사건은 발표할 수 있는 새 소식이 압도적으로 부족해. 그러니 자연히 잠재적 뉴스거리로 삼을 수 있는 백신 문제를 파고들면 내용을 알차게 채울 수 있고, 그 배경에 후생노동성과 제약회사의 유착이 있다면 사회 비판이라는 형태도 갖출 수 있어. 시청률을 감안하면 이렇게 구성할 수밖에 없지."

"아무리 그래도 범인을 용서할 수 없다는 논조와는 다른 것 같아요."

"'피리 부는 사나이'의 성명문을 공개한 시점에 언론은 범인의 술책에 빠진 거야."

"……무슨 말씀이세요?"

"아소 반장님이 적절하게 지적했잖아. '피리 부는 사나이'는 처음부터 몸값을 백신 사태의 장본인인 제약회사와 산부인과협회에 요구했어. 조금만 생각해 보면 알겠지만 피해 소녀들이 기억장애나 운동장애를 앓지 않았다면 이렇게 쉽게 유괴됐을까? 달리 말하면 너희 때문에 장애 환자가 된 인질이니 너희가 책임지라고 말하는 셈이야. 물론 그것으로 영리유괴에 정당성이 생기는 건 아니지만 적어도 유괴에 대한 비난은 백신 접종을 추진한 당사자들에게도 분산되지."

아스카는 무엇이 불만인지 입꼬리를 축 늘어뜨린 채 들었다.

"반면 제약회사와 산부인과협회 입장에서는 이만큼이나

골치 아픈 이야기도 없어. 직접 관련도 없는데 유괴범에게 지목되는 바람에 몸값 지불을 거부할 수 없는 분위기가 조성됐지. 법률적으로나 도의적으로나 그들이 돈을 대야 할 근거는 아무것도 없어. 그럼에도 돈을 내놓지 않고 뭉갠다면 세간의 비난을 받겠지. 그리고 이 또한 '피리 부는 사나이'의 영리한 점인데……."

"그게 뭔데요?"

"하필이면 산부인과협회 회장의 딸도 유괴됐어. 이것만으로도 저쪽 진영이 돈을 토해낼 구실이 될 수 있어. 그러니까 돈을 쉽게 융통할 수 있게 만들었다는 말이야. 산부인과협회 회장의 딸을 지키기 위해, 그리고 다른 소녀들을 위해 거액의 몸값을 내놓는다면 협회원인 의사들에게도, 제약회사의 주주들에게도 둘러댈 수 있는 변명이 된다."

"확실히 그러네요. 하지만 범인이 실제로 거기까지 계산했을까요?"

"거기까지 계산했다고 해도 이상할 게 없다는 말이야. 영리유괴는 최악의 범죄지만 언론 대응이 대체로 범인을 공격하는 방향으로 흐르지 않는 이유는 그런 상황이 만들어졌기 때문이야. 부정 못 하지?"

"그렇기는 한데……."

"이번 사건에 대한 인터넷 반응, 봤어?"

"네. 언론 발표가 나간 뒤로 여러 사이트와 게시판이 온통 이 화제뿐이니까요."

"반응이 어땠어?"

"여느 때와 똑같죠. 다를 것 없어요. 몸값 요구 방법이 스마트하다고 영웅 대접하는 바보들이 끊이지 않아요."

"그렇지? 인터넷뿐 아니라 현실에서도 '피리 부는 사나이'를 높이 사는 사람들이 일부 있어. 단 대전제를 깔았을 때 이야기지만."

"대전제요?"

"아직 사체가 하나도 발견되지 않았잖아."

아스카의 눈이 경악으로 휘둥그레졌다.

"지금은 아직 누구의 죽음도 확인되지 않았어. 그러니까 몸값 탈취 방법과 맞물려 범인을 미워할 수 없는 분위기가 조성되고 있는데, 사체가 한 구라도 발견되면 여론은 당장에 범인을 맹비난할 거야."

"그러니까…… 범인이 아직 인질을 살려 두었을 거라고 보세요?"

"어디까지나 희망적인 관측이지만 말이야."

이누카이는 말을 내뱉고는 다시 천장을 올려다봤다. 시

선을 피할 수 없으니 음울할 때는 이 방법이 최선이다.

음울한 이유는 크게 두 가지였다.

하나, '피리 부는 사나이'의 교활한 머리를 자신의 지혜가 따라가지 못하는 점.

둘, 사건 관계자 대부분이 여성이기 때문에 본래 자신의 강점인 관찰력을 충분히 발휘할 수 없다는 점.

젠장. 이누카이는 속으로 욕을 퍼부었다. 유괴된 소녀들과 그 어머니들, 전부 마음을 읽을 수 없어서 누군가 거짓 증언을 했다고 해도 분간할 수 없다.

친딸과의 관계는 아직 완전히 회복되지 않았다. 아이 엄마와는 여전히 관계를 끊은 상태다. 어떻게든 거리를 좁히고 싶지만 조급하게 굴면 굴수록 수렁에 빠지는 기분이다.

"형사님, 도대체 무슨 생각하세요?"

아스카의 질문에 비난이 섞였다. 그저 천장만 바라볼 뿐 상황을 타개하지 못 하는 대가로 근무 태도를 의심받았다.

여자가 안 된다면 남자다.

문득 떠오른 초등학생 수준의 논리지만 머리가 돌아가지 않을 때는 몸을 움직인다. 몸을 움직이다 보면 굳어 있던 머리가 다시 돌아가기도 한다.

이누카이는 자리에서 일어났다.

"가자."

"어디를요?"

"마키노 회장 집에 다시 가 보지."

거짓말을 간파해서 정리해 나가겠다는 계획은 말하지 않았다.

마키노 회장의 집에서 대기하던 도노야마는 이누카이와 아스카를 보자마자 불만스러운 표정을 지었다. 두 사람의 방문이 싫어서가 아니다. '피리 부는 사나이'의 범행 성명이 있고 나서부터 전담 수사관들의 얼굴은 모두 비슷했다. 우선 두 소녀가 유괴되면서 수사본부가 기를 쓰고 수사하던 차에 이번에는 다섯 명이 한꺼번에 사라졌다. 범인의 의도야 어찌 됐든 수사본부와 전담반이 바보 취급당하는 것은 자명했다.

거실에는 마키노 회장과 도모에도 있었다. 도노야마의 말에 따르면 아미가 유괴된 날 이후로 마키노 회장은 집에서 처리할 수 있는 일만 하고 있다고 했다.

"수사에 진척은 있습니까?"

마키노 회장은 입을 열자마자 가장 먼저 물었다. 그러나 그 눈을 들여다보니 본심이 어떠한지 짐작할 수 있었다. 아마도 기대와 포기가 반씩 섞인 심정이리라.

"'하멜른의 피리 부는 사나이'에 대한 뉴스는 보셨죠?"

"네."

"범행 성명에 사용된 편지와 그 밖의 증거들을 분석하는 중입니다."

"범인을 특정할 수 있겠습니까?"

마키노 회장의 표정은 회의감으로 굳어 있었다. 이러한 상태에서 상대를 섣부르게 안심시키려다가는 오히려 역효과가 난다.

"사용된 용지와 잉크는 대량 생산되는 제품입니다. 최종 구매자를 특정하기는 어렵겠지요."

"그런데 수사에 진척이 있다고 할 수 있습니까?"

"마키노 회장님을 비롯한 가족분들께는 죄송한 마음입니다. 하지만 진척이라는 게 꼭 물증에만 국한된 이야기는 아니니까요."

거실에 함께 있던 도노야마와 겐조가 미간을 찌푸려 보였다. 사건 관계자에게 수사 정보를 너무 흘리지 말라는 의미였다. 하지만 이누카이는 그 신호를 무시하기로 했다. 뭐라도 낚으려면 미끼를 던져야 한다.

"범인은 범행 성명이라는 매우 알기 쉬운 증거를 남겼습니다. 성명문의 문장과 문체를 프로파일링해서 범인상을 좁힐 수 있죠. 그리고 범인상에는 제약회사와 산부인과협회와의 관계를 의심하는 자라는 조건이 추가됩니다."

"의심은 어디까지나 의심일 뿐이지 않습니까. 제약회사와 산부인과협회 사이에 부적절한 관계는 없습니다."

"호오. 그러니까 적절한 관계는 있다는 말씀이군요."

마키노 회장의 얼굴이 불쾌한 듯 구겨졌다. 터무니없는 의심을 받은 얼굴이 아니다.

켕기는 구석이 있을 때의 반응이다.

"얼마 전에 어떤 산부인과 선생님께 이야기를 들을 기회가 있었습니다. 자궁경부암 백신 정기접종에 대해서요."

"그런 범행 성명이 있었으니 정기접종에 반대하는 의사였겠죠."

"아뇨. 제 느낌으로는 추진파도 신중파도 아닌 중립 입장인 선생님이었습니다. 그 선생님은 자궁경부암 백신의 유효성을 의심하는 것은 아니지만 명백한 부작용이 인정된다면 적어도 정기접종이라는 반 의무화 제도는 삼가는 편이 현명하지 않겠느냐는 의견이었습니다."

"의무화하지 않으면 백신 접종은 유료입니다. 그렇게 되면 저소득층 가정은 백신을 맞기 어려워집니다. 무엇보다 부작용 자체가 의학적으로 증명되지 않았어요."

"그렇습니까? 그건 단순히 백신을 맞았을 때부터 부작용 증상이 나타날 때까지 오랜 시간이 지났다는 이유로 의도적으로 관련성을 회피하기 때문 아닙니까? 그 선생님 말씀으로는 모든 백신은 부작용이 있을 수 있다고 하던데요."

"형사님, 진짜 아미를 구하려는 거 맞습니까? 아니면 저와 논쟁을 벌이고 싶으신 겁니까?"

마키노 회장의 말투가 돌연 사나워졌다. 그 분노는 다소 감정적이었는데 마치 자신이 신봉하는 신이 매도당한 듯한 반응이었다.

"저는 '피리 부는 사나이'의 실체에 다가가고 싶을 뿐입니다."

"……실체요?"

"'피리 부는 사나이'가 무엇을 증오하고 무엇을 노리는가. 그것을 이해하면 범인의 실체에 다가갈 수 있으리라 생각합니다. 뭐, 프로파일링의 한 종류라고도 할 수 있겠습니다. '피리 부는 사나이'는 몸값 지불 대상으로 제약회사와 산부인과협회를 지목했을 정도니까 당연히 둘의 유착 관계를 의심하고 있을 겁니다. '피리 부는 사나이'가 의료종사자인가, 외부인인가는 후차적인 문제로 두고 유착 여부를 분명하게 해 뒀으면 합니다."

"그런 사실이 유괴사건 수사에 필요하다는 생각은 도무지 들지 않는군요."

"필요한지 아닌지를 판단하는 건 회장님이 아닙니다. 우리 경찰들입니다."

"말할 필요가……."

"따님의 목숨이 걸려 있어도 말입니까?"

같은 아버지기에 알 수 있는 것이 있다.

아버지에게 딸은 아킬레스건이다. 유괴마의 인질로 잡혀 있다면 더욱 그렇다.

마키노 회장은 이누카이를 잠시 노려보다가 이윽고 어깨를 축 늘어뜨렸다.

"당신은 잠깐 들어가 있어."

마키노 회장의 말에 도모에가 별실로 모습을 감췄다.

"자리를 피해드려야 한다면 저희도……."

"괜찮습니다. 집사람은 안 들었으면 하는 이야기라."

마키노 회장은 거북한 듯 말하고는 소파에 힘없이 앉았다. 이누카이는 그 정면에 앉았다.

"제약회사와 우리 산부인과협회 사이에 부적절한 담합 같은 게 있는 것 아니냐……, 그런 말씀이시죠."

"네."

"협회 책임자로서 단언컨대 그런 사실은 전혀 없습니다. 단순 억측이나 유언비어입니다."

야멸찬 거절이란 이런 것일까. 이누카이는 실망했다. 이 남자는 조직의 책임자로서의 입장이 아버지로서의 입장보다 더 중요한 듯하다.

그러나 마키노 회장의 말은 끝이 아니었다.

"일본산부인과협회는 청렴한 의사 단체입니다. 담합이나 유착처럼 더러운 정치인 같은 행동을 하는 사람은 단 한 명도 없습니다……만, 그래도 일반론 관점에서 보면 제약회사와 의사는 떼려야 뗄 수 없는 사이이긴 하죠."

이거 봐라?

마키노 회장의 얼굴을 들여다보니 다소 민망해하는 기색이었다. 잘못을 고백하는 아이처럼 토라진 얼굴 같아 보이기도 했다.

"아까 산부인과 의사의 의견을 들었다고 말씀하셨죠. 그럼 그 분께 산부인과를 둘러싼 현실에 대해서도 들으셨습니까?"

"그렇게 자세한 사정은 못 들었습니다."

"현재 산부인과는 전문의가 몹시 줄고 있어 지방은 어디나 인력난으로 고생하고 있습니다. 종합병원조차 산과産科를 없앤 곳도 있습니다. 산부인과 의사를 파견해 달라고 요청한 의료기관이었는데 대학이 의사 파견을 취소하는 바람에 문을 닫고 만 겁니다."

"산부인과 의사만 근로 조건이 가혹하다는 말씀입니까? 설마, 그건 아니겠죠."

"아뇨, 이건 산부인과에서만 벌어지는 일입니다. 슬픈 현실이지만요."

목소리에 유감스러운 심정이 배어 나왔다.

"우선 출산이라는 게 시간을 미리 정해 놓는 일이 아니니까 의사가 한밤중이나 꼭두새벽에 호출되는 경우가 많습니다. 자연스럽게 근무 시간이 불규칙해지죠. 게다가 산부인과는 다루는 범위가 매우 넓습니다. 대학이라면 산부인과 안에서 업무를 세분화할 수 있지만, 일반 병원에서는 여의치 않죠. 근무 환경이 그렇게나 혹독한데 대가는 너무 작습니다. 의사도 성인군자는 아닙니다. 먹고살아야 하니 노동에 상응하는 합당한 수입이 없으면 근로 의욕도 줄어들죠."

"확실히 출산은 시간을 가리지 않죠."

"그리고 출산은 새 생명을 다루는 일이라서 관계자들은 당연히 크게 기대합니다. 무사히 태어나는 것이 당연하다는 분위기죠. 하지만 현실은 출산에도 위험은 존재합니다. 근대의학 이전 시대에는 그야말로 수많은 태아가 사산됐으니까요. 그런데 오늘날 그런 인식은 없습니다. 그래서 태아나 산모에 타격이 있으면 자칫 의료 과실로 소송에 걸려버립니다. 이해하시겠습니까? 산부인과 의사는 전체 의사의 5퍼센트밖에 안 되는데 소송 비율은 전체의 12퍼센트를 차지합니다. 불합리하다는 생각 안 드십니까?"

마키노 회장의 목소리가 조금 상기되자 이누카이는 몹시 동정심이 일었다. 이누카이는 딸이 입원 치료를 받고 있기도 해서 치료하는 입장에서 생각해 본 적은 좀처럼 없지만, 사람의 목숨을 맡으면서 소송 위험까지 짊어진다는 사실은 확실히 가혹하긴 하다.

"2006년 2월에 후쿠시마현립 오노병원에서 제왕절개 수술을 받은 여성이 사망하면서 담당의가 체포 및 기소된 사건이 결정적이었습니다. 솔직히 말하면 요즘 세상에 제왕절개는 어려운 수술도 뭣도 아닙니다. 그런데 그렇게나 쉽게 형사사건으로 발전하는 건 참을 수 없습니다. 그 사건의 영향으로 산부인과 의사가 더 빨리 줄어들게 됐다는 건 부인할 수 없습니다."

근무 환경은 열악하고, 수입은 근무 강도에 미치지 못하고, 게다가 소송 위험까지 높다. 그러면 의사 수가 감소해도 이상하지 않다.

"또 있습니다. 요즘은 결혼을 늦게 하는 추세라 노산이 늘고 있어요. 노산 자체가 리스크가 큰 데도 출산 결과가 나쁘면 일방적으로 담당의를 비난합니다. 출산 적령기라는 게 분명히 있는데 그 시기를 넘겨 출산하는 위험까지 전부 의사에게 떠넘기다니요."

늦은 결혼과 노산은 개인의 사정뿐 아니라 사회 정세의 영향도 있다. 젊은 층의 결혼난과 출산 연령의 고령화는 산업구조와도 밀접한 관계가 있다. 그것을 임산부 탓으로 돌리는 것은 아무리 그래도 지나치다고 생각했다.

그러나 마키노 회장의 말에도 이해가 가는 부분이 있다. 의학은 만능이 아니고, 의사 역시 전능하지 않다. 그런데 생사에 관해 전부 책임지라고 하면 의사 입장에서는 불합리한 일이 아닐 수 없다.

"현재 산부인과 의사는 그만큼이나 가혹한 환경에서 일하면서 실제 노동에 걸맞은 수입을 손에 쥐지 못합니다. 그리고 처우를 조금이라도 개선하려면 가장 효과적인 방법은 의료 수가를 올리는 겁니다."

"의료 수가……. 건강보험 점수 말이군요. 듣기로는 검사와 약제 투여는 점수가 더 높다고 하던데요."

"부정 않겠습니다."

"그래서 백신 접종이 의무화되면 높은 보험 점수를 받는 건 누워서 떡 먹기다. 요컨대 그런 말씀이군요."

"무례하시군."

마키노 회장은 발끈했지만 진심으로 화를 내는 것 같아 보이지는 않았다.

"산부인과 의사가 백신 접종을 권장하는 가장 중요하고 근본적인 이유는 자궁경부암을 예방하기 위해서입니다."

그것만은 강조하지 않으면 체면이 서지 않을 터다.

"다른 질문을 드리겠습니다. 그러면 제약회사와 후생노동성의 결탁은 어떻습니까? 특히 후생노동성 경제과였나요? 감독관청이지만 몹시 업계 편향적이라고 들었습니다만."

이누카이는 무라모토 선생의 말을 꺼내 놓았다. 백신 정기접종을 반대하는 사람의 의견이지만 엉터리 망상으로만 치부할 이야기는 아니라고 판단했다.

마키노는 역시 재차 민망한 듯 얼굴을 찡그렸다.

이렇게 대화를 나누기만 해도 당황한 상대의 마음이 손에 잡힐 듯 보였다. 눈의 움직임, 숨기려는 표정, 말의 억양과 혀의 움직임. 그것들을 종합해서 유추하면 거짓인지 진심인지 대강 짐작이 간다. 이 기술이 왜 여자에게는 통하지 않는지, 스스로도 이상해서 견딜 수가 없었다.

"그것도 사건과 관계가 있다는 말씀입니까?"

"단순히 유언비어나 망상만으로 소녀 일곱 명을 유괴하는 인간은 거의 없잖습니까. 설령 그런 단세포가 있다고 해도 그 정도로 증거를 남기지 않고 범죄를 완수할 수 있다고 생각하지는 않습니다. 의외로 업계의 어두운 면에 뿌리박힌 동기가 숨어 있을지도 모를 일이죠."

"하지만 그렇다고 해서 제 딸을 유괴할 이유가 되지는 않을 겁니다."

"글쎄요. 아미 양이 유괴되면서 제약회사와 산부인과협회가 몸값을 마련할 수밖에 없는 기반이 조성됐으니까요. 범인이 양쪽 사정에 정통한 자일 가능성도 있습니다."

마키노 회장은 잠시 곤혹스러운 얼굴을 보인 뒤 마지못해 입을 열었다.

"제약회사의 일부 직위가 후생노동성 낙하산 인사로 채워져 있다는 사실도 부정하지 않겠습니다. 하지만 그게 의료에만 국한된 이야기는 아닐 겁니다. 금융, 보험, 건설, 교육. 당신네 경찰도 마찬가지일 테죠."

"그렇죠."

"그런데 왜, 우리 의료인들한테만 이러쿵저러쿵 시끄러운지, 참."

"아마 사람 목숨과 관련된 일이기 때문이겠죠. 국민은 원래 관료 같은 사람들에게 큰 기대를 하지 않습니다. 배임행위나 무능한 행정력에 대해서는 포기한 부분도 있죠. 그래도 관료들의 사리사욕과 보신 때문에 국민의 건강과 생명이 희생된다는 것만은 용서할 수 없는 겁니다."

"……국내에서 신약을 사용하려면 전부 후생노동성의 허가에 달렸기 때문에 거기에 어쩔 수 없이 이런저런 이해가 얽히는 부분이 있습니다. 그리고 한번 허가가 난 약제는 부작용이 보고되더라도 판매를 즉시 중단할 수 없습니다. 제약회사로서는 연구비와 개발비 등 선행 투자분을 회수하지 못하면 손실을 보니까요."

그것이 후생노동성이 미적거리는 이유인가. 하지만 부작용 증상이 심각한 경우, 약제 회수가 하루 늦어지는 것만으로 피해자가 늘어난다. 그야말로 사리사욕과 보신을 위해 국민을 희생시키는 꼴 아닌가.

이누카이가 경찰에 몸을 담은 지도 꽤 오래됐다. 그동안 침착함을 잃지 않으려고 할 수 있는 한 불의에 분노하는 것과는 거리를 두려고 조심했다. 하지만 마키노의 입으로 직접 유착 구조에 대한 사실을 듣자 평정을 유지하기 어려웠다. 아마도 딸의 생살여탈권을 의료행정이 쥐고 있기에 더욱 그러할 것이다.

"이번 자궁경부암 백신 부작용에 대해 쓰키시마 씨뿐 아니라 '전국 자궁경부암 백신 피해자 대책 모임'에서 목소리를 냈습니다. 후생노동성과 산부인과협회는 앞으로 어떻게 대응하실 계획입니까?"

"산부인과협회로서는 그들의 호소에 아무런 의학적 근거가 없으니 무시하거나 피해 호소 환자를 사기 취급할 수밖에 없습니다. 후생노동성은……, 여론이 어지간히 커지지 않는 한 계속 관망할 테죠. 관공서란 그런 곳입니다. 결코 스스로 나서는 법이 없죠."

듣기만 해도 속이 부글부글 끓지만 당사자인 현 마키노 회장이 일반론이라는 전제를 깔고 여기까지 털어놓았다. 유괴 동기가 될 만한 사정도 들었다. 이쯤에서 물러나려고 마지막 질문을 하려던 찰나, 말릴 새도 없이 아스카가 걸어 나왔다.

"당신이 그러고도 의사입니까?"

"뭐라고요? 아무리 내 딸의 수사를 맡고 있는 입장이라고 해도 그게 무슨 말버릇입니까?"

"당신은 당신 딸에게 자궁경부암 백신을 맞힐 수 있습니까? 그리고 부작용이 생겨도 지금처럼 태평하게 있을 수 있겠습니까?"

아스카는 이미 수사관의 얼굴이 아니었다.

어머니의 얼굴이었다.

"동료가 무례를 범했습니다."

이누카이는 사과하면서 아스카의 팔을 잡아 끌고 도망치듯 거실을 뛰쳐나왔다.

"놔 주세요!"

"앞뒤 분간 못하는 개를 어떻게 풀어 놓겠어!"

"개, 개라니요!"

"자제심이 털끝만치도 없이 감정을 그대로 드러내는 놈 따위, 개랑 똑같아. 우선순위를 생각해."

마키노 저택을 나와 아스카를 반 강제로 차 안으로 밀어 넣었다.

"도발해서 본심을 끌어내려는 건 상관없다. 하지만 아까는 그냥 화풀이를 했을 뿐이잖아. 내 말이 틀려?"

지적을 받은 아스카는 입을 다물었다. 아무래도 자신의 실수를 실수로 인식할 만한 분별력은 있는 듯하다.

"너 때문에 물어볼 기회를 놓쳤어."

"무엇을 말입니까."

"예전에 무라모토 선생도 언급한 이야기다. 제약회사와 후생노동성 경제과에 적을 둔 자들 가운데 부작용 호소에 과민 반응할 만한 자로 짚이는 사람이 있는지. 정기접종 추진파니까 호락호락 불 것 같지는 않지만 물어볼 가치는 있었어."

"그 사람, 기득권에 미련이 철철 흘러 보이던데요. 그런 남자가 제 식구를 팔아넘길 만한 증언을 할 것 같습니까?"

"제 식구라면 안 했겠지. 하지만 딸을 유괴당한 아버지니까 무언가 대답했을지도 몰라."

"아버지로서요? 별로 믿을 수 있는 이야기는 아닐 것 같네요."

마치 자신의 존재 의의까지 부정당하는 기분이었다.

때로는 부성이 집단 소속감보다 강하기도 하다. 그렇게 반박하려던 순간, 휴대폰으로 전화가 들어왔다. 아소였다.

"네, 이누카이입니다."

—지금 당장 본부로 돌아와. '피리 부는 사나이'가 다음 편지를 보냈다.

4

수사본부로 돌아가자 아소의 눈이 한곳에 고정되어 있었다. 종이가 든 폴리백을 손에 들고 있었다.

"저번과 같은 봉투에 같은 B5 크기 용지다. 잉크 색도 글씨도 똑같아."

다소 난폭하게 던진 폴리백을 집어 들었다.

제약회사와 산부인과협회에. 몸값은 준비했나. 서두르지 않으면 회사 주가가 하락해 자산이 줄어들 것이다. 3월 23일까지 유예 기간을 주겠다. 그때까지 70억 엔을 현금으로 준비해라. 돈을 넘길 방법은 다시 알려 주겠다.

"국내에서 자궁경부암 백신을 제조 판매하는 회사는 두 곳이야. 확인 결과 이것과 같은 편지가 그 두 회사와 산부인과협회에도 갔다고 한다. 지금 회수하러 보냈어."

증거 서류지만 조심히 다루지 않는 이유는 편지 자체에 범인의 것이라고 판단되는 지문이 남아 있지 않으리라 믿기 때문이리라.

지난번 편지에서 지문 채취를 했는데 역시나 그럴듯한 지문은 끝내 검출되지 않았다. 사용한 용지와 잉크는 이누카이가 마키노 회장에게 말한 그대로였다. 모처럼 범인이 보내온 선물인데 단서라고 할 만한 것은 아무것도 없었다.

"이 편지가 가짜일 가능성은 없습니까? 어떤 미친놈의 장난질일 수도 있어요."

"그 의심은 '피리 부는 사나이'가 직접 불식시켰어. 본부에 도착한 봉투 속에 머리카락 일곱 가닥이 함께 들어 있었다."

"유괴된 아이들의 머리카락입니까?"

"지금 감정 중인데 아마 진짜일 거야."

역시 교활하다.

전화 목소리나 사진은 수사측에 단서를 제공할 수 있다. 그런데 머리카락 한 가닥이면 자신이 아이들을 지배하고 있다는 사실만을 암시할 수 있다.

하지만 아소의 시선이 고정되어 있던 이유는 따로 있었다.

"머리카락 한 가닥이라고. 이 새끼가! 그러면 생사도 분명치 않다는 말이야."

머리카락은 사체에서도 뽑을 수 있다. 피해자 가족들로서는 머리카락만 봐봤자 더욱 불안해지기만 할 뿐이었다.

"먼젓번과 마찬가지로 재경 TV 방송국과 3대 중앙지에도 같은 편지를 보냈어. '피리 부는 사나이'놈, 드디어 두 제약회사 목구멍에 칼을 들이댔다. 제약회사와 산부인과협회에 몸값을 요구했다는 사실을 직접 공개해서 도망갈 구멍을 막아 버렸어."

아소의 말이 맞았다. 이로써 두 제약회사와 산부인과협회는 몸값을 내놓을지 말지 강제로 선택해야 했다. 몸값을 지불하면 막대한 손실을 입고, 지불하지 않으면 세간의 비난을 받는다. 어떤 선택을 하든 손해인 상황이었다.

"재무제표를 확인하니 70억 엔은 결코 두 제약회사에서 감당 못 할 금액은 아니야. 산부인과협회가 가담하면 부담은 더욱 줄어들겠지. 머리를 잘 썼어. 기업 이미지를 지키려면 돈을 내놓을 수밖에 없어. 자신들은 이 건과 무관하다고 계속 우기면 그만큼 세간의 비난도 심해지겠지."

"게다가 자궁경부암 백신 피해를 세간에 한층 더 각인시키게 됩니다. 제약회사로서는 엎친 데 덮친 격이에요."

제길. 아소는 욕을 하며 책상을 쳤다.

"도대체 '피리 부는 사나이'의 목적이 뭘까? 돈? 아니면 제약회사의 평판을 끌어내리는 거?"

"목적이 뭐든 '피리 부는 사나이'가 제약회사에 원한을 품은 인물일 가능성이 농후해졌네요. 그쪽 수사는 어떻게 진행되고 있습니까?"

"제약회사는 기리시마 반장네가 맡고 있어."

마치 떫은 감이라도 먹은 표정으로 그 이름을 입에 올렸다. 같은 수사1과 소속이지만 아소와 기리시마는 견원지간이었다. 거하게 맞붙은 적은 없지만 만나기만 하면 으르렁거린다. 그렇다고는 해도 수사관들끼리 척진 적은 없지만, 아소 반과 기리시마 반이 합동 수사를 할 때는 서로 연합하기 어려운 것은 사실이다.

그리고 다음 날 오후, 몇 차례 수사 회의가 열렸다.

유괴된 피해 소녀가 늘어날 때마다 투입되는 수사 인력도 늘어났다. 덕분에 수사본부 자체가 커져서 회의할 때 가장 넓은 회의실을 이용해야 수사관들이 전부 들어갈 수 있었다.

4백 명이 넘는 수사 인력 탓에 숨이 콱콱 막힐 듯한 인파 속에서 앞쪽 단상 중앙에 신임 무라세 관리관, 양옆에 쓰무라 1과장과 아소가 자리 잡고 있었다.

"우선 '피리 부는 사나이'가 보낸 편지에 동봉된 머리카락 일곱 가닥부터 시작하지."

쓰무라의 목소리에 반응한 사람은 감식반 데라자토였다.

"네! 피해 소녀들의 집에 남아 있던 머리카락으로 간이 감정을 한 결과 머리카락은 전부 본인들의 것으로 판명됐습니다."

수사본부가 어제 머리카락을 받았으니 꼬박 하루 만에 감정 결과가 나온 셈이다. 그 신속한 움직임이 수사본부의 진정성을 대변했다.

"다음, 사용된 용지와 봉투."

기리시마 반의 가쓰라기가 자리에서 일어섰다. 반이 달라서 정식 콤비로 일한 적은 없지만, 성실함만이 장점인 남자이므로 증거 수사에 적임인 면이 있다. 확실히 근심 걱정 없어 보이는 동안이라서 야쿠자를 신문하기에는 적합하지 않을지도 모르겠다.

"이번에 우편으로 보내온 것은 먼젓번과 같은 백 퍼센트 재생지 크래프트 봉투로 장형 3호, 용지는 화이트 카피 S의 B5 크기입니다. 전부 대량생산 제품이며 전국의 문구매장, 가전제품 판매점, 편의점 등에서 광범위하게 판매되고 있는 물건입니다."

아소가 말한 대로다. 적어도 사용된 용지와 봉투로는 범인을 추적할 수 없다는 뜻이다. 잉크에 대한 보고는 아직이지만 그 역시 마찬가지겠지.

"잔류 지문은 어떤가?"

"용지 자체에서는 아무런 지문도 검출되지 않았습니다. 봉투에는 알 수 없는 지문이 몇 개 남아 있었는데 이건 현재 자세히 조사하고 있습니다."

그렇게나 주도면밀한 범인이 봉투에 쉽게 증거를 남겼으리라 보기 어렵다. 남아 있는 지문은 십중팔구 우체국 직원의 지문이리라. 회의에 모인 수사관들도 그렇게 예상해서인지 아무 반응도 없었다.

"참고로 우표 뒷면에서도 타액은 검출되지 않았습니다."

"소인은?"

"첫 번째 편지는 우시고메 우체국, 이번 편지는 간다 우체국입니다. 배달 시간도 오전과 오후로 각각 다릅니다."

"시간대와 보내는 장소를 매번 바꾸는군. 우시고메나 간다나 낮에는 유동인구가 많은 곳이지."

따라서 우체통에 우편물을 넣은 인물을 목격 정보로 골라내기도 어렵다는 의미다.

"그럼 다음, 피해자 집의 동향."

이번에는 쓰키시마 모녀의 집을 담당하는 나가세를 비롯해 특수반 인력들이 차례차례 일어나 보고했지만, '피리 부는 사나이'는 어느 집에도 접촉하지 않았다.

"즉, 이런 건가."

무라세가 천천히 입을 열었다.

"유괴범 '하멜른의 피리 부는 사나이'는 유괴한 소녀들의 가족에게는 전혀 연락하지 않고 제약회사 두 군데와 산부인과협회, 수사본부, 그리고 언론에 성명문을 보냈다는 말이군."

무라세의 말을 끝까지 들을 필요도 없었다.

처음부터 '피리 부는 사나이'의 표적은 두 제약회사와 산부인과협회였다. 이 또한 아소의 견해를 재확인한 셈이었다.

"두 제약회사와 산부인과협회에는 이미 별동대를 보냈습니다."

쓰무라가 타이밍을 놓치지 않고 덧붙였다.

"과거에 원한이 있던 고객, 블랙컨슈머, 혹은 본인의 의지와 관계없이 퇴직한 직원이 없었는지를 자세히 조사하고 있습니다. 협회 쪽은 회원 수가 상당해 시간을 많이 잡아먹는데……."

"관할 수사 인력을 동원해서 그쪽도 끝내 버려. 각 단체는 몸값 마련을 위해 움직이고 있나?"

"제약회사들은 곧바로 이사회를 소집한 모양입니다만, 결론은 아직 밝히지 않았습니다. 산부인과협회는 마키노 회장 본인이 집에서 꼼짝 못하는 이유도 있어 아직 구체적인 논의는 이루어지지 않은 듯합니다."

"각 단체에는 의향을 확인하는 형태로 몸값 각출 여부를 타진해 봐. 그에 따라 향후 방침이 좌우될 수 있어."

돈 이야기가 나오자마자 아소의 표정이 떨떠름해졌다.

"제약회사가 과연 돈을 내겠습니까? 이러쿵저러쿵해도 자신들과 직접 관계는 없지 않습니까."

무라세는 그 말에는 대답하지 않은 채 정면만 바라봤다. 쓰무라는 무라세의 모습을 흘끗 살핀 뒤 다시 수사관들을 바라봤다. 그 행동에서 쓰무라도 무라세를 대하는 방식에 애를 먹고 있다는 사실을 읽어냈다.

관리관 혹은 그 윗자리를 고집한다면 분명 후생노동성을 공연히 자극하려는 생각은 없을 것이다. 반대로 사건의 조기 해결을 우선한다면 다소 강제성은 있더라도 각 단체에 몸값을 내놓으라고 독촉할 것이다. 어차피 피해자 가족도 수사본부도 70억 엔이라는 거금은 마련할 수 없으므로 두 제약회사의 곳간에 기댈 수밖에 없는데, 쓰무라는 무라세의 대처 방식으로 그를 어떤 식으로 대할지 가늠하려는 마음이겠지.

"다음, 차량번호 자동판독기로 추적한 소형 버스."

이번에는 아스카가 대답했다.

"해당 소형 버스는 246번 도로에서 고지마치를 지나 이치가야에서 도고 겐스이 기념공원으로 이동한 뒤 버려졌습니다. 지도를 참고하시면 한눈에 알 수 있는데 참의원 의원회관에서 기념공원까지는 거의 직선으로 연결되므로 이동 시간은 30분 이내였을 것으로 추측합니다."

"지리에 밝다는 뜻인가?"

"아뇨, 거기까지는……. 분명 넓지 않은 도로지만 샛길이라고 할 만한 길은 아니라서요."

아스카의 대답이 분명하지 않은 이유는 그 정도 경로는 차량 내비게이션으로도 쉽게 알 수 있기 때문이다.

“차량번호 자동판독기의 카메라가 소형 버스를 찍은 사진이 이겁니다.”

쓰무라가 신호를 보내자 정면에 설치된 대형 모니터에 해상도가 낮은 사진이 떴다. 소형 버스 정면의 대각선 위에서 찍은 사진인데 운전석에 앉은 인물이 챙 넓은 모자를 눌러 쓴 탓에 인상은커녕 성별조차 구별할 수 없었다. 이 구도라면 사진을 정밀 분석해도 마찬가지다.

“기념공원 주변 탐문 수사는 어떻게 됐나.”

이번에는 다른 수사관이 손을 들었다.

“공원 안은 한산했던 것으로 보이고, 또 공원 주차장은 높은 울타리로 둘러쳐져 있어서 거리에서는 잘 보이지 않습니다. 차량이 늦게 발견된 것과 목격 증언이 적은 이유도 그 때문입니다. 하지만 같은 시각 공원 내 벤치에서 쉬고 있던 남성이 주차장에 소형 버스 두 대가 나란히 서 있던 장면을 목격했습니다. 증언에 따르면 그중 한 대가 의원회관에서 출발한 버스였습니다.”

처음으로 수사관들이 술렁였다.

“인질이 다른 버스로 옮겨지는 순간을 목격했다는 말인가?”

“그건 안타깝게도……. 목격한 남성은 회사원이라 그 자리에 오래 있지 못했다고 합니다. 다만 나란히 서 있던 버스의 차종을 특정하는 데 협조를 받고 있습니다.”

나란히 서 있던 버스가 인질을 아지트로 데리고 갔을 가능성이 있다. 번호판은 기억하지 못하더라도 차종을 특정할 수 있으면 다른 돌파구를 찾을 수 있으리라. 그러나 현재로서는 눈이 번쩍 뜨일 만한 정보는 아니었다. 그래도 지금까지 ‘피리 부는 사나이’가 얼마나 단서를 흘리지 않았는가를 증명하듯 수사진이 술렁였다.

회의가 끝나기 직전, 무라세가 마무리에 들어갔다.

“유괴는 수많은 범죄 중에서도 가장 비열한 범죄다.”

늠연한 어조에 수사관들이 등을 곧게 세웠다.

“현재, 인질들의 소식은 확인할 수 없지만 피해 가족들을 절망과 불안의 구렁텅이로 빠뜨린 시점에서 이미 범인은 비열한 짓을 저질렀다. 이 비열한 범죄가 세 건 연달아 일어난 데다 심지어 소녀가 일곱 명이나 유괴됐다. 지금쯤 범인은 분명 언론이 떠드는 모습을 지켜보며 혼자서 희열을 느낄 것이다. 이런 놈을 내버려 두면 조만간 모방범이 나타난다. 그런 사태는 반드시 막아야 한다.”

무라세의 목소리는 결코 격앙되지 않았다. 그래도 한마디 한마디가 가슴에 꽂혔다.

"반드시 '피리 부는 사나이'를 잡아서 피해 소녀 전원을 구출한다. 알겠나? 이건 수사1과와 경시청만의 문제가 아니다. 온 국민의 눈과 온 경찰관의 기대가 우리에게 쏠려 있다. 더욱 분발하기 바란다는 말은 하지 않겠다. 능력 이상의 능력을 발휘하기 바란다. 제군들의 어깨에 소녀들의 생명과 우리 경찰의 명예가 달려 있다는 사실을 명심하도록. 이상."

무라세는 그 말만 남기고는 곧바로 자리에서 일어났다. 필요한 말만 하고 말의 힘으로 병사들을 고무시킨다. 지휘관으로서는 그럭저럭 괜찮다고 할 수 있겠다.

수사관들이 삼삼오오 모여 흩어지는 가운데 단상에 있던 아소가 이누카이에게 다가왔다.

"너희 둘은 기존대로 쓰키시마 아야코에게 붙어 있어. 물론 다른 일에도 동원할 생각이지만."

"세 번째 유괴사건 만에 내려온 윗선의 메시지입니까? 아니면 관리관의 진심이 담긴 열변입니까?"

"몰라."

아소가 내뱉듯 대답했다.

"남자의 거짓말을 꿰뚫어 보는 건 네 주특기잖아."

"거짓말이라도 도움이 된다면 괜찮죠."

"내가 보기엔 반반인 것 같아."

"그럼 역시 압박도 있었습니까?"

"압박이라기보다 전망이 있었지."

목소리가 한층 낮아졌다.

"석상에서는 모르는 척했지만, 몸값 70억 엔을 마련할 실마리가 보여."

"……두 제약회사가 자청했습니까?"

"그보다는 후생노동성이 뒤에서 조종한 듯해. 각 회사 회장과 대표이사가 모여 후생노동성의 높으신 분과 면담한 것 같더라고. 그 다음 날이었어. 내각 관방*을 통해 메시지가 내려왔지."

설명만 들어도 대략적인 상황을 읽을 수 있었다.

사건이 장기화될수록 백신 접종에 관여해 온 후생노동성에도 비판의 눈길이 집중된다. 비판 분위기가 본격적으로 조성되기 전에 사건을 해결하고 비난을 진정시켜야 한다. 그래서 제약회사에서 현금을 내놓는 형태로 일시적인 면죄부를 부여하는 한편, 경시청에는 몸값 조달이라는 밥상을 차려 주면서 책임을 통째로 떠넘기려는 심산이다.

---

* 총리 대신을 보좌하는 일본 내각부 소속 기관.

70억 엔을 지출하는 것은 확실히 뼈아프지만 국내외로 집중포화를 받는 데 비하면 싼값이라고 판단했겠지.

"미끼는 곧 준비될 거야. 나머지는 언제, 어느 타이밍에 '피리 부는 사나이'를 낚을 것인가야."

문득 옆을 바라보니 아스카가 못마땅하다는 눈빛으로 아소를 강하게 응시했다.

"무슨 불만 있어?"

이누카이가 묻자 아스카의 화살이 이누카이를 향해 날아왔다.

"결국, 수사를 관료들의 뜻대로 진행하겠다는 말입니까?"

그러자 아소가 재빨리 이누카이에게 시선을 보냈다. 빨리 데리고 사라지라는 신호였다.

"아스카, 잠깐 이리 와 봐."

다짜고짜 아스카의 팔을 잡고 그대로 대회의실을 빠져나왔다.

"상사와 범인 앞에서 쓸데없이 열 내지 마."

"하지만 그 아이들이 유괴된 원인도 따지고 보면 후생노동성이잖아요. 아이들과 가족들이 그렇게나 피해를 호소할 때는 싹 무시하더니 자기들 발등에 불 떨어지게 생겼으니까 업계를 방패막이로 내세우다니 순 자기들 멋대로 아니에요?"

"그게 어때서."

"그게 어떻냐니……."

"우리 일은 관료들의 부도덕한 짓이나 방패 뒤에 숨는 짓을 비난하는 게 아니야. 그건 다른 사람들이 해 줄 거야. 우리가 할 일은 아까 반장님이 말한 바로 그거야. 어떤 색을 띠든 어떤 냄새를 풍기든 상관없어. 모처럼 쓸모 있는 짓을 해 만들어 준 돈을 미끼로 '피리 부는 사나이'를 잡는다. 사회 정의 따위를 논하기 전에 개 발에 땀 나도록 뛰어다니라고."

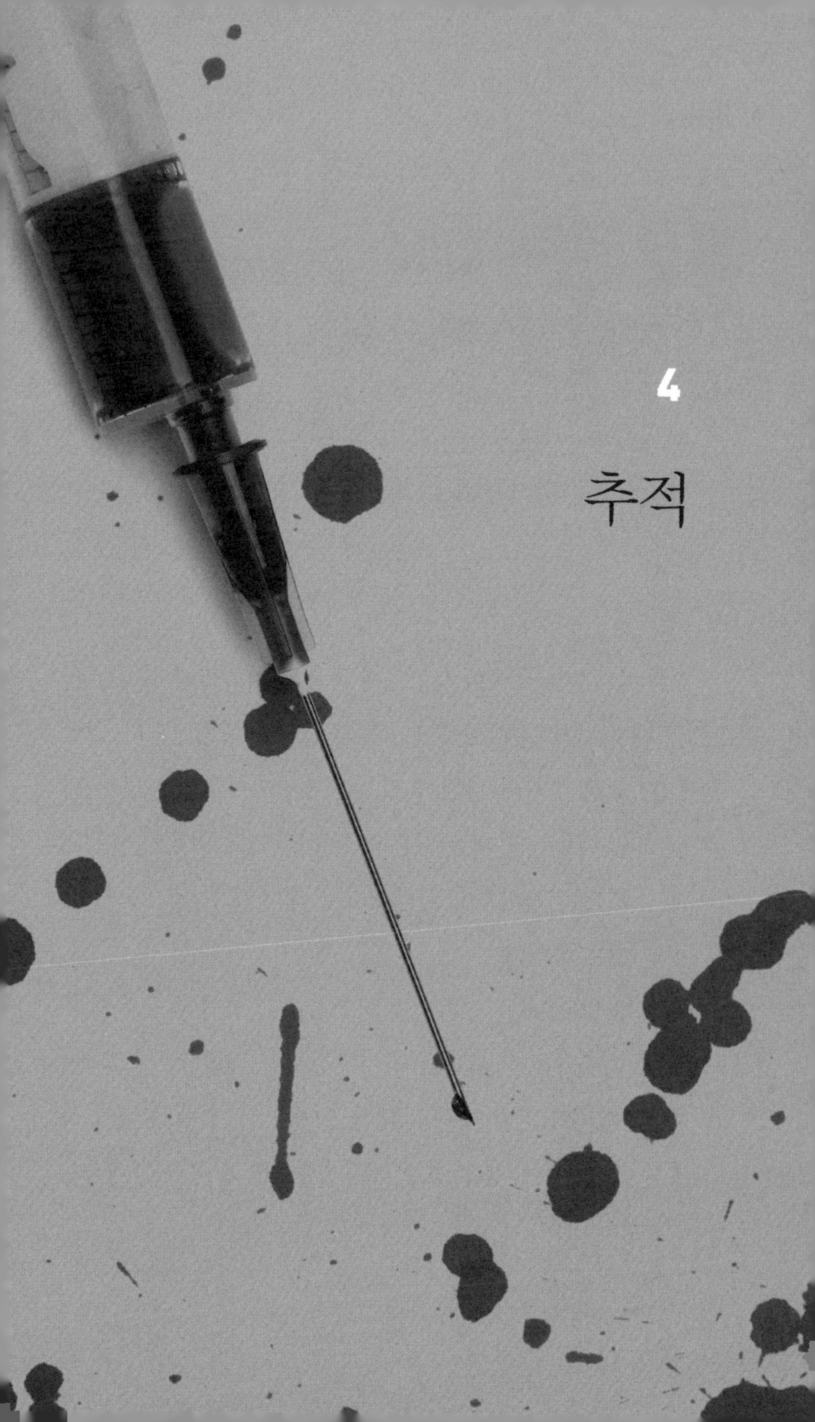

4

추적

1

수사본부로 보내온 성명문에 동봉된 머리카락 일곱 가닥은 감정 결과 전부 피해 소녀들의 것으로 판명됐으나, 그렇다고 해서 수사에 진전이 있지는 않았다. '피리 부는 사나이'가 소녀들을 유괴한 일은 뻔한 사실이고 머리카락이 피해 소녀들의 것이라고 확인됐다고 해서 그들의 생존이 증명된 것도 아니다.

수사본부에서는 용의자를 특정하려고 범인의 유류품 분석에 매달렸지만 성과는 지지부진했다. 범인의 시그니처인 '하멜른의 피리 부는 사나이' 그림엽서, 범행 성명에 사용된 종이, 잉크, 봉투 모두 대량생산품으로 최종 구매자를 찾기란 그야말로 모래사장에서 바늘 찾기보다 힘든 일이었다.

범인이 버리고 간 소형 버스도 마찬가지였다. 감식반이 차내를 샅샅이 뒤졌지만 검출된 것은 불특정 다수의 모발과 지문, 그리고 먼지뿐이었다. 의원회관 화장실에 갇혔던 구사마의 증언에 따르면 범인은 장갑을 끼고 있었다니 범인의 지문이 검출되기를 바라는 것은 아마도 헛된 희망일 터였다.

"일곱 명이나 유괴됐는데 단서다운 단서가 하나도 없어. '피리 부는 사나이'는 정말 동화 속에서 튀어나왔을지도 몰라."

아소는 언짢은 심기를 숨기지 않았다. 수사가 암초에 부딪치고, 쓰무라 급 사람에게 한소리 들었다는 증거다.

경시청 형사부 수사1과 반장 정도 되면 현장에 나가는 일은 그다지 없다. 부하들이 물고 온 정보를 곱씹으며 지휘하는 역할을 하는데, 이렇게까지 증거가 부족하니 직접 현장으로 나가고 싶을 것이다. 개중에는 그렇게 행동으로 옮기는, 현장을 좋아하는 경부*직도 있지만, 아소는 그러한

* 한국 경찰의 경감급에 해당.

행동을 자제하며 부하들의 능력을 키우려는 타입이었다. 그 때문에 축적된 울분을 부하들에게 토해내는 점은 생각해 볼 문제였는데, 이것이 바로 사람들이 말하는 중간관리직의 비애라는 것일까.

그래도 토해내는 대상이 이누카이 콤비로 한정된 것은 일단은 신뢰받기 때문이리라고 호의적으로 해석했다.

"수사가 지지부진한 사이에 사태가 '피리 부는 사나이'의 의도대로 흘러가고 있어."

그 말을 들은 아스카가 물었다.

"무슨 일이 있었습니까?"

"기자클럽 회견 때 친한 기자가 귀띔해 줬어. 이번에 드물게도 3대 신문사와 재경 TV 방송국들의 보도 방침이 일치했다는 것 같아."

"보도 방침이요?"

"기자클럽에 가입한 각 언론사는 앞으로 유괴사건을 보도할 때마다 자궁경부암 백신 부작용에 대해 언급하기로 했대. 그렇게 제약회사들과 일본산부인과협회의 책임을 완곡하게 추궁할 태세야."

"네? 그런데 각 제약회사에서 70억 엔씩 내기로 한 거 아니었나요?"

"후생노동성과 제약회사 수뇌부와의 극비회동이라 언론은 아직 냄새를 못 맡았어. 언론의 목적은 제약회사가 돈을 내게 하는 것보다 백신 스캔들을 보도하는 거야. 당초 부작용 피해자가 예상보다 많다는 사실이 갑자기 흥미를 끈 모양이야. 제2의 약해 에이즈 사건으로 대대적으로 선전할 수 있는 대형 떡밥이니까 말이야."

아소는 심술궂은 미소를 지었다.

"실제로 '전국 자궁경부암 백신 피해자 대책 모임'이 설립됐을 때 주목한 언론은 적지 않았어. 그런데 해당 제약회사 두 곳이 TV 방송국의 대형 스폰서였고, 신문사의 막대한 광고수입원이기도 해서 그리 적극적으로 공격할 수도 없었지. 하지만 지금은 유괴사건이라는 명분을 내세울 수 있잖아."

즉 '피리 부는 사나이'의 계획에 언론이 편승했다는 뜻인가.

"일곱 명이나 되는 소녀들이 유괴된 사건. 그 자체만으로도 구미가 당기는 소재인데 배후에 백신 스캔들이 도사리고 있다니. 싫은 이야기지만, 어떻게 결말이 나든 유괴사건은 오래 언급될 소재가 아니야. 하지만 백신 스캔들은 후생노동성과 의료기관이 관여한 만큼 오래 끌 수 있지. 뉴스로 벌어먹고 사는 처지의 인간들에게는 최고의 진수성찬인 셈이야……. 아아, 그러고 보니 시간이 다 됐군."

아소는 손목시계를 흘낏 확인했다.

"이 이야기도 기자의 오프 더 레코드야. 오후 1시부터 두 제약회사의 기자회견이 열릴 예정이다."

"1시라면 지금이잖아요."

아스카가 서둘러 TV를 켰다. 채널을 넘기다가 데이토 TV의 '애프터 눈 JAPAN'를 틀었다. 화면에는 '문제의 제약회사 긴급회견!'이라는 자막이 떴다.

회견석에는 남자 네 명이 나란히 있었다. 두 제약회사의 대표이사와 전무였다. 이윽고 플래시가 터지는 가운데 가장자리에 있던 한 사람이 천천히 입을 열었다.

—최근 발생한 소녀 유괴사건과 관련해 저희 두 회사가 몸값을 지불하라는 메시지를 범인이 보내왔습니다. 원래는 저희 제품에 부작용이 있을 리 없고, 또 의학적 근거도 전혀 없는 완전히 터무니없는 주장입니다. 하지만 70억 엔이라는 거액을 일반 가정에서 마련하기 어려운 점과 저희 두 회사의 가장 중요한 기본 방침이 사회공헌이라는 점을 근거로, 70억 엔을 대신 지불할 의향이 있다는 사실을 이 자리에서 밝힙니다.

플래시가 더욱 격렬하게 터지자 화면이 번쩍거렸다.

"흥, 겨우 70억 엔 가지고 으스대는 말투라니. 백신으로 챙긴 수익이 그 금액의 몇 배는 되는 주제에."

아소의 말이 평소보다 신랄한 이유는 수사에 진척이 없어 초조한 탓도 있지만, 백신 피해가 계속 발생해도 부끄러운 줄 모르고 반성하지 않는 제약회사를 향한 분노 때문인 듯했다.

—아직 수사본부의 연락을 기다리고 있습니다만, 범인이 통보한 3월 23일까지는 현금을 준비할 수 있습니다. 수사본부가 이 돈으로, 유괴된 소녀 일곱 명이 무사히 가족의 품으로 돌아갈 수 있도록 최선을 다해 노력해 주시기를 바랄 뿐입니다.

마무리는 이누카이의 예상대로였다. 몸값 조달이라는 밥상을 차려 놓고 경찰에게 책임을 떠넘긴다. 게다가 일부러 시끌벅적하게 기자회견을 열어서 회사의 이미지를 개선할 계획이다. 아이들에게 닥친 재앙을 아랑곳하지 않고 자신들의 이미지 전략으로 이용한다고 말하면 지나친 표현일까. 하지만 70억 엔 정도로 기업 이미지를 완전히 바꿀 수 있다고 생각하면 광고비 치고는 오히려 싸게 먹힌 셈이라고도 할 수 있다.

같은 생각을 했는지 아스카도 못마땅한 얼굴로 TV 전원을 껐다.

"'피리 부는 사나이'에게는 70억 엔 탈취를 위한 판이 완성됐어요. 제약회사에게는 돈을 내놓으면 챙길 수 있는 이점이 생겼죠. 기이하게도 범인과 돈을 주는 측의 수지 타산이 맞네요."

70억 엔이나 되는 현금이 준비됐는데도 이 자리에 있는 세 사람은 분하기는커녕 오히려 기묘하게 후련한 기분마저 느꼈다. 유괴사건에 그런 기분을 느낀다니 이상한 일이었다.

이누카이는 조금 전 수사 회의에서 쓰무라 1과장이 흘린 한마디를 떠올렸다.

"반장님. 제약회사에 원한을 품은 고객이나 본인의 의지와 관계없이 어쩔 수 없이 퇴직한 직원들에 대한 수사는 어디까지 진행됐습니까?"

"솔직히 신통치 않아."

아소는 표정을 읽히지 않으려는 듯 고개를 돌리고서 말했다.

제약회사의 블랙컨슈머와 퇴직자, 산부인과협회에 개인적인 원한이 있는 회원을 밝혀내는 일은 분명 기리시마 반

담당이었다.

"그쪽과 우리가 그리 협력하는 사이는 아니지만 그래도 수사 회의에서 거짓을 보고할 인간은 아니야. 이렇다 할 눈에 띄는 보고가 없는 건 실제로도 성과가 없기 때문이겠지."

"하지만 어떤 조직에나 앙심을 품은 놈이 한둘쯤은 있을 텐데요."

"알리바이도 맞아야 하잖아. 언뜻 들은 바로는 퇴사자 대부분은 다른 제약회사에 재취업했다더군. 프리랜서라도 하지 않는 이상 일곱 명이나 되는 아이들을 유괴하고 감금할 시간 여유는 없을 거야."

"블랙컨슈머는 어떻답니까?"

"그쪽도 보고가 없는 이상 상황이 좋지 않겠지. 그놈이 하는 일이니 단언할 수는 없지만 말이야."

아소가 빈정거리는 투로 말했다. 기리시마에 대한 감정의 표출일까, 아니면 수사에 가로막힌 스스로를 향한 자조일까.

"차라리 그런 관계자들로 범위를 한정 짓지 않는 게 나을지도 모르겠어요."

"그게 무슨 말이야?"

"범인이 피해자와 피해자 가족과도, 제약회사와 산부인

과협회와도 전혀 무관한 인물일 가능성도 크지 않습니까?"

이누카이의 말에 아소와 아스카가 화들짝 놀란 얼굴로 바라봤다.

아직 확증은 없지만 '피리 부는 사나이'가 제약회사와 산부인과협회의 이익을 옆에서 가로채려는 제삼자일 수도 있다는 견해가 그리 터무니없지 않다는 생각이 들었다.

무라세의 말마따나 유괴 자체는 가장 비열한 범죄지만 몸값을 해당 제약회사가 토해내도록 한 아이디어는 대서특필 감이다. 그리고 이 한 가지 사실에 주목하면 안타깝게도 용의자의 범위가 무한정 확대된다. 비단 제약회사나 산부인과협회에 앙심이 있는 사람만이 아니다. 참신한 시각과 확고한 실행력이 있는 이라면 누구나 용의자의 자격을 갖춘 셈이 된다.

두 사람 모두 이누카이가 말하고자 하는 바를 이해했는지 미간의 주름이 점점 깊어졌다. 그래도 아소는 부하들의 기운을 돋우려고 노력했다.

"아무튼 이제 '피리 부는 사나이'의 요구대로 70억 엔이 마련됐어. 기한인 3월 23일까지는 놈이 거래에 대해 지시하겠지. 그때가 승부처다."

아무리 신중하게 계획된 유괴사건이라도 단 한 번, 범인과 경찰이 접촉해야만 하는 순간이 있다. 말할 것도 없이 몸값을 주고받는 순간이다. 범인에게는 가장 큰 위기이자 경찰에게는 가장 큰 기회다. 달리 표현하면 이 돈거래가 어떻게 진행되느냐에 따라 수사의 형세가 결정된다.

"'피리 부는 사나이'가 70억 엔을 현금으로 요구하는 바람에 살았어."

아소가 읊조리듯 말했다.

"스위스 은행 비밀계좌로 입금하라는 지시였다면 답 없었을 텐데."

외국은행의 비밀계좌는 고객 정보를 철저하게 비밀에 부치기에 그 방면으로는 꾸준히 사랑받았다. 그러나 최근에는 상황이 바뀌었다. 미국 9.11 테러 사건 이후 이러한 은행들도 돈세탁 방지를 위해 은행 비밀 보호제도를 해제하려는 움직임을 보이기 시작했기 때문이다. 스위스뿐만이 아니다. 룩셈부르크, 싱가폴 같은 전 세계 오프쇼어 센터가 줄줄이 사법당국에 협력 의사를 표명하는 가운데 남은 곳은 홍콩 정도였다.

그런데 홍콩이라고 해도 비밀계좌 개설은 쉽지 않다. 예컨대 HSBC(홍콩상하이은행)에서는 중국 본토 거주자 고객만을 상대해도 충분히 돈을 벌기 때문에 외국인 대상 계좌 개설에 소극적으로 바뀌었다. 더욱이 계좌를 개설하려면 반드시 본인이 직접 은행을 방문해야 하며 그밖에도 성가신 절차가 있다. 일반 시민이 결코 손쉽게 보유할 수 있는 계좌가 아니다.

계좌로 송금할 수 없다면 현금으로 받는 방법밖에 없다.

"아스카, 눈앞에 70억 엔 현금이 쌓여 있는 모습을 상상해 본 적 있어?"

"……별로 현실감이 없네요."

"보통 성인이 양손으로 들 수 있는 돈은 아무리 많이 봤자 5억 엔이야. 70억 엔씩이나 되면 경트럭 짐칸이나 밴의 트렁크를 써야 옮길 수 있지. 당연히 돈을 가져가는 범인도 그에 맞는 준비를 해야 해. 양이 양이니만큼 돈을 받아도 일단 민첩하게 움직이는 건 어려워진다."

그때가 범인을 검거할 절호의 기회라는 말이다.

"70억 엔이나 되는 현금이야. 받고 나서 운반하는 데도 문제가 따른다. 방금 말한 대로 그만큼이나 되는 현금을 옮기려면 차를 사용해야 해. 그런다면 독 안에 든 쥐지. 도쿄 내 모든 도로를 봉쇄하고 범인이 탄 차를 포위한다. 도망가기는 거의 글렀다고 보면 돼."

그러자 아스카가 끼어들었다.

"인질을 방패 삼아 포위망을 강제로 뚫고 나갈 가능성은 없을까요? 그렇게 되면 우리도 손을 쓸 수 없잖아요."

"최악의 경우, 차나 어디 건물에 틀어박혀 인질극을 벌이는 패턴도 예상할 수 있지. 그러면 저격반과 연계하지 않을까?"

저격반이라는 말을 들은 아스카의 얼굴이 일그러졌다. 범인 저격 작전은 강행 돌파와 한 세트다. 그리고 강행 돌파를 하면 당연히 인질의 안전에 불확실한 요소가 더해진다.

"물론 막다른 곳으로 너무 몰아붙이면 인질이 위험해질 수 있지. 강행 돌파 전에 범인과 협상은 하겠지만 그렇게나 영리한 범인이라면 그렇게까지 터무니없는 짓은 안 할 거야."

"……조금 낙관적이신 거 아닙니까?"

"방금은 내가 한 말 아니야. 쓰무라 과장이 들으라는 듯 떠들어댄 혼잣말이거든."

그러니까 쓰무라 1과장과 무라세 관리관 라인은 벌써 인질극이나 강행 돌파 시나리오까지 포함시키고 있다는 말인가.

"어쨌든 현금을 받았을 때 '피리 부는 사나이'는 자기 주머니가 작은 걸 후회할 거야."

아소는 그렇게 말을 끝냈지만 이누카이는 마음이 개운치 않았다. 그렇게나 용의주도하고 신중한 범인이 돈을 가져가는 방법에 대해 아무 생각도 하지 않았으리라고는 도무지 생각할 수 없었다.

어디나 그렇지만 직장에 가면 책상 자리 외에도 자신만의 또 다른 공간을 확보하려고 한다. 가쓰라기의 공간은 구석에 있는 자판기 코너였다.

역시 그곳에 놓인 장의자에 가쓰라기가 앉아 있었다. 평소에 마시는 라이트 슈거 커피를 손에 들고 있었다.

"여어, 수고가 많아."

이누카이의 목소리에 돌아본 가쓰라기의 얼굴이 옆에 있는 아스카를 발견하자마자 딱딱하게 굳었다. 이 남자는 재미있을 정도로 표정 관리를 못 한다. 그런데 잘도 형사 일을 한다며 감탄했지만, 한편으로 이누카이와는 다른 능력으로 수사에 기여하므로 나름대로 괜찮은 점이 있다고도 생각했다.

"대놓고 경계하지 마. 수사1과에 몇 없는 여자라고."

"형사님 혼자였다면 잡담하러 오셨을 테지만 아스카 형사님도 함께 왔다는 건 수사 관련 이야기일 게 뻔하잖습니까."

"똑똑하십니다."

"이누카이 형사님과는 너무 정보 교환하지 말라고 한소리 들었어요, 저."

가쓰라기와 자주 콤비로 움직이는 사람은 기리시마 반의 에이스라고 불리는 구도였다. 그러나 구도는 공적을 차지하려고 정보를 비밀에 부치는 남자는 아니다. 이누카이와 가쓰라기의 접촉을 꺼리는 것은 아마도 상사인 기리시마이리라.

"확실히 경찰은 상명하복 조직이긴 하지만 횡적 연계도 있어야지."

"맞는 말씀이지만 판명된 사실은 그때그때 수사 회의에서 공개하잖아요."

"판명되지 않은 사실은 숨기고 있잖아."

이누카이가 가쓰라기 옆에 걸터앉았다. 사전에 짜둔 대로 남은 옆자리에 아스카가 앉았다. 가쓰라기는 두 사람 사이에 낀 꼴이 되었다.

"저……, 이건 뭐 정보교환이라기보다 신문당하는 느낌인데요."

"신문인지 정보교환인지는 받아들이기 나름이지."

"이번에는 왜 그렇게 열심히세요. 형사님답지 않으시게."

"나답지 않다니? 나다운 게 대체 뭔데?"

"적어도 옆 반 진척 상황이 어떤지 관여하지는 않으시잖습니까."

"상황이 평소와는 다르잖아."

"어떻게 다른데요?"

"피해자가 아직 살아 있어. 아니, 곧 살해당할 거야."

가쓰라기의 얼굴이 굳었다.

"설마 인질로 잡혀 있으니 아직 안전하다는 말은 하지마. 이런 종류의 유괴사건에서 인질들이 무사히 구출될 확률은 30퍼센트 이하야. 대부분은 몸값을 요구한 직후 살해당하지. 범인을 목격한 증인은 빨리 없애 버리는 편이 안전하고, 무엇보다 인질을 관리하고 이동하는 데 위험이 따르니까. 한 명도 성가신데 일곱 명이나 있다고 생각해 봐. 감시하는 것만도 꽤 일이야. 만약 내가 범인이라면 그런 수고는 처음부터 배제할 거야. 그러니 유괴된 일곱 소녀의 목숨은 풍전등화야. 그 정도로 생각하는 게 실수가 적을 거야."

"……형사님. 유괴된 아이들이 사야카 또래라서, 그러세요?"

이누카이는 무심코 가쓰라기를 노려봤다. 서글서글하고 사람 좋아 보이는 얼굴을 하고서는 이런 면에서는 눈치가 매우 빠르다. 이런 점이 수사1과에 존재할 수 있는 이유 중 하나다.

"내 개인적인 일은 상관없어. 너도 그 나이대 여자아이들이 일곱 명이나 구조를 기다리고 있다고 생각하면 안절부절못하지 않겠어? 다들 아는 이야기지만 마키노 아미를 제외하고는 다들 건강이 좋지 않아. 혼자서는 이동하기도 힘든 몸이지. 얼마나 불안할지 짐작하는 데 대단한 상상력까지는 필요치도 않아."

가쓰라기는 한동안 두 사람의 얼굴을 번갈아 보다가 마침내 체념한 듯 탄식했다.

"그래서 뭐가 궁금하세요? 제가 아는 선에서는 말씀드릴 수 있지만 대단한 정보 같은 건 안 숨기고 있거든요."

"기리시마 반장네에서는 제약회사에서 해고당한 직원이나 블랙컨슈머들, 산부인과협회에 반기를 든 회원들을 조사하고 있지? 그중에서 누구 지켜보는 놈 없어?"

"있어요."

아스카와 시선이 마주쳤다. 역시 수사 회의에서 보고하지 않은 정보가 있다.

"그런데 아직 뒤를 캐는 중이라 보고할 수 있을 때까지 함구하고 있어요. 그 점은 이해해 주세요."

"구체적으로 말해 봐."

"형사님들까지 따라붙으면 우리 반 사람들과 마주칠 수 있잖습니까."

"아직 따라붙을 생각 없어."

"아직이라니……."

"미끼가 많으면 개가 여러 마리 필요할 거 아냐."

"불도저 같은 건 여전하시네요."

"너도 좀 가르쳐 줘? 그러면 네 소중한 마도카와 하루라도 빨리 결혼할 수 있을 거야."

"됐어요."

재촉하자 가쓰라기가 마지못한 기색으로 말하기 시작했다.

"일단 제약회사 두 곳인데요……. 일본에 있는 건 그냥 일본법인이고 백신은 영국 본사에서 제조하고 있어요."

"그러니까 일본에서는 유통과 판매만 한다는 말인가?"

"네. 이직한 직원도 있지만 대체로 회사 대우에는 만족하는 직원들이 많은 것 같아요. 조사한 바로는 최근 10년 동안 회사와 척을 지고 퇴사한 사람은 보이지 않았어요. 이 회사만 그런 건지는 몰라도 복지 쪽과 자사 제품 지원 체제에 엄청 신경을 썼다고 하니까요."

"자사 제품 지원 체제? 그게 뭐야."

"자사 제품에 부작용 보고가 들어오자 사보로 직원들에게 재빨리 주의를 당부했다고 합니다. 문제의 자궁경부암 백신도 예외는 아니었죠."

"잠깐만."

아스카가 안색을 바꾸며 다가섰다.

"뭐라고? 그럼 백신에 부작용이 있다는 사실을 알면서도 직원들에게만 전달하고 공표를 안 했다는 말이야?"

"네. 사례 보고는 있었지만 아직 제품과의 인과관계가 증명되지 않아서 발표할 필요까지는 없다고 판단했다는 듯해요. 물론 사례 보고는 대외비고 누설한 사람은 처벌 대상이 된다고도 했고요."

"질린다 정말……."

"탐문 간 선배도 그렇게 말했어요. 설사 약물 피해 우려가 발각돼도 우선은 자사 직원들에게 먼저 정보를 공개한다. 그런 우대 분위기가 직원들의 신뢰를 얻고 있었던 것 같습니다. 회사의 대우에 만족했다는 말도 그런 의미예요. 최근에는 명예퇴직을 권고하는데 희망자도 큰 불만은 없었다는 듯해요. 적어도 수사선상에는 오르지 않았어요."

가쓰라기는 쏟아내듯 말했다.

"그리고 회사 개요를 보면 아시겠지만 임원 여덟 명, 집행임원 열 명 중 여섯 명이 후생노동성 관료 출신이에요. 부작용 사례 보고가 올라갔으니 당연히 그들의 입을 통해 후생노동성에도 보고가 들어갔을 텐데, 역시 후생노동성 쪽에서 백신 사용에 주의를 당부한 적은 없어요. 후생노동성이 겨우 반응한 게 '전국 자궁경부암 백신 피해자 대책 모임'이 설립된 다음이에요."

이누카이는 호흡을 가다듬으며 감정을 갈무리하려고 했다. 하지만 분노와 거리를 두려고 애써도 가슴속에서 치솟는 분노는 타오르듯 뜨거웠다.

"다음으로 블랙컨슈머 말인데요, 이것도 손쓸 수 없는 사안은 소송까지 가서 합의 본 게 많아요. 그것 말고는 대부분 고객상담실이라는 부서에서 대응해 해결하고요."

"산부인과협회 쪽은?"

"협회 방침에 반기를 든 회원으로 분류하면 식별이 어렵긴 하지만 탈퇴한 의사들은 소수 있어요. 하지만 이 사람들도 협회 운영 방침을 둘러싼 분쟁으로 탈퇴한 케이스가 많습니다. 예외가 한 명 있긴 하지만요."

"예외가 한 명?"

"다른 회원의 증언이에요. 이 의사는 정례회 석상에서 자궁경부암 백신의 정기접종 권장에 대해 분명하게 이의를 제기하며 마키노 회장과 설전을 벌였고 그 직후에 탈퇴했답니다. 저희 반에서는 이 의사를 주목했는데……, 결국 깨끗했어요."

"왜?"

"알리바이가 완벽했거든요. 쓰키시마 가나에가 유괴된 3월 7일에도, 마키노 아미가 유괴된 13일에도 그리고 다섯 명이 한꺼번에 유괴된 16일에도 병원에서 근무했다는 사실을 확인했습니다. 아무리 협회에 반감을 품었다고 해도 알리바이가 있으니 용의자에서 제외할 수밖에 없죠."

"참고로 그 의사 이름이 뭐야?"

그러자 가쓰라기는 곤란해하며 입을 열었다.

"데이토대학교 부속병원 산부인과 오구라 아쓰코라는 여의사입니다."

2

"오구라 선생, 중립이 아니었네요."

아스카가 비웃듯 말했다. 지금까지 기회가 있을 때마다 혼이 났던 것에 대한 복수인 셈인가.

하지만 따지고 보면 오구라가 산부인과협회 전 회원이었던 사실이 뜻밖의 일은 아니다. 학회 회원 수는 1만 6천 명 이상, 대학에 적을 둔 산부인과 의사는 대부분 가입되어 있다고 본다면 데이토대학교 부속병원에 근무하는 오구라가 회원이었다는 사실이 오히려 당연하다고 할 수 있다.

두 사람은 병원을 찾아가 접수처에 방문 목적을 알렸다. 지난번과 마찬가지로 몹시 바쁜 오구라는 좀처럼 휴식 시간을 낼 수 없는 모양이었다.

40분 넘게 기다리고 나서야 겨우 진료실로 들어갈 수 있었다. 오구라는 가느다란 눈을 한층 더 가늘게 뜨며 두 사람을 맞이했다.

"오래 기다리셨습니다. 죄송하네요, 매번 시간을 넉넉히 뺄 수 없어서."

"아뇨, 저희야말로 귀중한 시간을 빼앗은 것 같아 죄송합니다."

"오늘은 무슨 일로 오셨죠?"

"우선 오구라 선생님이 산부인과협회를 탈퇴한 이유를 여쭙고 싶습니다. 지난번에는 왜 회원이셨다는 사실을 말씀하지 않으셨습니까?"

"그 사실에 대해 제게 물어보셨나요?"

"……아니요."

"휴식 시간이 워낙 짧아 묻는 말에만 대답합니다. 그 때문에 이누카이 형사님에게 불필요한 의심을 샀다고 제가 사과해야 할까요?"

오구라는 온화하게 웃으며 이누카이의 얼굴을 응시했다.

그저 친절한 산부인과 의사라고만 생각했던 자신을 저주하고 싶었다. 이 의사는 그리 호락호락한 인물이 아니었다.

제길, 상대를 또 잘못 봤나.

“아뇨, 그건 제 잘못이니까요. 그럼 질문을 바꾸겠습니다. 오구라 선생님이 산부인과협회를 탈퇴한 이유가 무엇입니까?”

“그게 이번 유괴사건과 무슨 관련이 있을까요?”

“오구라 선생님의 개인적인 주장보다는 산부인과협회가 처한 상황을 알고 싶습니다.”

“저 같은 사람의 생각이 무슨 도움이 된다고요. 그 협회는 많은 산부인과 의사들로 구성되어 있습니다. 저처럼 뛰쳐나올 만한 의사는 극소수파예요.”

“극소수의 의견이라고 무시할 수 있는 성질이 결코 아니라고 생각합니다.”

“수완이 제법 좋으시군요. 그런 얼굴로 그렇게 말하면 대답을 거부할 수 있는 여자는 없겠죠.”

오구라가 생긋 웃었다. 이런 말까지 들으면 그녀에게 휘둘리고 있다는 사실을 이누카이라도 알겠다.

“그런데 새롭게 말씀드릴 이야기는 아무것도 없습니다. 제가 탈퇴한 이유는 첫째도 둘째도 협회가 자궁경부암 백신 정기접종에 찬동했기 때문이거든요. 이미 말씀드린 것처럼 명백한 부작용이 보고되었는데 정기접종을 계속하자고 움직이는 걸 의사로서 이해할 수 없었습니다."

"그래서 회장이나 협회에 항의하셨습니까?"

"총회에서 딱 한 번 손을 들었습니다."

"반응이 어땠습니까?"

"달걀로 바위 치기였죠."

오구라가 어깨를 으쓱했다.

"아실지도 모르지만, 협회는 마키노 회장이 단독으로 관리하는 조직이라고 해도 과언이 아니고, 상무이사에 이름을 올린 분들은 하나같이 제약회사와 사이가 좋은 의사들뿐입니다. 그러니까 고작 대학병원 의사 나부랭이가 목소리를 내봤자 아무도 안 들어주죠. 하지만 그렇다고 해서 협회나 마키노 회장을 원망한다는 말은 아니에요. 절이 싫으면 중이 떠나면 될 일입니다. 그런 걸로 꽁해서는 회장 딸을 유괴하겠다는 생각은 꿈에서도 하지 않았습니다. 그래도 절 용의자 취급할 생각입니까?"

이누카이는 속내를 완전히 읽힌 기분이 들어 곤혹스러웠다. 정신을 차리고 보니 꽉 쥔 주먹에 땀이 흥건했다.

이게 무슨 꼴인가 싶었다. 항상 신문하는 상대의 반응을 살피며 몰아붙이던 자신이 이번에는 완전히 반대 입장에 서 있었다.

"그렇지 않습니다."

이누카이의 침묵을 메우려는 듯 아스카가 끼어들었다.

"저희는 그저 의료관계자들의 증언이 너무 부족해서요."

"그러시겠죠. 의료보험 점수 제도가 있는 한 의사와 제약회사 사이는 무슨 일이 있어도 친밀할 겁니다. 어느 한쪽을 비난하는 움직임이 나타나면 옹호하거나 무시하거나 둘 중 하나죠."

"이번 일로 제약회사나 산부인과협회에 앙심을 품을 만한 인물로 짚이는 사람은 없습니까?"

질문을 받은 오구라는 곰곰이 생각하듯 고개를 갸웃했다.

"특정한 얼굴이 바로 떠오르지는 않네요. 다만 한 가지는 분명하게 말씀드릴 수 있겠는데."

"뭔가요?"

"산부인과 의사는 글자 그대로 임부를 포함한 여성의 건강과 생명을 지키는 직업입니다. 그런데 고작 보험 점수 따위의 당치도 않은 걸 우선시한 나머지 산모나 미래에 어머니가 될 아이들의 몸에 장애를 남길 만한 약물을 투여하고도 수치를 모른다니 산부인과 의사로서 상종 못 할 인간들입니다. 따지고 보면 모든 여성의 적이죠. 달리 표현하면 모든 어머니, 모든 여성이 그들을 증오할 겁니다."

이누카이와 아스카는 꼼짝도 하지 못했다. 오구라는 두 사람을 앞에 붙잡아 놓고 시선을 떼지 않았다.

"저도 여자라서 입을 더럽히고 싶지 않지만 부작용 보고를 받고서도 정기접종을 추진하려는 학회에 어떤 욕을 퍼부어도 상관없다고 생각합니다. 그게 비록 명예훼손이 될 법한 말이라도 말이에요."

이누카이는 불현듯 이해가 갔다.

이 의사는 고집이나 긍지 때문이 아니라 한층 더 근원적인 이유로 백신 추진파를 혐오한다.

"며칠 전에도 두 분의 동료분들이 저를 찾아왔습니다. 몇 월 며칠에 어디 있었냐는 둥 이것저것 물었는데, 그게 바로 알리바이 조사겠죠. 저까지 용의자 후보로 조사하다니 수사망이 엄청나게 광범위하다는 사실을 실감했습니다."

은근히 조롱하는 말투로 비꼬았다. 눈치가 없는 형사라면 비꼬았다는 사실을 느끼지 못했을지도 모른다.

"뭐, 의심받는 입장에서는 별로 기분 좋은 일은 아니지만요."

"실례가 많았습니다."

이쯤에서 자신이 사과해야 그림이 좋겠지. 이누카이는 고개를 살짝 숙였다. 한심하게도 오구라의 시선을 피할 구실도 필요했다.

"어쨌든 질문 대상자인 모든 분께 여쭙는 사항이라서……. 변명거리도 못 되지만요."

사실은 변명에 불과하다는 점이 스스로를 괴롭혔다. 오구라가 냉랭한 시선으로 자신의 발치를 바라보고 있다는 사실을 피부에 닿는 감각으로 알 수 있었다. 과장된 표현이겠지만 가시방석에 앉으면 이런 기분이리라.

"저 같은 사람에게 고개를 숙일 여유가 있으시다면 한시라도 빨리 '하멜른의 피리 부는 사나이'인지 뭔지를 체포해 주세요. 여러분께 남은 시간은 그리 많지 않을 테니까요."

뜻밖의 말에 이누카이는 고개를 들었다. 옆을 바라보니 아스카도 의아한 표정을 짓고 있었다.

"선생님은 '피리 부는 사나이'가 몸값을 받기 전에 인질들의 목숨을 해치리라고 생각하십니까?"

"아뇨! 그런 뜻이 아니에요."

이번에는 오구라가 당황한 듯 손을 저었다.

"나는 아이들이 어떤 상황인지 걱정될 뿐이에요."

"그건 무슨 말씀입니까?"

"아이들 소식은 뉴스에서 봤어요. 참의원 의원회관에서 연설하는 모습도 인터넷에서 봤고요. 유괴된 아이 중 마키노 아미 양을 제외한 여섯 명은 모두 돌봐주는 사람이 없으면 일상생활이 어렵습니다. 개중에는 정기적으로 화학치료를 받아야 하는 아이도 있고요. 그런데 첫 유괴사건이 일어난 지 거의 보름이 다 돼가죠."

"아……."

아스카가 깨달은 듯 소리를 냈다. 물론 사태의 중대성은 이누카이도 이해한다.

기억장애에 운동장애. 그중 정신 안정이 필요한 피해 소녀도 있다. 증상을 완화하려면 약물 투여나 재활 훈련 같은 정기 일정도 있었을 터였다. 그런데 보름 가까이 중단된 상태라면 어떨까.

"이누카이 형사님. 유괴범이 아이들을 의료기구와 약품이 제대로 갖춰진 시설에 감금하지 않았을 가능성도 염두에 두고 계시나요?"

갑자기 머리에 찬물을 끼얹은 기분이었다.

너무 어리석었다. '하멜른의 피리 부는 사나이'의 계획이나 수사 진척과는 별개로 모래시계는 끊임없이 흘러내리고 있었다. 한시라도, 아니 1초라도 빨리 구해내지 않으면 아이들의 병세가 순식간에 악화될 위험이 있다.

엉덩이를 떼기 시작한 두 사람과 반대로 차분하게 가라

앉은 오구라가 둘을 붙잡았다.

“하나, 아마추어인 제 생각을 말씀드려도 될까요?”

“그러시죠, 뭐든 괜찮습니다.”

“그 ‘하멜른의 피리 부는 사나이’ 말인데요, 경찰에서는 어떤 인물로 추측하시나요?”

“아직 추정할 만한 근거는 적지만 틀림없이 신중하고 영리한 인물이리라고 생각합니다.”

“성격 급하거나 감정적이지 않은?”

“아마도요.”

“저는 범죄 심리에 대해 잘 모르지만 신중하고 이성적인 사람이라면 몸값을 받을 때까지는 인질들을 살려둘 것 같습니다. 상황 변화에 따라 아이들이 살아 있다는 사실을 증명해야만 할 상황이 올 수도 있고, 가능한 한 불필요한 작업은 안 하고 싶어 할 테니까요.”

인질을 살려 두는 것과 죽이는 것, 어느 쪽이 더 번거로울까? 사람을 죽이고 사체를 처리하는 데 익숙하지 않은 사람이라면 대답은 후자다.

“유괴범이 납치한 아이들을 가둬 두려면 역시 어느 정도의 공간과 간단하게라도 의료 시설이 필요할 겁니다. 범인 혹은 공범 중에 당연히 의료인이 있을 만도 하죠.”

"따님은 안 보고 가셔도 됩니까?"

진료실을 나오자마자 아스카가 뒤에서 물었지만 대답조차 나오지 않을 정도로 초조했다.

물론 만나러 가고 싶기야 하지만 지금 얼굴을 비춘다고 사야카가 좋아할지는 미지수였다. 수사에 가로막힌 한심한 얼굴을 보이기보다는 일곱 아이를 무사히 구출했다고 보고하는 편을 더 좋아할 것 같다.

지금까지 그런 식으로 일을 우선시해 온 탓에 부녀 관계를 망쳤다는 사실은 뼈저릴 정도로 잘 안다. 그러나 이누카이 하야토는 한심한 아버지의 얼굴을 보여 줄 시간에 인질을 한 명이라도 더 많이 구하려고 동분서주하는 편이 낫다고 생각하는 남자였다. 사야카에게 존재를 부정당하는 것은 가슴 아프지만 그래도 어쩔 수 없다. 그것이 경찰이라는 직업을 선택한 자의 숙명이었다.

오구라가 해 준 조언이 의미 있는 힌트가 됐다.

"수도권 내에 폐업한 의료 시설을 이 잡듯 샅샅이 뒤진다."

등 너머 뒤에 있는 아스카에게 수사 방침을 전했다.

"오구라 선생이 정곡을 찔렀어. 일곱 명 중 여섯 명은 각자 장애를 앓고 있어. 그중 다섯 명은 휠체어를 타고 있지. 그만한 공간과 시설이 없으면 가둬 두는 것도 일이야."

"그래서 폐업한 의원을 조사하나요?"

"동네 개업의로 한정하지 않을 거야. 요즘은 종합병원도 인력 부족으로 문을 닫기도 하거든. 게다가 그 부지는 매입자가 없어 의료 시설이 그대로 방치된다고도 하더군."

"왜 수도권 내죠?"

"단순해. 시간과 수고의 문제, 그리고 목격 정보가 없으니까. 의원회관에서 다섯 명을 유괴했는데 목격 정보가 없다는 점을 감안하면 감금 장소가 그리 멀지 않다고 봐야겠지."

병원 폐업 신고는 도쿄의 건강복지부에, 진료소는 각 구 보건소에 제출하면 되기에 거기서부터 데이터를 골라내면 된다. 그다음에는 현지로 직접 가 인질들의 냄새를 찾아 돌아다니기만 하면 될 뿐이다.

"우리 둘이서요?"

"인해전술이야. 관할서에도 협조 요청해야 해. 그러니까 아소 반장님을 끌어들여야지."

수사본부로 되돌아가 아소를 찾았다. 귀찮을 때는 늘 주변에 있던 주제에 필요할 때는 꼭 보이지 않는다. 상사라는 부류는 하필 그러한 존재라서 찾는 데 고생한다.

휴대폰으로 전화를 걸어 마침내 어디 있는지 알아냈다.

엘리베이터 근처에서 얼굴을 마주했다.

"무슨 일이야. 되게 급해 보이는데."

"지금 당장 관할서에 협조를 요청해 주세요."

이누카이는 폐업한 의료 시설을 조사해야 한다며 자세하게 설명했다. 귀를 기울이던 아소는 수긍하는 표정으로 고개를 끄덕이면서도 끝내는 고민에 잠겼다.

"관공서에 조회 요청을 해서 폐업한 병원 목록을 받는 거야 쉽지만 관할서에 지원을 요청하려면 무라세 관리관의 허가가 필요해. 설득할 만한 근거는 있어?"

이번에는 아스카가 자신 있게 대답했다.

"유괴된 아이들의 건강 상태가 극도로 불안정하다는 점을 말씀드린다면 어떨까요?"

"그 정도 근거로 관리관을 쉽게 움직일 수 있다면 우리도 고생하지 않겠지."

아소의 얼굴이 떨떠름해졌다.

"이야기를 들어 보니 의료 시설로 그칠 게 아니야. 짧은 기간 임시로 빌린다고 가정하면 폐쇄된 요양 시설도 수사 범위에 들어가지. 그것까지 포함하면 관할서 인력을 더 배정해야 해. 말 안 해도 알겠지만 관할서에는 관할서의 업무가 있다. 그에 상응하는 정황 증거가 없으면 억지로 밀어붙일 수 없어."

아소가 말하는 상응하는 정황 증거란 '피리 부는 사나이'가 의료인이거나 과거 의료인이었던 자라는 확증이다. 확실히 그만한 증거가 없으면 한정된 수사 인력을 무턱대고 동원할 수 없다. 본부 직속 형사만이라면 몰라도 관할서 수사관들까지 헛수고를 시키는 일은 추후 평가에도 영향을 미치게 된다.

그렇다고 해서 확증을 찾을 때까지 시간을 낭비할 수는 없다.

우선 자신과 아스카 둘이서 닥치는 대로 수상한 곳을 찾겠다. 그렇게 말하려는 순간, 아소의 가슴팍에서 벨소리가 흘러나왔다.

"그래, 나야. 지금 형사실로 돌아가려던 참인데……. 뭐라고?"

목소리가 순식간에 높아졌다.

"물건은 거기 가져왔지? 알겠어. 지금 갈게."

통화를 끝내기가 무섭게 뛰기 시작했다.

"'피리 부는 사나이'가 편지를 보냈다는군."

"진짜가 맞습니까?"

"머리카락 일곱 가닥을 동봉했다는 것 같아."

그 말을 들은 이누카이와 아스카도 아소와 함께 뛰었다.

형사실에는 아소의 책상을 중심으로 사람들이 원을 그리고 있었다. 그 속에 감식반 요원의 모습도 보였다.

"어딨어?"

아소가 원 중심으로 다가가자 감식반 요원 한 명이 폴리백에 든 종이를 내밀었다. 가장자리가 열린 봉투 역시 폴리백에 들어 있었다.

아소는 그래도 안심할 수 없는지 장갑을 끼고 조심스럽게 폴리백을 집어 들었다.

종이에 적힌 글은 다음과 같았다.

몸값 전달 일시와 장소를 알린다. 3월 23일 오후 6시 30분, 장소는 오사카시 나니와구. 자세한 내용은 조만간 마키노 아미의 휴대폰으로 연락하겠다.

하멜른의 피리 부는 사나이

"오사카라고!?"

아소가 소리쳤다. 자신도 모르게 터져 나온 소리였겠지만 이 자리에 있는 모든 사람의 마음을 대변하는 소리기도 했다.

모든 사람이 당황했다. 도쿄에서 유괴가 발생했으니 몸값 거래 장소도 도쿄이리라 예상했는데 생각지도 못한 이변이었다.

"왜 오사카지?"

누군가 자문하듯 말했다. 그 역시 이 자리에 모인 사람들을 대변하는 말이었다.

도쿄도 사이타마도 지바도 아닌 오사카.

"피해 소녀 중에 오사카 출신이 있던가?"

"없습니다."

아소의 물음에 대답하는 목소리도 몹시 당황스러웠다.

이누카이 역시 당황했다. 느닷없이 통보된 지명에 뒤통수를 맞아 생각을 정리할 수 없었다.

침착하자.

어떠한 돌발 상황에도 반드시 이유가 있다.

"피해자가 아니라 범인이 그쪽 지리를 잘 아는 거 아닐까요?"

또 다른 형사가 말했다.

이 주장은 일리가 있었다. 몸값 거래가 범인에게 가장 위험한 순간인 만큼 리스크를 줄이려고 지리를 잘 아는 곳을 선택했다는 심리의 발로로 이해할 수 있다.

하지만 그렇다고 가정하면 아이들이 감금된 장소의 범위가 순식간에 확대되어 버린다. 설마 감금 장소도 오사카일까? 아니면 수도권 내에 가둬 두고 '피리 부는 사나이'만 오사카로 이동할 계획일까? 어느 쪽이든 범인의 지리감에 따라 수사 범위도 확대될 수밖에 없다.

"도대체 무슨 생각을 하는 거야."

아소는 이죽거리듯 목소리를 쥐어 짜냈다. 수사본부가 '하멜른의 피리 부는 사나이'인지 뭔지 정체 모를 범인의 손바닥 안에서 놀아나는 데에 분한 심정이 느껴졌다.

3

"그런데 '피리 부는 사나이'는 왜 오사카의 나니와구 전체를 약속 장소로 지정했을까요?"

구게 과장이 자신의 삭발한 머리를 쓰다듬으며 말했다. 평소에도 그런 식으로 쓰다듬는 탓인지 머리가 유난히 반짝였다. 아소는 그 머리에서 시선을 떼고 설명했다.

"범인이 그쪽 지리에 밝은 것 아니냐는 의견이 있습니다."

"으음. 하지만 그 지역 지리를 잘 안다는 사실만으로 유괴사건에서 가장 신경이 곤두서 있을 순간의 장소로 선택할까요? 뭐, 범인의 지시도 그렇고 일곱 명이나 유괴된 중대 사건이니까 물론 수사 협조를 아끼지는 않겠지만 어쩐지 이해가 가지 않는군요."

"저희도 이해가 안 가기는 마찬가지입니다. 하지만 인질이 저쪽 손아귀에 있는 이상, 지금으로서는 선택권이 없습니다. 저희도 마음이 무척 괴롭습니다."

연고가 전혀 없는 관할 지역이기도 한 탓에 드물게 송구스러워하는 아소의 옆에서 이누카이와 아스카 역시 공손하게 앉아 있었다. 합동 수사를 여러 번 해봤지만 수도권 밖에서 손을 빌리는 일은 이번이 처음이다. 더욱이 간토 지방에서 멀리 떨어진 오사카는 지리도 사정도 전혀 모른다.

"저희 본부장님과 형사부장님도 의아해하셨습니다. 게다가 오사카 나니와구는 유동인구가 많은 대표적인 지역이라서요. 범인이 왜 하필 그런 불리한 장소를 골랐는지 모르겠군요."

성격 때문인지, 아니면 오사카 사투리 억양 때문인지 수사1과장이라는 직함에도 구게 과장이 매우 친근하게 느껴졌다. 이러한 대응은 솔직히 고마웠다. 낯선 지역에서 벌이는 수사인 만큼 현지 수사관들이 비협조적이면 기동력에 문제가 생길 것이 뻔하기 때문이었다.

3월 22일, 이누카이는 아소 반 소속 형사 몇 명과 함께 오사카로 향했다. 23일로 정해진 몸값 거래를 앞두고 오사카부 경찰과 사전 논의를 하기 위해서였지만 그와는 별개로 조금이라도 오사카 지리에 익숙해질 필요도 있었다. 여차하면 이 거리를 종횡무진 누벼야 한다. 물론 기본적으로 현지인인 오사카부 경찰의 협조를 받겠지만, 마지막에는 이누카이와 아소 반 형사들이 '피리 부는 사나이'와 대치하게 될 터였다.

하지만 이누카이 일행은 오사카 거리에 발을 디디는 순간 놀랐다.

도쿄의 중심가에서는 불법 주차를 볼 일이 적다. 2006년 도로교통법 개정으로 탄생한 주차감시원의 꾸준한 활동으로 해마다 감소하고 있다. 그런데 오사카에서는 불법 주차 차량이 당당하게 늘어서 있고 보행자들도 신호를 거의 지키지 않았다. 도로에 차가 달리지 않으면 신호등이 빨간불이어도 아무렇지 않게 길을 건넜다.

"뭐, 반권력이랄까, 옛날부터 나라님이 정한 일 따위 내 알 바냐, 하는 정서가 있어서요."

구게가 변호하듯 덧붙였다.

"분명 오사카만큼 시민이 경찰을 싫어하는 곳도 얼마 없을 겁니다. 저도 갓 순경이 됐을 때 길을 걸어가던 초등학생 여자애에게 '짭새'라는 말을 들은 적이 있을 정도니까요."

그렇게 말하며 구게는 또 머리를 쓰다듬었다.

오사카 시민들이 경찰을 싫어한다는 점에 흥미를 느꼈는지 아스카가 쭈뼛쭈뼛 끼어들었다.

"저기, 옆에서 듣다 보니 도쿄와는 사정이 많이 다른 것 같은데요……."

"그야, 그럴 만도 하죠. 도쿄는 아무래도 조정에서 계획적으로 만든 도시지만 오사카는 옛날 에도시대부터 상인들과 평민들이 만들어 온 도시니까 의존도가 달라요. 의존도가 낮으면 평소에 대하는 방식도 달라지죠."

"상인과 평민들이 만든 도시군요."

"음, 한 가지 예로 도쿄에도 다리가 많죠? 도쿄에 놓인 다리들은 나라에서 만들었지만 오사카에 놓인 다리들은 원래 상인과 평민들이 만들었습니다. 하나를 보면 열을 안다고, 도쿄만큼 조정의 위세도 없고 윗분들에게 감사한 마음도 없죠."

"만약 사람들이 많이 오가는 거리에서 거래가 이루어질 경우, 교통 통제가 필요한데……."

"아소 반장님, 맞는 말씀이지만 일주일 전부터면 몰라도 갑자기 내일 당장 통제한다고 공지해 봤자 혼란스러운 건 마찬가지일 겁니다. 게다가 하필 내일은 일요일이죠. 나니와구는 미나미를 비롯한 번화가가 집중된 곳이라 대로변은 어디나 혼잡합니다."

불안이 앞섰는지 아소의 표정이 조금도 밝지 않았다.

그리고 불안한 심정은 이누카이도 마찬가지였다. 거래 장소를 오사카 시내로 지정한 '피리 부는 사나이'의 의도도 파악할 수 없고 내일 자신들이 뛰어다닐 이 도시도 완전히 미지의 영역이었다.

현장 업무를 오래 하다 보면 지명과 번지를 듣기만 해도 머릿속에 지도가 그려진다. 이른바 머릿속 GPS 기능인데 아쉽게도 이 기능은 익숙한 장소에서만 작동한다. 그리고 도쿄 안이라면 각 관할서와의 연계도 원활하지만 다른 부府나 현縣*의 경찰과 합동 수사를 하게 되면 움직이기 불편한 점도 생긴다.

"'피리 부는 사나이'에 대해서는 저도 수사자료를 봤습니다. 포인트마다 잘 빠져나가는 범인이더군요."

"잘 빠져나간다니 무슨 말씀이신가요?"

---

* 지방 공공 단체. 일본의 행정 구역은 총 47개 도도부현(都道府県)으로 나뉘며 도쿄도(都), 홋카이도(道), 오사카부(府), 교토부(府), 43개의 현(県)이 있다.

"자궁경부암 백신 피해자만이 아니라 추진파 수장의 딸도 유괴하는 수법도 그렇고, 보호자들이 아니라 제약회사와 산부인과협회에 몸값을 요구한 점도 그렇고……. 이때금 경찰의 예상을 벗어났잖습니까."

그 말에 아소와 경시청 형사 세 명은 고개를 끄덕일 수밖에 없었다.

"그런 범인이 일부러 오사카를 거래 장소로 지정했다니 뭔가 꿍꿍이가 있지 않을까 해서요."

"그 말씀이 맞습니다. 그러니 우리도 이중 삼중으로 그물을 던져 놓아야죠."

이번에 경시청이 오사카 경찰에 요청한 내용은 나니와구를 관할하는 나니와 경찰서 인력을 포함한 2백 명의 경계태세였다. 나니와구 중 어디가 현장이 되든, 그리고 어떤 추격전이 벌어지든 반드시 '피리 부는 사나이'를 체포할 수 있도록 만만의 태세를 갖추려고 했다.

그런데 이 요청은 오사카 경찰의 업무에 지장을 줄 수 있다는 이유로 백 명만 동원하는 것으로 조정됐다. 경시청과 오사카 경찰의 윗선 사이에 어떤 신경전이 있었는지 이누카이는 알 길이 없다. 하지만 도쿄였다면 밀어붙일 수 있었을 계획이 이곳에서는 실행하기 어려운 탓에 경시청은 초조했다. 아소의 말은 그에 대한 최소한의 불만 표시였다.

양쪽의 사정을 아는 구게는 미안한 듯 반짝이는 머리를 두드렸다.

"뭐 상부의 결정이 그렇고, 오사카 경찰도 그리 넉넉한 편이 아니니 양해해 주세요."

협조를 요청한 입장인 세 사람은 모두 고개를 숙이고 들어갈 수밖에 없었다.

다음 날 3월 23일, 일요일. 이누카이 일행은 이른 아침부터 오사카 히가시 경찰서에 대기했다.

현금 70억 엔은 어제 이미 두 제약회사에서 송금해 오사카 시내 은행에서 현금으로 출금한 상태였다. 그 돈은 현재 히가시 경찰서의 체력단련실에 보관하고 있는데 산처럼 쌓인 70억 엔의 현금다발은 그야말로 장관이었다. 아스카와 다른 사람들은 입을 반쯤 벌리고 그 산을 넋 놓고 바라봤다. 너무나도 무방비한 표정에 그만 이누카이는 놀리고 싶어졌다.

"아스카, 무슨 일이야. 입에 파리 들어가겠어."

"경찰이 되고 나서 지금껏 사건과 관련된 거금을 몇 번 봤지만 이렇게나 많은 돈은 역시……. 우리 집 욕조를 가득 채울 수 있을 것 같네요."

"돈다발 목욕이라. 별로 좋은 취미는 아니네. 자, 어서 담자고."

지폐 70만 장은 신권이다. 신권의 일련번호는 나니와 경찰서의 도움을 받아 이미 기록해 두었다. 그리고 각 금융기관에 수배 번호를 입력해 놓을 계획이다. 만약 은행 창구 검색에 걸리면 지폐 사용 장소의 범위를 파악할 수 있는 구조다. 오래된 지폐로 준비하면 일련번호 조회 작업만으로도 상당한 시간과 수고가 들기에 신권으로 준비했다. 그러나 이것도 금융기관으로 넘어온 경우에만 해당되며 시중에서 사용된 경우는 예외다. 그렇게 되면 신권도 구권도 상관없어진다.

번호를 적어둔 지폐는 띠로 백 장씩 묶었다. 그리고 준비된 아타셰케이스* 열네 개에 담으면 끝이다. 이 가방 안에는 발신 장치가 설치되어 있어 범인의 손에 넘어가는 순간부터 추적할 계획이다.

가방에 돈을 담는데 아스카가 짧게 한숨을 쉬었다.

"왜 그래?"

---

* 일명 007가방. 대사관 관원 등이 중요한 서류를 넣는 튼튼한 손가방.

"이렇게 블록처럼 다루다 보니 점점 돈이라는 느낌이 없어지네요."

"그럼 돈이라고 생각하지 마."

이누카이가 돌아보지 않은 채 말했다.

"유괴된 일곱 아이의 목숨이라고 생각해."

아스카는 입을 다물었다.

이 모든 작업을 저 멀리 떨어져 지켜보는 사람들이 있었다. 쓰키시마 아야코를 비롯한 피해 소녀들의 어머니들이었다.

이들 역시 이 많은 돈을 보는 것은 처음이리라. 아스카처럼 넋이 나간 사람도 있는가 하면 놀라서 눈이 휘둥그레진 사람도 있었다. 그들 사이에는 산처럼 쌓인 저 돈이 딸들의 무사 귀환을 담보로 한 돈이라는 긴장감이 공통으로 깔려 있었다. 특히 딸의 휴대폰으로 '피리 부는 사나이'의 지시를 받는 마키노 도모에는 누가 봐도 중압감을 견디고 있는 모습이었다.

범인이 다음에 어떤 지시를 할지 짐작도 가지 않지만 유괴범 대부분은 가족에게 돈을 운반하게 한다. 수사관과 접촉할 위험을 조금이라도 피하기 위해서다. 주도면밀한 점은 '피리 부는 사나이'도 마찬가지다. 몸값 운반에 피해 소녀의 어머니들을 지목할 확률이 높다. 그래서 만일에 대비해 오사카까지 동행해 주십사 요청했다.

범인이 연락 수단으로 아미의 휴대폰을 지정한 것은 뜻밖의 행운이었다. 전화번호는 아미 본인에게 물었겠지만 이로써 역탐지를 기대할 수 있게 됐다. 유선전화와 달리 발신지가 이동하기에 장소를 특정하기 어렵지만 그래도 범위를 좁힐 수는 있다.

통신사도 유괴사건이니만큼 전력으로 협조하고 있다. 이제 가능한 한 통화를 오래 끌어서 수사관 백 명이 '피리 부는 사나이'를 막다른 골목으로 몰아넣기만 하면 된다.

어머니들의 긴장을 풀어주려는지 아스카가 가볍게 말을 걸었다.

"흔히 볼 수 있는 광경은 아니지만 그렇다고 너무 마음 쓰지 마세요."

곧바로 반응한 사람은 아야코였다.

"하지만 이렇게나 큰돈을 설마 우리 딸들을 위해서……."

"가나에 양과 아이들을 그렇게 만든 장본인들이 면죄부 대신 내어 준 돈이에요. 어머님들이 죄책감을 느낄 필요는 전혀 없어요."

이런 멍청아. 이누카이는 욕을 삼켰다. 방금 한 말은 백신 피해 가족들에게는 통쾌한 말이겠지만 마키노 회장의 부인인 도모에에게는 불쾌한 말 그 이상도 그 이하도 아니다.

아니나 다를까 도모에는 면목이 없다는 듯 몸을 움츠렸다. 아스카도 뒤늦게 실언을 깨달았지만 이미 엎질러진 물이었다.

"저기, 그래도 아미 양도 엄연히 피해자니까……."

도저히 듣고 있을 수 없던 이누카이가 아스카의 팔을 잡아당겼다.

"됐으니까 넌 가만히 있어."

곰곰이 생각해 보면 도모에와 피해 소녀 부모들이 한자리에 모인 것은 이번이 처음이었다.

깊은 생각에 잠긴 얼굴로 도모에가 입을 열었다.

"아미도 유괴 피해자지만 남편은 그렇지 않아요. 여러분의 소중한 딸에게 해를 끼친 장본인 중 한 명입니다. 절대로 용서받을 수 있을 만한 일이 아니고 용서를 바라지도 않습니다."

다른 어머니들이 일제히 도모에를 바라봤다. 제각각 원망스러운 표정이기도 동정이 어린 표정이기도 했다.

이누카이는 문득 도모에에게 힘이 되어 주고 싶었다. 지금 한 발언이 이 자리에 마키노 회장이 없기에 입 밖으로 꺼낼 수 있었을지 모른다고 해도 좀처럼 입에 담기 힘든 내용이었다.

“딸이 유괴됐을 때 처음에는, 아니, 그 이전부터도 저는 자궁경부암 백신 부작용에 대해 아무것도 알려고 하지 않았습니다. 남편의 일에는 참견하지 않았고 의사라는 직업에 아무런 의문도 없었어요. 하지만 이번 일로 남편이 하는 일에도 어두운 면이 있고 우리가 거기에서 얻은 수입으로 살아가고 있다는 사실을 깨달았습니다. 여러분이 투병으로 고생하며 국가와 제약회사를 상대로 고군분투할 때도 저희는 저희만의 행복을 누리고 있었어요. 그건 정말, 정말로 죄송합니다.”

도모에는 고개를 깊게 숙였다.

“신문 기사는 봤지만 별일 아니라는 남편의 말을 믿고 대수롭지 않게 생각했어요. 지금에 와서는 아미가 유괴된 건 천벌일지도 모른다고 생각합니다.”

야단났군.

이대로라면 어머니끼리의 성토장이 펼쳐진다.

이누카이가 작업하던 손놀림을 멈추고 도모에에게 달려가려던 그때였다.

“이제, 그만 하세요.”

도모에의 말을 끊은 사람은 아야코였다.

"가나에 어머님……."

"여기 모인 사람들은 딸을 유괴당한 부모들입니다. 피해자도 가해자도 아니에요."

"그렇지만."

"각자의 삶은 상관없습니다. 어느 날 갑자기 딸을 유괴당해 불안에 떠는 사람들끼리 모인 거예요. 그것 말고는 없습니다. 아미 어머님도 몹시 놀라고 불안할 테죠. 그러니 그런 식으로 자책하지 마세요."

아야코가 도모에에게 다가가 그녀의 손에 손을 얹었다. 도모에는 더는 아무 말도 하지 않았다.

매우 흐뭇한 광경이라고 생각한 순간이었다.

갑자기 도모에의 가방에서 소리가 흘러나왔다.

아미의 휴대폰 알림음이었다.

이누카이는 도모에가 든 휴대폰을 빼앗다시피 가져가 화면을 확인했다.

오후 6시 30분, 닛폰바시 3번가 교차로. 현금은 약 열 명이 분담해서 들고나와라. 돈 가방은 붉은색으로 한정한다.

거래 장소의 상세 내용이었다.

"제길."

아소가 저주 같은 한마디를 내뱉었다.

"문자는 역탐지하기 더 힘든데."

이누카이는 지금까지 작업을 방관하고 있던 구게에게 달려갔다.

"닛폰바시 3번가 교차로는 어떤 곳입니까?"

"다카시마야 백화점 동쪽 별관과 닛폰바시 센터 빌딩 사이에 있는 교차로인데……. 또 묘한 곳을 지정했군요."

"무슨 안 좋은 상황이라도 있습니까?"

"사카이스지 같은 대로인데 일요일이니 공휴일이니 할 것 없이 사람이 끊이지 않는 곳이라……. 행인이 너무 많아서 도망치기에도 추적하기에도 여의치 않을 텐데 왜 일부러 그런 곳을 골랐지?"

준비된 아타셰케이스는 열네 개. 한 사람당 한 개씩 들어도 힘이 센 남자가 아니면 운반하기 힘들다.

"저희 쪽에서 운반책 몇 명을 빌려드리죠."

이누카이의 생각을 읽었는지 구게가 먼저 제안했다. 그렇다면 자신이 손을 들지 않을 수 없다.

"저기! 저도 옮기겠습니다."

아스카가 앞으로 나섰지만 이누카이가 저지했다.

"일단 들어 봐."

이미 돈을 가득 채운 가방을 손가락으로 가리켰다. 아스카는 가방을 옮기려고 끙끙댔지만 겨우 무릎 아래까지밖에 들어 올리지 못했다.

"……무겁네요."

"그거 두 개가 아이 한 명의 목숨이야. 당연히 무거워야지."

아스카는 분한 듯 얼굴을 찌푸렸다.

"너는 백업을 맡아. 어쩌면 돈을 옮기는 것보다 그쪽이 더 바쁠지도 몰라."

"그런데 가방 종류가 아니라 색을 지정한 이유가 뭐지?"

아소는 죽 늘어놓은 은색 아타셰케이스를 바라보며 중얼거렸다. 이제 와서 빨간색 아타셰케이스를 준비할 여유는 없었다.

"컬러 스프레이로 전부 칠해 버리면 되지만……. 그런데 왜 빨간색이야?"

아소의 질문에 대답하는 사람은 아무도 없었다.

4

오후 6시 15분, 나니와구 닛폰바시 3번가 교차로.

이누카이를 포함한 현금운반책 열네 명은 다카시마야 백화점 동쪽 별관 모퉁이에 대기했다. 교차로 각 모퉁이에는 원 박스 카 경찰차와 암행순찰차가 지정된 오후 6시 30분을 이제나저제나 기다리고 있었다. 아야코 등 피해 소녀의 어머니들도 원 박스 카 안에서 상황을 지켜보고 있을 터였다.

교차로를 중심으로 배치된 경찰은 전부 105명. 전원 사복 차림으로 사카이스지 곳곳에 흩어져 있었다. 이 105명은 원 박스 카 안에 있는 아소와 구게의 손발이 되어 움직일 계획이다. 또한 사카이스지를 가로지르는 각 도로에 경찰차가 대기하면서 범인이 차로 도주할 때 대처할 수 있도록 준비했다. 논리상으로는 어디로도 도망칠 수 없어 '피리 부는 사나이'가 돈을 손에 넣어도 쉽게 붙잡을 수 있을 것 같았다.

그러나 보통 상대가 아니라는 사실은 아소와 경찰들도 충분히 안다. 구게가 한 말은 아니지만 '피리 부는 사나이'가 어디에서 어떻게 나타나느냐가 문제였다.

3월 하순인데도 해 질 녘 바람이 습기를 머금어 무거웠다. 서 있기만 해도 벌써 이마에 땀이 흘렀다.

사카이스지는 저녁이 되자 더욱 붐볐다. 농밀한 공기는 분명 인파가 내뿜는 훈김이 더해진 탓이리라.

구게의 설명에 따르면 이 일대는 서쪽의 아키하바라라고 불리는 '덴덴타운'이 가까이에 있는 데다 다카시마야 백화점도 있다. 이 때문에 거리는 배낭을 멘 오타쿠, 쇼핑하고 돌아가는 부자, 가족 단위로 외출한 사람들로 넘쳐났다. 도쿄에 비유하면 마치 긴자와 아키하바라를 합쳐놓은 듯한 풍경이었다.

거리를 둘러보는 사이 달콤한 냄새가 코를 찔러왔다.

"아스카. 향수 바꿨어?"

"아니요. 그리고 이거 향수가 아니라 동백 기름* 냄새예요."

인파를 주시하다 보니 여기저기에 유카타를 입은 스모 선수들이 눈에 들어왔다.

그제야 생각났다. 오늘은 오사카 춘계 스모 대회**의 마지막 날이었던 것이다.

두 사람의 대화를 놓치지 않은 구게가 무선으로 끼어들었다.

— 난카이 난바역 너머에 부립체육회관이 있거든요. 대회가 끝나서 스모 선수들이 거리로 몰려나온 겁니다. 오사카 계절의 상징 같은 존재죠. 아, 그러고 보니 이제 곧 우승 퍼레이드 시간이군.

"우승 퍼레이드요?"

— 뭐예요, 스포츠 뉴스 같은 데에서 본 적 없어요? 오늘 오제키***인 아사히 류가 두 판 연속 우승했잖아요. 그래서 지금부터 우승 퍼레이드가 열릴 겁니다.

---

* 스모 선수가 머리에 상투를 올릴 때 사용하는 기름.

** 매년 3월 오사카에서 열리는 공식 스모 대회.

*** 스모 선수 중 상위 두 번째 계급.

"잠깐만요. 우승 퍼레이드라니, 어디서 열립니까?"

—사카이스지 서쪽에 있는 미도스지에서요. 부립체육관에서 모토마치 2번가 교차로로 들어가서 그대로 북쪽으로 올라갈 거예요.

이누카이는 자신의 휴대폰으로 주변 지도를 확인했다. 과연 사카이스지와 미도스지는 약 5백 미터 거리를 두고 나란히 남북으로 뻗어 있었다.

—아사히 류는 오사카 사람이니까요. 우승에 열광하는 팬들이 엄청 많아요.

그때 이누카이의 머릿속에 무언가가 스쳤지만 그것을 붙잡기도 전에 아소의 목소리에 감쪽같이 사라졌다.

—5분 전이야. 다들 준비됐지? 수상한 자를 발견하는 즉시 확보하라.

자신도 모르게 점점 숨을 죽였다. 과연 '피리 부는 사나이'는 어디에서 어떻게 나타날까.

남은 시간 4분.

3분.

2분.

1분.

숨을 죽이고 기다렸다.

하지만 주변 풍경에는 아무런 변화가 없었다.

30초.

20초.

10초.

긴장이 최대치까지 솟구쳤다.

그리고…… 0.

하지만 상황은 변하지 않았다.

무슨 일이야, '피리 부는 사나이'.

경계 태세를 눈치채고 접근을 포기했나?

그때 아소의 목소리가 들렸다.

— 놈에게 문자가 왔어. 현금 운반 담당자는 지금 당장 동쪽 방향 마쓰야마치스지 교차로까지 이동하라.

이누카이는 지정된 장소를 확인했다. 마쓰야마치스지는 이곳에서 5백 미터 떨어진 곳이었다.

— 문자 내용은 이렇다. 15분 안에 이동하라. 차는 사용하지 말 것.

"차를 사용하지 말라, 고요?"

— 그래. 그 빌어먹게 무거운 가방을 들고 뛰라는 말이다. 그리고 더 있어. 운반책을 바꾸지 말고 한 사람이 옮겨라. 여기서는 전부 보인다.

보인다고?

그렇구나. 그래서 빨간색 가방으로 지정했구나.

"반장님, 위예요."

— 위?

"피리 부는 사나이는 근처 빌딩에서 거리를 감시하고 있을 가능성이 있습니다."

— 그렇군, 그래서 가방 색을 눈에 띄는 빨간색으로 지정했군.

"근처 빌딩도 조사해 주세요. 5백 미터 떨어진 거리를 감시하려면 상당히 높아야 할 겁니다."

— 알겠어.

"역탐지는 됐습니까?"

— 지금 하는 중이야. 이동하면서 연락을 기다려라.

말을 마치자마자 이누카이는 두 손으로 아타셰케이스를 들어 올렸다. 순간 묵직한 무게감에 팔이 당겼다. 역시 상당한 무게였다.

보다 못한 아스카가 나섰다.

"형사님, 저랑 같이 들어요."

"운반책은 열 명으로 한정되어 있어. 사람이라도 더 늘려서는 안 돼. 게다가 '피리 부는 사나이'가 어디선가 우리의 움직임을 지켜 보고 있어. 그러면 안 돼."

"하지만."

"넌 내 앞에서 달려. 장애물이 있으면 그걸 치우는 거야."

이누카이는 가방을 들고 뛰기 시작했다.

5백 미터를 15분 만에 뛰어야 한다. 평소라면 여유롭게 뛸 수 있지만 현금 5만 장을 들고 뛴다면 상황은 상당히 달라진다.

덩치 큰 남자가 정색하고 돌진했다. 오가는 행인들이 신기한 구경을 하듯 쳐다봤다. 타인을 향한 관심도도 도쿄와는 달라서 개중에는 영문도 모르면서 "파이팅!"이라며 응원하는 사람도 있었다.

다카시마야 백화점 동쪽 별관을 지난 시점에 벌써 양팔이 뻐근하기 시작했다. 삼십 대 중반, 아직 체력에 자신이 있는 이누카이였지만 지금의 장애물 경주는 역시 힘들었다.

보도는 넓지만 행인이 그 이상으로 많아 앞서가는 아스카도 길을 확보하는 데 총력을 기울였다.

"죄송합니다, 비켜 주세요!"

"뭐야! 아가씨, 위험하잖아!"

"급한 일이라서요. 죄송합니다."

"죄송이고 나발이고. 이 길 전세냈어?"

"죄송합니다. 경찰입니다!"

"경찰이면 다야!?"

"죄송합니다, 정말 죄송해요!"

도쿄 도심이었다면 경찰이라는 두 글자만 꺼내도 홍해를 가르는 모세의 기적처럼 사람들이 길을 터줄 텐데, 이곳에서는 뜻대로 되지 않았다.

거리 양옆으로 상점이 늘어서 있어서 가게를 드나드는 손님도 많았다. 그 손님들을 피하며 달리다 보니 양팔에 서서히 젖산이 쌓이는 느낌이 적나라하게 느껴졌다.

역시 무겁다. 시간이 흐르고 있다는 것을 알아도 일단 아타셰케이스를 내려놓고 양팔을 풀고 싶었다. 하지만 시간을 재고 있는 아스카가 허락하지 않았다.

"10분 남았어요!"

빌어먹을, '피리 부는 사나이' 새끼!

그놈은 지금도 어디선가 나를 보며 즐거워하고 있겠지.

분노로 스스로를 독려하자 그것이 추진력이 됐다. 이누카이는 양 옆구리에 힘을 주며 아스카가 확보한 길을 쉬지 않고 달렸다.

"반장님. 역탐지, 어떻게 됐습니까?"

—……솔직히, 여의치 않아.

"네!?"

—문자로는 역시 발신지를 특정하기 어려운 모양이야. 같은 기지국이라는 건 알아냈지만 '피리 부는 사나이'가 그 범위 안에 있는 거야 당연한 사실이니까 아무 의미도 없지.

"젠장!"

행인들을 흘끗 살폈다. 도쿄만큼은 아니지만 휴대폰을 보며 걷는 사람이 상당히 많았다. 빌딩 안에 있는 사람까지 포함해 전부 체포해 버리면 그 안에 '피리 부는 사나이'가 있겠지만 상황은 그리 간단하지 않았다.

—이 구간에 105명 동원이면 그럭저럭 괜찮아 보이지만 이동한다면 이야기는 달라진다. 스쳐 지나가는 사람 수도 그만큼 늘어나니까 휴대폰을 보는 놈들을 전부 주목하는 건 불가능에 가까워.

그 부분 또한 틀림없이 '피리 부는 사나이'의 계획이리라. 주위를 향한 집중력을 분산시키려고 운반책을 이동시키는 것이다.

닛폰바시 가톨릭교회 앞을 지났다.

이누카이는 신자는 아니었지만 때가 때인 만큼 신에게 기도했다.

신인지 뭔지. 만약 진짜로 있다면 일곱 아이를 위해 힘을 줘.

내 앞에 '피리 부는 사나이'를 끌고 와 줘.

고개를 언뜻 들었더니 상점이 늘어선 거리 저 먼 건너편에 고층빌딩이 보였다. 그밖에는 높은 건물은 그다지 눈에 띄지 않았다.

놈은 도대체 어디서 우리를 감시하고 있을까?

마침내 대각선 앞 위쪽에 고가 도로가 보이기 시작했다.

— 보여? 그게 한신고속순환도로 1호선이야.

저 고가 도로를 지나면 마쓰야마치스지까지는 금방이다.

"몇 분 남았어?"

"3분이요."

라스트 스퍼트인가. 보아하니 자신은 운반책 열네 명 중 열 번째로 달리고 있었다. 딱히 순위를 겨루는 상황은 아니지만 적어도 나이 어린 형사에게 뒤지기 싫다는 묘한 호승심이 일었다.

"2분 남았어요! 서두르세요!"

듣지 않아도 알았다.

고가 도로를 지날 즈음 이누카이는 스퍼트를 올렸다.

내뱉는 숨보다 들이마시는 숨이 더 많았다.

심장이 경종을 울렸다.

눈앞에 대각사가 보였다. 그 앞에 펼쳐진 길이 바로 마쓰야마치스지다.

그리고 이누카이는 마침내 목적지에 도착했다.

"시간 안에 도착했어요! 아직 15초 남았어요."

그래? 라는 짧은 대꾸조차 귀찮았다. 가방을 땅 위에 내려놓고 어깨를 들썩였다. 달리기를 멈추자마자 이마에서 땀이 비 오듯 쏟아졌다.

몸이 아직 말을 듣지 않았다. 마음만은 젊은데 삼십 대 중반을 넘으면 순식간에 체력이 떨어진다는 말은 아무래도 사실인 듯하다.

한 명, 두 명 목적지에 도착했고 아무래도 열네 명 전원이 시간 안에 도착한 것 같았다.

자, 여기까지 옮겨 왔다고.

이제 그만 모습을 드러내, '피리 부는 사나이'.

그때 아소의 목소리가 들려왔다.

—다들 도착한 모양이군.

"……네."

—방금 '피리 부는 사나이'에게서 연락이 왔다. 계속 운반한다.

"……네?"

— 그 마쓰야마치스지에서 북쪽으로 5백 미터쯤 직진하면 시타데라마치 교차로에서 센니치마에 거리와 만난다. 거기가 다음 지정 장소다.

아소의 목소리가 몹시 불길하게 울렸다.

— 이번 제한 시간은 25분이다. 젠장!

끓어오르던 머리가 급속도로 식었다.

상사의 욕을 들은 덕분에 폭발하지 않았다. 그 효과를 노리고서 욕을 했다면 아소라는 남자도 대단한 관리직 인간이다.

— 갈 수 있겠어?

"그쪽 지시니까 어쩔 수 없잖아요."

이누카이는 호흡을 가다듬으며 등을 쭉 폈다. 옆을 보니 다른 운반책 열세 명은 이미 뛰기 시작했다.

사건을 몰고 온 자신이 늦을 수는 없는 노릇이다.

정신력 반, 사명감 반. 두 가지 마음과 한 개의 가방을 안고 이누카이는 다시 달리기 시작했다.

마쓰야마치스지는 시타데라마치下寺町라는 이름처럼 신사와 절이 끊임없이 늘어서 있는 거리였다. 바로 앞에 있는 광명사부터 시작해 대각사, 만복사, 금대사, 원성사, 정국사, 칭념사, 대련사 응전원, 극락원 대련사. 이 절의 행렬이 끝나는 곳에 센니치마에 거리가 있다. 따라서 이누카이 일행은 늘어서 있는 절들을 곁눈질하며 목적지로 향하게 된다.

예수 다음은 부처인가. 오늘은 신의 가호를 절실히 빌 기회가 넘치는 듯하다.

1분도 안 되는 휴식은 휴식 축에도 끼지 못한다. 하체와 양팔이 곧 가방의 무게를 이기지 못하고 비명을 지르기 시작했다.

"형사님!"

아스카가 가끔 뒤를 돌아보며 말을 걸었다. 자신보다 어린 여자의 응원을 받으며 달리는 것은 학창 시절 이후 처음이라고 상황에 어울리지 않는 생각을 했다.

마쓰야마치스지는 사카이스지에 비해 도로 폭이 넓은 탓에 인파가 덜했다. 하지만 앞에서 걷는 행인들은 여전히 방해가 됐고 이누카이 일행을 신기한 듯 구경하는 사람들도 여전했다.

"오. 무슨 일이야 형씨들, 이런 곳에서 달리기 시합이야?"

"당신이 나이가 제일 많아 보이는데 안 지네."

"일하는 거야?"

"방해되잖아. 다른 곳에서 하라고, 다른 곳에서!"

"위험하잖아! 이놈들, 두 눈 똑바로 뜨고 다니라고!"

"뭐가 뭔지 모르겠지만 힘들어 보이네."

가방 한 개에 든 돈이 5억 엔, 두 개는 여자아이 한 명의 몸값이라고 크게 외치면 분명 다들 길을 비켜 주겠지. 달리면서 그런 밑도 끝도 없는 생각을 했다.

안 되겠어, 생각이 둔해지기 시작했다. 육체의 피로에 현혹되지 말자. 빨리 머리를 굴리자.

"반장님, 눈치채셨어요?"

—뭐가?

"아까는 동서로 뻗은 길을 달렸어요. 그러면 도로변에 있는 고층 빌딩에서 우리의 움직임을 감시할 수 있다고 해도 이상하지 않죠."

—그렇지.

"그런데 지금은 남북으로 뻗은 길을 달리고 있어요. 이 방향까지 내려다보기에는 각도상 무리예요."

—무슨 말이야?

"'피리 부는 사나이'는 우리를 감시하고 있지 않을지도 몰라요."

—그건 나도 생각했어.

역시 그랬군.

—하지만 그 예상은 빗나갔어. '피리 부는 사나이'는 운

반책 열네 명의 움직임을 모조리 파악하고 있다.

"그걸 어떻게 아세요?"

—너희가 달리는 사이에 연락이 왔어. 두 녀석 정도가 늦는데 괜찮겠냐고.

뭐라고?

—그래서 지금, 근처 지도를 3D화 해서 두 길을 한꺼번에 볼 수 있는 곳을 찾고 있는데……. 쉽지 않아. 거리를 내려다보려면 더 높이 올라가야 하는데 그러면 정작 가방이 안 보이거든.

생각을 금방 정리할 수 없었다. 만약 아소의 말이 사실이라면 '피리 부는 사나이'는 새처럼 하늘에 떠서 자신들을 지켜보고 있다는 뜻이다.

아니면…….

"반장님. 가방 속에 설치된 발신기는 믿을 수 있습니까?"

—뭐라고?

"발신기의 전파를 수신해서 그놈이 도청하고 있을 가능성은 없느냔 말입니다."

—그것도 생각했지. 하지만 발신기는 원격 조작이고 아직 작동도 하지 않았어. 스탠바이 상태의 미약한 전파로 도청하려면 상당히 큰 규모의 장치가 필요하다는 듯해.

그러면 이 방법도 아닌가.

그렇다면 도대체 '피리 부는 사나이'는 어디에 있는 것일까.

"형사님, 조금 뒤처졌어요."

머리를 굴리다 보니 자신도 모르는 사이에 걸음이 느려졌다. 아스카의 목소리에 이누카이는 다리를 채찍질하며 앞으로 앞으로 나아갔다.

"저희 주변에 이상한 움직임은 없습니까?"

— 없어. 요즘 유행하는 CCD 카메라를 탑재한 무선 원격 조종 헬기라도 띄우지 않았을까 생각했는데 그런 비슷한 것도 안 보여.

"돈을 가져가는 타이밍은 어떻게 보세요?"

— 센니치마에 거리는 꽤 큰 차들도 다니잖아. 덤프트럭이 스쳐 지나가는 척하며 짐칸에 가방을 던져 놓는 게 고작일 거야.

주요 도로에는 각 관할서 경찰차가 출격하기만을 가만히 기다리고 있다. 운전대를 잡으면 나니와 거리를 그야말로 자신의 앞마당처럼 누비는 교통기동대 사람들이다. 추격전이 벌어지면 일단 놓치지는 않을 것이다.

"형사님!"

이런, 또 뒤처졌나.

이누카이가 허리와 다리에 더욱 힘을 주었다. 하지만 애석하게도 생각한 만큼 다리에 힘이 나지 않았다.

목표 지점 직전에 있는 초등학교 앞에서 갑자기 속도가 떨어졌다. 이누카이는 걸음을 늦추고 무릎과 어깨를 풀었다.

"형사님!"

"10초만, 기다려."

숨을 고르고 있으니 몸에서 뿜어져 나오는 열기가 느껴졌다. 화이트 셔츠가 비 오듯 쏟아지는 땀으로 흠뻑 젖어 들러붙었다.

멈춰 선 사이에 꼴찌가 됐다.

"형사님!"

"소리치지 마."

이누카이는 다시 달리기 시작했다.

목표 지점인 육교까지 가자 먼저 도착한 열세 명이 제각각 쓰러져 있었다. 개중에는 네 발로 엎드려 가쁜 숨을 몰아쉬는 사람도 있었다. 이누카이도 예외는 아니었다. 가방을 땅 위에 내려놓고 그 위에 털썩 주저앉았다.

5억 엔을 깔고 앉는 순간은 앞으로 살면서도 지금 이 순간 뿐일 것이다.

달리기를 끝낸 몸이 급격히 무거워졌다. 자신의 무게를 지탱할 힘마저 사라진 듯했다.

"아스카, 시간 안에 도착했어?"

"아슬아슬하게 세이프입니다."

이누카이를 포함한 열네 명은 기진맥진한 모습이었다. 만약 지금 '피리 부는 사나이'가 눈앞에 나타난다고 해도 곧바로 덤벼들 정도의 민첩함은 발휘할 수 없을 것 같았다.

설마, 이것이 '피리 부는 사나이'의 목적인가. 그런 생각을 하는데 아소의 목소리가 다시 귀로 들어왔다.

— 시간에 맞춘 것 같군.

"겨우요."

— 저쪽도 상황을 파악하고 있는 모양이야. 방금 또 지시했어.

또야?

이누카이는 주위에 들키지 않도록 탄식했다.

"다음은 뭡니까?"

— 센니치마에 거리에서 서쪽으로, 미도스지로 가.

"……다시 한번, 말씀해 주세요."

— 다시 말한다. 미도스지로 가라. 제한시간은 40분이다.

"도대체 뭐하자는 겁니까! 그 자식, 누구 똥개 훈련 시켜요?!"

이누카이보다 먼저 아스카가 분노를 터뜨렸다.

"결국 크게 돌아서 원래 장소로 돌아가는 거잖아요!"

바로 그렇다. 시간을 생각하면 그대로 사카이스지에서 북쪽으로 올라가 서쪽으로 향하면 그만인 이야기 아닌가. 그런데 일부러 멀리 돌아가게 한 이유는 '피리 부는 사나이'의 악의라는 생각밖에 들지 않았다.

―수사관을 쓸데없이 지치게 하고 추적을 늦추려는 계획일지도 몰라. 하지만 걱정할 필요는 없다. 운반책 열네 명이 녹초가 돼 쓰러져도 경찰 105명이 백업할 테니까. 그 자식을 반드시 체포할 거야.

이쪽 사람들을 격려하려는 말뿐이라고 해도 마음이 든든했다.

"……끝까지 어울려 줄 수밖에 없겠네요."

―부탁해.

그 한마디에 조금 놀랐다. 평상시에도 신뢰를 받는다고는 느꼈지만 말로 표현한 적은 흔치 않았다.

투박하고 걸핏하면 불끈거리며 때로는 시야를 좁게 보는 경향이 있으나 경찰로서 신뢰할 수 있는 상사다. 그런 사람에게 부탁한다는 말을 들으니 무턱대고 거절할 수 없었다.

"아스카, 길잡이 부탁해."

허리에 힘을 주어 상체를 일으키며 양손으로 가방을 들었다.

가자.

이누카이는 스스로에게 명령하며 세 번째 달리기를 시작했다. 다리는 이미 납덩이처럼 무거웠다.

오른쪽에 있는 국립 분라쿠 극장을 확인하며 오로지 서쪽으로 달렸다. 나란히 달리던 다른 경찰은 금방이라도 토할 것 같은 얼굴이었다. 다른 사람들의 모습도 비슷했다. 숨을 편하게 쉬는 사람은 한 명도 없었다. 센니치마에 거리는 지금까지 달린 길 중 가장 넓은 도로였는데 그에 비례해 행인도 많았다.

"저거 봐. 무슨 벌칙 게임인가?"

"저기 봐. 다들 새파랗게 질렸어."

"무슨 일인지 모르지만 파이팅!"

해가 이미 떨어졌지만 아직 사람들의 얼굴을 판별할 수 있을 정도로 밝았다. 이 거리의 행인들도 호기심 어린 눈길로 쳐다봤다.

"부탁이에요, 길 좀 비켜 주세요! 비켜 주세요!"

앞에서 길을 트는 아스카도 점점 목이 쉬었다.

제길. 이누카이는 아직 보이지 않는 범인을 향해 욕을 퍼부었다. 지금도 어디선가 이 모습을 보고 비웃고 있겠지. 웃을 수 있을 때 실컷 웃어 둬. 잡히고 나면 당분간 입술을 휘지도 못하게 만들어 줄 테니까.

한참 달리다 보니 또다시 사지가 비명을 지르기 시작했다. 무릎 아래 근육이 당겨 마치 남의 다리처럼 느껴졌다.

해 질 녘인데 열기는 더 심해진 것 같았다. 이마와 턱 밑에 땀이 쏟아지며 달릴 때마다 후드득 떨어졌다.

시원한 물을 마시고 싶다고 목이 소리쳤다.

시원한 바람을 쐬고 싶다고 피부가 소리쳤다.

쉬고 싶다고 근육이 소리쳤다.

그 아우성을 무시하고 무작정 달리니 마침내 의식이 혼미해지기 시작했다.

센니치마에 거리와 사카이스지가 만나는 교차로를 지난 시점에 결국 다리가 멈췄다.

"형사님! 힘내세요!"

아스카가 필사적으로 팔을 잡아끌었지만 하체가 더는 말을 듣지 않았다.

무심코 옆을 보니 다른 경관들도 체력이 한계에 다다른 듯했다.

미도스지까지 앞으로 5백 미터 남았을까. 도무지 그 거리를 완주할 수 있을 것 같지 않았다.

육체의 한계가 정신의 한계를 결정할 때가 있다. 지금이 바로 그런 상황이었다.

"형사님! 조금만 더 가면 돼요!"

조금만 더. 아니, 그 조금이 끝이 없는 영원 같았다.

결국 보다 못했는지 아스카는 이누카이가 든 가방을 빼앗았다.

"그게 형사님의 전력이에요?"

이런 상황에서까지 시비를 거나. 그렇게 생각한 찰나, 이누카이의 머릿속에서 다른 목소리가 울렸다.

— 전력을 다하기만 해서는 안 돼.

사야카의 목소리였다.

— 만약 가나에에게 무슨 일이라도 생기면 모두가 절망할 거야.

— 아빠, 부탁이야.

까맣게 잊고 있었다.

사건이 시작됐을 때 그런 약속을 했다.

딸과의 약속도 지키지 못하는 아버지라니 최악이지.

이누카이는 가방을 들지도 못한 채 질질 끌고 갈 기세인 아스카의 손을 잡았다.

"내 전력을 네가 정하지 마."

가느다란 팔에서 가방을 빼앗아 들고는 상체를 세웠다. 뒤를 돌아보니 자신의 뒤에 네 명이 무릎을 꿇은 상태였다.

"우리의 행동에 일곱 아이의 목숨이 달려 있다."

네 사람은 느릿느릿 고개를 들었다.

"그중 여섯 명은 장애를 앓고 있고, 죽을 만큼 공포에 떨며 우리가 구출해 주길 기다리고 있어. 지금 아이들을 구할 수 있는 사람은 여기 있는 열네 사람뿐이다."

이누카이는 그 말만 남긴 뒤 다시 걸음을 내디뎠다. 이 돈이 사야카라고 생각하니 몸속 어딘가에서 힘이 솟아나는 기분이었다.

"당신 혼자만 멋있는 척하게 둘 수는 없지."

누군가 중얼거리는 소리가 들렸다.

마침내 빅카메라 건물이 눈앞에 보이기 시작했다. 그곳에서 2백 미터만 더 가면 미도스지에 도착한다.

조금만 더 가면 된다고 안심한 순간, 이누카이는 불길한 광경을 목격했다.

미도스지에는 사람이 바글바글했다.

—마지막 지시가 왔어.

아소의 목소리가 상기됐다.

—미도스지로 들어서면 그대로 북쪽으로 올라가서 2백 미터 앞에 있는 도톤보리 다리 위에서 대기하라.

다리 위에서 돈을 가져갈 계획인가.

"반장님. 미도스지가 사람들로 미어터집니다."

—퍼레이드야. 아사히 류의 우승 퍼레이드와 겹쳤어.

그 순간, 처음에 뇌리를 스친 생각의 정체를 깨달았다.

범인의 목적은 이것이다. 이누카이 일행에게 쓸데없는 마라톤을 시킨 다음에 퍼레이드로 북적대는 인파를 이용해 경찰의 발을 묶으려는 속셈이었다.

"저 인파에 섞이면 마음대로 움직이기 어려워요."

—처음부터 그게 목적이었나……. 하지만 지시를 따르지 않을 수도 없잖아. 백업 인력을 미도스지로 보낼 테니 너희도 도톤보리 다리로 가.

"……알겠습니다."

이쪽은 처음부터 선택권이 없었다. 지금 자신들이 할 수 있는 일은 가방을 몸에서 떨어뜨리지 않고 도톤보리 다리까지 들고 가는 일뿐이었다.

이누카이는 각오를 다지고 구경꾼 소용돌이 안으로 몸을

던졌다.

"아사히 류!"

"축하해요!"

"다음은 요코즈나*야!"

각오하고 뛰어들었지만 열광하는 구경꾼들은 장난이 아니었다.

아사히 류가 오사카 출신이라는 점 때문인지, 아니면 애당초 오사카 시민들의 기질이 그러한 것인지, 가만히 있어도 보이는 스모 선수의 거대한 모습을 보자고 밀치락달치락하는 그 광분의 현장은 마치 시위 같기도 했다. 아니나 다를까 가방을 든 이누카이는 발이 묶였다.

"아니, 당신! 이런 곳에 왜 그렇게 큰 짐을 들고 왔어. 방해되잖아!"

"밀지 마!"

"끼어들지 말라고!"

"죄송합니다, 공무 수행 중입니다. 길을, 길을 비켜 주세요!"

아스카가 죽을힘을 다해 소리쳐도 이 인파 속에서는 오

---

* 스모 선수 중 최고 등급.

히려 역효과만 났다.

“이 자식, 공무 수행 같은 소리 하네!”

“짭새인데 뭐 어쩌라고!”

“너희나 나가!”

몸을 비틀다시피 움직여 도톤보리 다리로 향했다.

— 운반책. 무사히 도착했나?

“지금, 다리로 가는 중인데……. 지금 인파를 거슬러 가는 모양새로 강한 저항을 받고 있습니다.”

— 백업 경찰들도 인파에 밀려 들어갈 수 없다. 아무튼 다리 위에 모두 모이면 연락해.

“알겠습니다.”

이누카이 일행은 구경꾼들에게 방해꾼 취급을 받고, 욕을 먹고, 손가락질 당하며 다리를 향해 앞으로 걸었다. 그로부터 15분 후, 다리 위에 열네 명 전원이 모였다.

“반장님. 모두, 모였습니다.”

보고할 때 이누카이는 숨넘어가기 직전이었다.

당연하다. 5억 엔이 든 가방을 들고 2킬로미터 이상을 달려, 지금 다시 이 광란의 인파를 빠져나왔다. 이제는 말하는 것조차 힘에 부쳤다.

북쪽으로 이동하는 오픈카를 보려는 사람들이 다리 중

앙으로 몰렸다. 자연히 이누카이 일행은 가장자리로 떠밀렸다.

범인은 어느 쪽에서 나타날까.

북쪽일까, 남쪽일까.

—'피리 부는 사나이'의 연락이다.

"놈은 어디서 온답니까?"

아소의 목소리에 분노가 가득했다.

—동쪽이야.

"네!?"

—놈은 그 다리 밑을 흐르는 도톤보리강 상류에서 온다.

이누카이 일행은 곧바로 강의 상류 방향으로 시선을 옮겼다.

있다.

어둑한 강 상류에서 번쩍번쩍 빛나는 불을 켠 작은 배 한 척이 천천히 다가왔다.

—배가 보여?

"보입니다. 아무래도 작은 유람선 같습니다."

—'피리 부는 사나이'의 지시다. 그 유람선은 다리 바로 밑에서 엔진을 멈춘다. 그 배의 짐칸을 향해 가방을 던져라. 소요 시간은 1분. 시간을 넘길 것 같으면 거래는 중지

된다.

설마 배를 이용할 줄이야…….

이로써 몸값 거래 일시와 장소를 3월 23일 오사카시 나니와구로 지정한 이유가 드러났다. 우승 퍼레이드와 그 길을 가로지르는 강의 존재. 경찰의 시선을 도로로 집중시키고 퍼레이드로 혼잡한 틈을 타서 강이라는 맹점을 이용해 돈을 거두어들인다. 이를 위한 포석이었다.

분한 심정이 아소의 말 한마디 한마디에 묻어나왔다. 선후책을 논의할 틈도 없이 유람선이 다리 밑으로 유유히 접근했다. 눈을 부릅뜨고 보니 짐칸에는 완충재 역할을 하는 우레탄 스폰지가 빼곡히 깔려 있었다.

—지금은 인질의 목숨을 최우선으로 한다. 가방을 던져.

"알겠습니다."

이누카이 일행은 다리 난간으로 몸을 내밀고 배의 짐칸을 조준했다. 난간에서 짐칸까지 약 5미터. 짐칸도 넓어서 수직으로 떨어뜨리면 일단 빗나갈 일은 없었다.

짐칸 위에 사람의 모습은 보이지 않았다. 조종석에 사람은 있지만 석양과 유리에 반사된 빛 때문에 외양은 보이지 않았다.

순서대로 가방을 던졌다. 짐칸에 깔린 우레탄 스폰지가

깊은 듯 가방이 떨어져도 희미한 소리만 들릴 뿐이었다.

그리고 마지막 가방을 던지자 유람선이 갑자기 질주하기 시작했다.

부릉, 하고 경쾌한 엔진 소리를 낸다 싶더니 상당한 속도로 도톤보리강을 빠져나갔다. 이누카이 일행의 집념을 뿌리치듯 그 뒷모습은 점점 작아졌다.

"유람선, 하류로 향했습니다. 추적을……."

이누카이는 말을 하다가 입을 다물었다.

오사카 경찰에 요청해 동원한 105명은 모두 도로에 있다. 게다가 나니와 경찰서를 중심으로 움직이고 있기에 오사카 수상 경찰에는 아무런 요청도 하지 않았을 터다. 직전에 아소의 분한 말투가 그 사실을 증명했다.

나머지 운반책 열세 명은 완전히 낙심한 모습으로 난간에 몸을 기댔다. 수면을 내려다보는 시선은 탁하고 혼미했다.

—……방금 오사카 경찰 본부의 도움을 받아 수상 경찰에 지원 요청을 했다.

방금 전이면 너무 늦다. 수상 경찰이 도착할 때쯤이면 상대는 이미 오사카만으로 나간 뒤다.

—발신기가 작동하는 걸 확인했어. 한발 늦는다고 해도 추적할 수는 있다. 절대로 놓치지 않는다.

통신은 거기서 끊겼다. 아소의 격분한 얼굴이 보이는 듯했다.

이후, 수상 경찰이 도착했지만 이미 늦었다.

유일한 희망이었던 발신기는 아타셰케이스째로 히요시바시 다리 부근에 버려져 가라앉은 채 발견됐다. 아무래도 배에서 돈다발을 다른 곳으로 옮겨 담은 듯하다. 초동수사가 지연된 탓에 도주한 유람선은 끝내 나포하지 못했다.

운 좋게도 수사관 한 명이 난간에서 유람선을 촬영했다. 순간의 기지로 자신의 휴대폰으로 찍은 것이다. 이 동영상으로 곧바로 선체를 특정했고 소유주도 밝혀냈다.

하지만 밝혀진 소유주도 '피리 부는 사나이'는 아니었다. 소유주는 영세 업자로 때때로 배를 고객에게 빌려주는 장사꾼이었다.

"미안하지만 남자인지 여자인지도 모르겠어요."

다음 날 사정 청취를 한 업자는 조금도 기가 죽지 않아 보였다.

"홈페이지에서 예약을 받고 당일 저녁에 엔진키를 줬는데, 챙이 넓은……. 아아, 아폴로 캡이라고 하나요? 거기에 선글라스와 마스크를 쓰고 점퍼를 껴입어서 덩치도 알 수 없었어요. 한마디 대꾸도 안 하고 말이야. 이거, 이거 딱 봐도 수상하다고는 생각했는데 요즘 꽃가루 알레르기가 있는 사람들은 보통 그런 차림으로 다니니까 말이에요. 우리야 돈만 받으면 손님이 왕이니까. 아아, 배를 반납할 때였나? 이거 참 기본이 안 된 사람이더라고요. 원래 선착장이 아니라 남항南港 부두에 그냥 두고 가 버렸더라니까."

감식반이 발견된 유람선에 즉시 들이닥쳐 철저하게 수사했다. 그러나 평소 관리가 허술한 탓에 불분명한 지문과 불특정 다수의 모발이 잔뜩 검출될 뿐, 이렇다 할 물증은 하나도 건지지 못했다.

또 유람선을 남항에 정박시킬 때 현금 70억 엔을 차든 어디로든 옮겨 담았을 텐데 이 장면을 목격한 사람도 아직 나타나지 않았다.

'피리 부는 사나이'는 이렇게 경찰을 감쪽같이 따돌리고 70억 엔을 탈취하는 데 성공했다.

수사본부의 대참패였다.

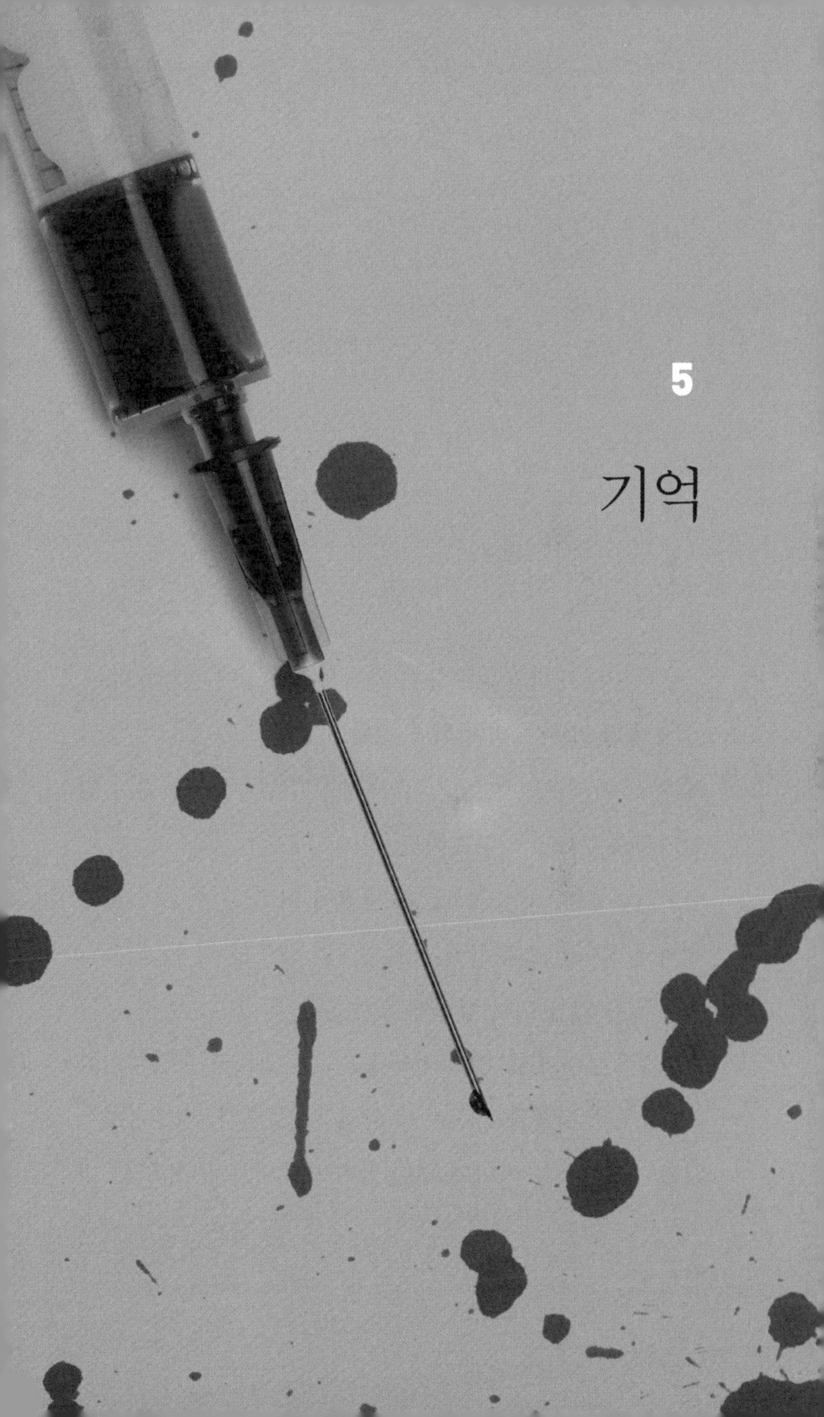

5

기억

1

수사본부 대회의실은 몹시 무거운 분위기에 짓눌렸다.

"오사카 경찰에 백 명이나 지원해 달라고 머리 숙여 부탁해 놓고, 두 눈 뻔히 뜨고 70억 엔이나 날치기당하면서 범인의 뒤꽁무니만 쳐다봤다고."

이러한 회의에서 최소한의 말밖에 하지 않는 점이 무라세의 장점이라고 생각했지만 엄청난 실수를 한 뒤에는 말수가 적은 만큼 더 신랄하게 느껴졌다.

현장에서 지휘를 맡았던 아소는 그야말로 좌불안석이었다. 회의가 시작될 즈음부터 안절부절못했다. 이누카이가 앉은 자리에서도 이마에 맺힌 땀이 보일 정도였다.

"현재 범인과 접촉한 사람은 선박 대여 업자뿐이다. 그쪽에서 아직 자세한 정보를 얻지 못했나?"

아스카가 자리에서 일어섰다.

"전과자 명단을 보여주며 확인했지만 범인이 모자에 선글라스, 그리고 마스크를 써서 아직 특정하지는 못했습니다."

"하지만 대화를 나눴다면 남자인지 여자인지는 구별할 수 있을 것 아닌가."

"홈페이지로 예약을 받아서 당일에는 예 아니오로만 대답했기 때문에 그것도 모르겠답니다."

"얼굴도 모르는 손님을 상대한다니, 꽤나 허술하게 장사하는군."

"영세업자이기도 해서 다소 정체 모를 손님이라도 소형 선박 면허만 있으면 거절하지 않는다고 합니다."

"그런데 소형선박 면허증에 사진이 붙어 있지 않나. 그것으로 충분히 인상착의를 확인할 수 있을 텐데."

해당 업자를 사정 청취한 아스카는 면목 없다는 듯 고개를 숙였다.

"그게…… 면허증 확인조차 제대로 하지 않아 역시 얼굴을 확인할 수 없었습니다. 동업자나 이용자들 사이에서도 손님 관리가 허술한 업자로 유명한 듯해 범인이 일부러 선택했다고 봅니다."

"허술한 관리, 대신 수수료나 보증금은 터무니없이 비싼 부류로군."

"네……."

아스카는 자신이 업자도 아닌데 기어 들어가는 목소리로 대답했다.

"아무튼 '피리 부는 사나이'가 오사카 지리를 잘 아는 데다 소형선박 면허를 갖고 있다는 사실을 알았다. 이걸로 범위를 상당히 좁힐 수 있을 거야."

이누카이는 석연치 않았지만 굳이 나서지 않았다. 2004년도 기준으로 소형선박 면허 보유자는 3백만 명이었다. 이누카이가 참고한 자료에 따르면 신규 취득자는 젊은 층이 많아지고 있다고 하니 현재 보유자는 훨씬 늘었으리라. 그리고 3백만 명이라는 숫자는 조건을 따져 좁힌다고 해도 백 명 단위의 수사 인력으로 어찌할 수 있는 수가 아니었다.

"사라진 70억 엔의 일련번호 조회 절차는 완료했나?"

이번에는 옆에 앉은 아소가 대답했다.

"그날 바로 국내 주요 금융기관에 통보했습니다."

대답이 궁한 이유는 각 금융기관이 번호를 기록해봤자 실제로 해당 지폐가 반입되기까지는 어느 정도 시일이 지나야 할 것으로 예상하기 때문이다. 몸값 탈취 수법이 뛰어날 정도로 교활한 '피리 부는 사나이'가, 빼앗은 지폐를 빠른 시일 안에 유통하리라고 생각하기는 어려웠다.

"오사카 시내에서의 범인 체포 작전이 우승 퍼레이드 중에 벌어진 일이라 현지 언론의 주목을 받았다. 유괴사건이라는 특성도 있으니 기자 클럽에는 유괴사건에 관한 보도협정을 요청한다."

무라세의 말투에는 고뇌가 배어 있었다. 경시청은 '피리 부는 사나이'가 범행 성명을 재경 TV 방송국과 3대 중앙지로 보낸 시점부터 공개수사로 전환했지만, 범인에게 계속 선수를 빼앗기고 온통 뒷북 대응을 했다는 인상을 지울 수 없었다. 이 결정이 너무 늦었다고 비난하는 언론도 나올 것이다.

"거래 때 우리가 상대의 지시에 따르지 않은 적은 없다. 따라서 돈을 챙긴 범인이 무슨 연락을 해오리라 생각한다."

무라세의 말은 지당했다. 70억 엔을 손에 넣은 지금, 범인이 인질을 잡아 둘 이유는 사라졌다. 문제는 그래서 인질을 풀어주느냐, 아니면 살해하느냐의 차이일 뿐이다. 회의에 참석한 모든 사람이 아는 사실인 탓인지 분위기는 더욱 무거워졌다. 마치 유괴된 아이들의 장례식에라도 참석한 듯한 분위기였다.

패군의 장수는 용맹을 말하지 않는다지만, 수사본부의 완패는 분명했다. 몸값을 감쪽같이 빼앗긴 데다 범인의 손끝 하나 건드리지 못했다. 경찰이 든 카드는 한 장도 없다. 인질을 어떻게 처리할지는 '피리 부는 사나이'의 손에 달렸다. 보도 협정이 체결돼서 잠시 덮어 둔다고 해도 협정이 해제된 후 사건 경위가 알려지면 수사본부, 그중에서도 무라세에게 비난이 집중될 것은 자명했다.

"아직 시합은 끝나지 않았다. 인질이 무사한지 확인하고 범인에게 수갑을 채울 때까지 사건은 끝난 게 아니다."

관리관으로서는 최선의 독려였지만 병사들을 고무시키기에는 아무래도 재료가 부족했다.

"지금, '피리 부는 사나이'는 돈다발에 파묻혀 스스로에게 취해 있을 것이다. 바꿔 말하면 경계가 가장 느슨해졌을 때라는 말이다. 놈을 체포하려면 지금뿐이다. 제군들은 그 어느 때보다도 더욱 분발해 주기를 바란다. 이상."

해산을 알리는 목소리에도 수사관들은 힘없이 자리에서 일어났다. 그럴 만도 하다. 육상경기에 비유하면 꼴찌로 달리는 선수에게 가장 선두에서 달리는 선수를 따라잡으라고 명령하는 것과 같았다.

기분 탓인지 단상을 떠나는 아소의 얼굴이 수척해 보였다. 도쿄로 돌아온 직후, 쓰무라에게 호된 질책을 받았다는 사실은 듣지 않아도 알 수 있다.

“장애물 경주를 완주해 수고했다는 말을 아직 안 했군.”

이누카이의 얼굴을 보자마자 재빨리 빈정거렸다. 이까짓 말로 아소의 근심 걱정이 사라질 것 같지는 않지만 고개를 떨구고 푸념하는 것보다는 백배 낫다.

“저렇게 무거운 걸 들고서 잘도 뛰었네.”

“두 번은 죽다 살아났어요.”

“그래도 끝까지 뛰었잖아. 나였으면 백 미터 뛰었을 때 기권했을 거야. 그런데 완주해도 상은 없네.”

이누카이 옆에 있던 아스카는 여전히 고개를 숙이고 있었다. 아스카가 한 일이라고는 이누카이와 함께 달리며 말을 걸어 준 것뿐이었다. 만회할 수 없는 실책을 저질렀을 때는 땀을 흘린 사람보다 땀을 흘리지 않았던 사람이 더욱 죄책감을 느낀다.

의기소침한 두 사람이 몹시 안쓰러웠는지 이누카이는 그만 입 밖으로 내고 말았다.

“상이 아주 없었던 건 아닙니다. 나름대로 수확은 있었어요.”

말하고 나서 아차 싶었지만 이미 저지른 뒤였다.

"뭘 찾았어?"

아소는 멱살이라도 잡을 기세였다.

하지만 확증을 얻기 전까지는 이누카이도 말하지 않을 작정이었다.

"좀 더 조사해 보고요."

그렇게 대답하자 이누카이의 성격을 잘 아는 아소에게도 생각하는 바가 있는지 끈질기게 물으려고 하지 않았다.

"이런 상황에서 네 마음대로 하게 내버려 두는 이유는 알고 있겠지?"

"대충은요."

"뭐냐고는 묻지 않을게. 적어도 어디를 잡았는지 정도만이라도 알려 줘."

"목덜미까지는 아니어도, 꼬리 정도는 될걸요?"

"그럼, 어서 가."

아소는 문이 있는 방향을 턱짓했다.

"이름값 하라고. 사냥 본능을 보여 봐.*"

아소는 자신을 포인터나 코커스패니얼 같은 사냥개로 보

---

* 이누카이(犬養)의 이누(犬)는 '개'를 뜻한다.

는 것이 분명했다.

"만약 헛다리라도 짚으면 잡종견 취급하시겠는데요?"

"웃기지 마. 개보다 못한 취급 받을 줄 알아."

아소는 우그러진 얼굴로 돌아섰다.

"형사님, 정말 단서를 잡았어요?"

아스카도 기분이 좋지 않아 보였다.

"도대체, 언제요?"

"돈을 실은 배를 떠나보낼 때."

"그런데 왜 저한테 안 알려 주셨어요?"

"그때는 문득 떠오른 생각이었어. 짐작이 형태를 갖추려면 시간이 필요하지. 무엇보다 확증도 없는 이야기에 이리저리 휘둘리는 건 너도 싫잖아."

"그러면 지금은 확증이 있어요?"

"확증이랄까, 마음에 걸리는 게 있어. 기억해? '피리 부는 사나이'는 우리가 오사카 시내를 뛰어다니는 모습을 정확하게 파악하고 있었어."

"네."

"처음에는 어디 높은 건물 같은 곳에서 감시하는 거 아닌가 추측했지만, 동서뿐 아니라 남북 방향으로 이동할 때도 우리의 움직임을 알고 있었지. 그러려면 새처럼 하늘을 날거나 위성을 이용하는 방법밖에 없다고 생각했어. 그런데 말이야, 그렇게 지켜볼 수 있는 곳이 딱 하나 있어."

"그게 어딘데요?"

"둥지 안."

이누카이는 반신반의하는 아스카를 데리고 쓰키시마 모녀의 집을 찾아갔다. 이누카이와 아스카를 맞이한 아야코는 오사카에 다녀온 탓인지 다소 피곤한 기색이었다.

"안색이 안 좋으시네요."

"아뇨……, 범인에게 아직 연락이 없으니까요. 몸값을 제대로 챙겼으니 당장 아이들을 돌려보내 줬으면 좋겠네요."

"범인이 신사적일 거라고 믿으시는 것 같네요."

아야코가 허를 찔린 듯 이누카이를 바라봤다.

"돈을 챙길 목적을 달성한 유괴범에게 인질은 방해만 될 뿐이죠. 게다가 얼굴을 보고 목소리를 들었다면 위협만 될 뿐입니다. 아야코 씨 앞에서 이런 말씀 드리기 뭐하지만, 차라리 입을 막아 버리는 편이 상책이죠. 그런데 어째서 '피리 부는 사나이'가 가나에 양과 아이들을 무사히 돌려보내 주리라 믿으시는 겁니까?"

"부모라면 당연하죠! 딸이 무사히 돌아오길 바라지 않는 엄마가 세상에 어디 있겠어요?"

"제가 실례했군요. 어설픈 변명이지만 이 나이 먹고도 여자의 마음, 어머니의 심정을 전혀 모르는 남자라서요."

"어……, 따님이 있다고 들었는데요."

"딸은 있지만 제가 이혼만 두 번 했습니다. 같은 실수를 반복했죠. 하나뿐인 딸의 마음도 이해하지 못하고요. 그만큼이나 여심을 모릅니다."

그렇다. 사건 관계자 대부분이 여자였기에 누가 진실을 말하고 누가 거짓을 말하는지 짐작조차 할 수 없었다.

"이렇게나 못 미더운 놈이 어디 있겠습니까. 하지만 형사로서는 그럭저럭 경험이 있습니다. 즉 사람을 의심하는 능력이 있다는 말입니다."

"……누군가, 의심 가는 사람이 있나요?"

"처음에 의심한 대상은 사람이 아니라 사건입니다. 아야코 씨는 모르시겠지만 몸값 거래 때문에 오사카 시내를 동분서주할 때 '피리 부는 사나이'는 저희의 일거수일투족을 계속 감시하는 기색이었습니다. 실제로 도중에 뒤처진 사람이 있으면 그 인원수까지 적확하게 지적했죠."

"높은 곳에서 지켜보고 있던 거 아닐까요?"

"그게 가장 합당한 추측이겠죠. 하지만 현장에는 고층 빌딩이 많았고, 저희는 세 방향으로 이동했습니다. 그 일대를 3D화 한 모델로 시뮬레이션해 봤는데 그 모습을 전부 지켜볼 수 있는 지점은 단 한 곳도 없었습니다."

"그럼, 어디에서 봤을까요?"

"차 안에서요."

"차요?"

"구체적으로는 경찰 차량인 원 박스 카에서입니다. 지휘 차량에서는 아소 반장이 저희와 끊임없이 연락을 주고받았습니다. 가방에 설치된 발신기로 각각의 위치도 파악할 수 있었을 테죠."

"그럼 통화나 발신 위치를 도청했다고밖에……."

"그렇습니다. '피리 부는 사나이'는 저희 대화를 듣고 있었습니다. 하지만 그것이 무선 도청 같은 복잡한 기술을 사용한 방법은 아닙니다. 경찰의 디지털 무선을 도청하는 건 아마추어에게는 매우 어렵기도 하고요. 그보다 훨씬 간단한 방법이 있습니다."

"무슨 방법인가요?"

"원 박스 카 안에서, 저희의 이야기를 옆에서 들으면 됩니다."

아야코의 눈이 휘둥그레졌다.

"그 말씀은…… 차에 함께 타고 있던 저희 피해자 가족 중에 범인이 있다는 뜻인가요?"

"실은 조금 알아봤습니다."

그러면서 이누카이는 A4 크기 종이를 꺼냈다.

"가나에 양이 유괴됐을 때, 아야코 씨의 휴대폰 번호를 알려 주셨던 걸 기억합니까? 사전 동의를 얻지 않은 건 죄송합니다만 그 번호의 발신 기록을 조회했습니다. 그러다가 묘한 사실을 알게 됐죠."

이누카이는 점점 아야코와의 거리를 좁혔다. 아야코는 흠칫 놀라 허리를 뒤로 조금 물렸다.

"몸값 거래가 시작된 오후 6시 30분부터 약 한 시간 동안, 아야코 씨는 어딘가로 문자를 보냈습니다. 네 번. 언제 '피리 부는 사나이'가 나타날까. 가나에 양과 아이들이 무사히 풀려날까. 아이들이 언제 모습을 드러낼까. 가족이라면 숨을 죽이고 마른침을 삼키며 상황을 지켜볼 상황에 아야코 씨는 도대체 누구에게 무슨 내용의 문자를 보내고 있었습니까?"

아야코는 시선을 내리깔고 침묵했다. 여자의 마음을 읽지 못하는 이누카이라도 그 몸짓이 무엇을 의미하는지 정도는 안다.

"그런 문자를 보낸 기억이 없습니다."

"아야코 씨, 당신의 휴대폰을 주셨으면 합니다."

"……네?"

"설령 문자를 삭제했더라도 복원할 수 있습니다. 기억이 없다고 하시니 저희가 확인해 봐도 되겠습니까?"

이누카이는 그렇게 말하며 한 손을 내밀었다.

도박이었다. 아야코의 휴대폰은 au*인데, au는 문자를 삭제해도 30일 동안은 문자 서버에 보존된다. 물론 모든 문자를 복원할 수 있는 것은 아니고 특정 조건을 갖춘 경우로 한정되지만 그 사실을 아는 사람은 그리 많지 않다.

과연 아야코의 어깨가 부들부들 떨리기 시작했다.

타격을 주려면 지금이다.

"아야코 씨가 '피리 부는 사나이'라거나 공범자라는 의심이 들었습니다. 그러자 석연치 않던 모든 것이 앞뒤가 맞아떨어졌죠. 처음에 가나에 양이 유괴됐을 때 범인은 CCTV의 그물을 빠져나간 듯한 범행을 꾸몄습니다. 아야코 씨와 마키시마 순경이 흩어져 가구라자카 주변을 수색해도 찾을 수 없었죠. 그건 '피리 부는 사나이'의 실력이 좋아서라

---

* 일본의 통신사 중 하나.

기보다 아야코 씨와 '피리 부는 사나이'가 연락을 주고받았기 때문에 지극히 간단한 일이었습니다."

아야코는 여전히 고개를 숙인 채 가만히 있었기에 이누카이는 말을 이었다.

"저는 다음에 벌어진 다른 유괴사건도 의심했습니다. 가나에 양 사건이 자작극이라고 가정한다면 의심하는 게 마땅했으니까요. 3월 16일, 참의원 의원회관에서 소녀 다섯 명이 버스와 함께 유괴됐는데 이때 아이들 외에 버스에 타고 있던 사람은 정체를 알 수 없는 운전기사 한 명뿐이었습니다. 즉 휠체어를 타지 않으면 움직일 수 없다고는 하나 비명을 지르거나 저항은 할 수 있었던 다섯 아이가 저항 한번 없이 범인을 따랐다는 말입니다. 이것도 곰곰이 생각하면 말이 되지 않습니다. 도고 겐스이 기념공원에서 버스를 갈아탈 때도 다섯 명 모두가 반항하며 시끄럽게 굴었다면 짧은 시간 안에 끝낼 수 없었을 겁니다. 하지만 만약 다섯 아이 모두가 사정을 알고 '피리 부는 사나이'에게 협조했다면 상황은 달랐겠죠. 그리고 아이들이 사정을 알고 있었다면 보호자들이 전혀 무관할 리가 없습니다. 왜냐면 아이들은 의원회관에서의 집회가 열리기 전까지는 한자리에 모인 적이 없었고, 밀접하게 연락을 주고받은 사람들은 오히려 보호자들이었기 때문입니다."

이누카이의 옆에서 이야기를 듣던 아스카도 눈이 휘둥그레졌다. 조금 전에 아스카가 물었을 때 관계자 중에 '피리 부는 사나이'의 공범이 있다는 낌새를 풍겼지만 마키노 부부를 제외한 보호자 전원이 이에 해당된다고는 하지 않아서였다.

"자."

다시 한번, 이누카이가 한 손을 내밀었다.

"제 생각이 터무니없다고 주장하시려면 아야코 씨의 휴대폰을 제출해 결백을 증명해 주십시오."

이누카이는 그 자세 그대로 기다렸다.

자신이 가진 비장의 카드가 블러핑이라는 사실은 충분히 안다. 지금 단계에서 아야코는 증거 제출을 거부할 수 있고 정식 절차를 밟아 제출을 요구한다고 해도 그사이에 휴대폰을 처분한다면 이누카이에게 승산은 없다.

아야코와 보호자들이 공모하고 있다는 주장도 한낱 추측에 불과하다. 물증이라고 부를 만한 것이 하나도 없으니 이마저 부정당하면 끝이다.

"지금이라면 아직 늦지 않았습니다."

덧붙인 말에 아야코가 경직됐다.

"자작극이었다는 사실을 알리고 70억 엔을 반환하면 큰 죄는 아닙니다. 하지만 그 돈에 손을 대면 아야코 씨는 한동안 구금됩니다. 그러면 누가 따님을 돌보겠습니까?"

그 말이 결정타였다.

아야코가 갑자기 두 손으로 얼굴을 감싸는가 싶더니 "……죄송합니다"라는 신음과도 같은 말이 손가락 사이로 새어 나왔다.

실토했다.

이누카이는 기다리기로 했다. 이쯤 되면 나머지는 본인이 자발적으로 털어놓으리라.

얼마쯤 가만히 기다리자 마침내 진정이 된 듯 아야코가 고개를 들었다.

"정말 큰 실례를 저질렀습니다. 방금 형사님이 하신 말씀 대부분이 맞습니다."

"말씀해 주시겠습니까?"

"네……."

"이 계획이 아야코 씨를 비롯한 백신 피해 가족들의 공모였다는 사실도 인정하시는 거죠?"

"네. 다만 가리야 씨, 가와무라 씨, 가이 씨, 오와다 씨, 하세쿠라 씨에게는 제가 먼저 제안했습니다. 사실 그분들은 이런 일을 내켜 하지 않았어요. 그런데도 억지로 부추겨서 계획에 끌어들인 사람은 저예요. 그분들께는 책임이 없습니다. 다 제 잘못이에요."

"왜 그분들을 끌어들이려고 했습니까?"

"사건을 되도록 키워서 막대한 몸값을 챙기려는 목적이었습니다. 가나에 한 명만 유괴되면 세간에서 주목하지도 않고 제약회사가 억 단위 돈을 준비하지 않으리라 생각했거든요."

"처음부터 돈이 목적이었습니까?"

"그렇습니다."

아야코는 순순히 대답했지만 이누카이는 그녀의 입에서 돈이 목적이었음을 단정 짓는 말이 나오자 위화감을 느꼈다.

"하지만 그게 전부는 아니에요. 가나에의 기억을 빼앗은 제약회사와 산부인과협회가 책임을 지길 바랐습니다. 자궁경부암 백신 접종은 의무나 마찬가지니 무료일 때 맞아야 한다는 둥 지독한 감언이설로 우리를 속이고는 자기들은 이권을 챙기며 호의호식하고 있어요. 그런데 우리는 충분한 치료비와 믿을 수 있는 의료기관과 완치에 대한 희망도 없이 하루하루를 불안에 떨며 보내고 있죠. 세상에 이런 법이 어디 있습니까. 가해자는 떵떵거리며 살고 피해자는 눈물바람으로 살아간다니……. 가나에가 이렇게 되고 나서야 겨우, 저는 백신을 둘러싼 구조를 알게 됐습니다. 그리고 몇 번이나 백신 정기접종 권장을 중단해 달라고 호소했습니다. 하지만 후생노동성도 제약회사도 산부인과협회도 전혀 상대해 주지 않았어요. 그 사람들은 애엄마 한 사람의 하소연 따위 상대할 가치도 없다고 여겼겠죠."

"그래서 몸값을 제약회사와 산부인과협회에 요구했군요."

"네. 일곱 명이나 되는 유괴, 70억 엔이나 되는 몸값. 그리고 유괴된 아이들이 모두 백신 사태 관계자라면 사람들의 눈이 당연히 제약회사와 산부인과협회로 쏠리겠죠. 그들이 관계없다며 발뺌할 수 없게끔 이미 계획해 놨습니다. 아뇨, 그 인간들이 태연하게 해온 짓에 비하면 그나마 정당한 요구라고 생각했어요."

"그런데 탈취한 70억 엔이라는 거금을 어떻게 쓸 셈이었습니까? 아야코 씨도 알다시피 지폐 일련번호는 모두 기록해 뒀습니다. 사용 금액이 크면 클수록 꼬리를 밟히기 쉬울 겁니다."

"물론 70억 엔이라는 거금을 피해 가족들과만 나눌 생각은 없었습니다. 어디에 저축해 놓고 저희 말고도 백신 피해로 고통을 받는 여자아이들과 가족들을 도울 생각이었습니다. 과격한 표현일지 모르지만 일종의 기금 같은 것이라 고 생각했거든요."

"꼬리를 밟히기 쉬운 건 마찬가지입니다."

"가나에와 아이들을 외국에서 치료받게 해 주고 싶었습니다."

"외국이요?"

"미국과 유럽에서는 백신 부작용 연구가 일본보다 활발하다고 들었습니다. 국내 치료를 기대할 수 없다면 바다를 건널 수밖에 없죠. 억대 몸값은 항공비, 현지 생활비와 입원치료비를 고려한 금액이었어요."

"선의의 모금은 생각해 보지 않으셨습니까?"

"물론 그 생각도 했죠! 처음에 블로그를 개설했을 때는 가나에에게 선의로 손길을 내밀어 줬으면 좋겠다고 생각했습니다. 그런데 장애로 고통받는 다른 아이들도 있다는 사실을 알고 나니 가나에만 구한다고 끝날 일이 아니라는 생각이 들었어요."

"그래서 가리야 씨 등 다른 보호자들도 끌어들였군요. 누구 반대한 사람은 없었습니까?"

"저는 블로그로 그분들을 알게 된 뒤 실제로 여러 번 만났어요. 피해 가족 중에는 완전히 포기한 분이나 이 계획에 도무지 참여하지 않을 것 같은 분도 있었습니다. 그 다섯 가족은 제가 고르고 고른 분들입니다."

그러니까 원내집회 '피해자의 목소리를 듣다' 자체가 그 뒤에 벌어진 집단 유괴를 위해 열렸다는 말인가.

"다시 말씀드리지만 다른 분들은 제가 부추겨 이 계획에 참가했습니다. 그것만은 부디 잊지 말아 주세요."

"그게 다가 아니지 않습니까."

이누카이는 다시 아야코와의 사이를 좁혔다.

"아야코 씨. 아직 가장 중요한 사실은 말하지 않았습니다. '피리 부는 사나이'는 도대체 누구죠?"

"그건……."

"가나에 양이 유괴됐을 때, 아야코 씨는 마키시마 순경을 끌어들이는 역할을 맡았습니다. 그러니 가나에 양을 데리고 간 '피리 부는 사나이'는 당연히 다른 사람이죠. 아야코 씨는 드러그스토어 앞에 가나에 양을 기다리게 한 뒤 가게 안으로 혼자 들어갔습니다. 사정 청취 때는 가게 안이 개미굴처럼 좁고 복잡해 혼자 가게에 들어갔다고 증언했지만 이 또한 가만히 생각해 보면 앞뒤가 맞지 않습니다. 기억장애 환자, 1초라도 혼자 둘 수 없는 가나에 양을 두고 간 이유는 일부러 '피리 부는 사나이'에게 유괴당하도록 하기 위해서였습니다. 집단 유괴도 마찬가지. 아이들이 버스와 함께 유괴될 때 아야코 씨는 저희와 함께 움직이고 있었죠. 버스를 운전한 사람은 당신이 아니었습니다. 몸값 거래 때도 그렇고요. 아야코 씨는 줄곧 원 박스 카 안에 있었으니 '피리 부는 사나이'는 당신이 아닙니다. 무엇보다 당신은 소형선박 면허를 따지 않았습니다. 아야코 씨. 아까 다섯 가족을 계획에 끌어들인 사람은 자신이라고 말씀하셨죠. 하지만 본인이 계획자라고는 한마디도 하지 않았습니다."

아야코의 얼굴이 완전히 창백해졌다.

"자작극을 벌이고 전혀 관계가 없는 제약회사와 산부인과협회에 몸값을 요구한다. 이 기똥찬 아이디어를 낸 사람은 아야코 씨가 아니라 '피리 부는 사나이'였습니다. 아마 '피리 부는 사나이'와도 블로그를 통해 알았겠죠. 가나에 양과 다른 아이들의 어려운 사정을 당신에게 전해 들은 '피리 부는 사나이'가 계획을 세웠습니다. 제 말이 틀립니까?"

"그건……그건요……."

"눈치채셨나요? 전 아까부터 두 번째 사건, 그러니까 마키노 아미 양의 유괴에 대해서는 일부러 언급하지 않았습니다. 왜인지 아십니까?"

아야코는 입을 꾹 다물고 이누카이를 응시할 뿐이었다.

마지막의 마지막까지, 이누카이가 카드를 뒤집는 순간까지 희망을 놓지 않을 셈인 듯했다.

“아미 양은 산부인과협회 회장의 딸입니다. 그 아이를 인질에 포함하면 제약회사와 산부인과협회도 몸값을 내놓기 쉬워지겠죠. 게다가 백신 피해 가족을 의심의 눈초리에서 벗어나게 하는 효과도 있습니다. 이 역시 비할 데 없는 아이디어입니다. 하지만 아무리 그래도 마키노 회장과 도모에 씨를 공범으로 끌어들일 수는 없죠. 그러니까 아미 양 사건만은 다른 여섯 아이와 사정이 조금 다릅니다. 아야코 씨가 다른 보호자들을 설득한 식으로는 어렵습니다. 대담한 생각이지만 치밀하지는 않죠. 아야코 씨, 아미 양 유괴만은 ‘피리 부는 사나이’가 고른 거 아닙니까?”

아야코는 마침내 이누카이의 시선을 피했다. 아야코의 자제심이 한계에 치달았다.

“어떤 의사가 제게 조언했습니다. 유괴된 일곱 아이 중 여섯은 간호와 정기적인 화학 치료가 필요한 소녀들이니 오랫동안 가둬 두려면 제대로 된 의료기기와 약품을 갖춘 시설이 필요할 거라고요. 평범한 어머니인 당신에게는 불가능한 일이니 자연히 그런 환경을 만들어 줄 사람이 ‘피리 부는 사나이’ 역할을 하게 됩니다. 자, 여기서 ‘피리 부는 사나이'의 조건이 꽤 좁혀지죠. 하나, 아야코 씨와 아는 사이이면서 자궁경부암 백신 부작용에 대해 같은 생각이거나 그러한 것처럼 행동하는 인물. 둘, 의료기기와 약품이 갖춰진 시설을 사용할 수 있는 인물. 셋, 버스와 소형선박을 운전할 수 있는 인물. 넷, 적어도 오사카 미도스지 주변의 지리를 잘 아는 인물……. 저는 이 중 첫 번째와 두 번째 조건으로 어떤 인물을 주목했습니다. 세 번째와 네 번째 조건에 관해서는 그 뒤에 조사했죠. 그리고 덜미를 잡았습니다. 그 인물은 학창시절에 오사카에 살았고 대형자동차와 소형선박 면허를 갖고 있습니다. 무엇보다 현역 의사로 의원을 운영하고 있죠."

아스카는 반쯤 어안이 벙벙한 상태로 이누카이의 설명에 귀를 기울였다. 이 인물의 이름은 밝히지 않았다. 아야코의 반응을 확인하면서 진상을 밝히고 싶었기 때문이다.

"'피리 부는 사나이'는 의사 무라모토 다카시죠?"

이누카이가 말하자 아야코는 체념한 듯 고개를 떨궜다.

2

무라모토 소아과 의원으로 향하는 스바루 임프레자에는 이누카이와 아스카 외에 아야코도 함께 타고 있었다.

"무라모토 선생님과는 블로그를 개설하고 얼마 안 됐을 때 처음 만났어요."

아야코가 머뭇머뭇 이야기하기 시작했다.

"블로그를 개설하긴 했지만 당시 저는 백신 부작용에 대해 제대로 알지 못했죠. 그래서 현역 의사 선생님과 알게 된 것에 정말 감사했어요."

"그래서 가나에 양과 아이들이 처한 상황을 말씀하셨군요."

"네. 그러자 무라모토 선생님도 의사로서 백신 정기접종 권장을 반대한다고 말씀하셔서……. 그때까지만 해도 고군분투하는 기분이었기에 정말 의지할 수 있는 지원군을 얻은 기분이었어요."

"역시 계획은 무라모토 쪽에서 제안했습니까?"

"네. 현역 의사로서 안전성이 충분히 검증되지 않은 백신 접종을 반강제로 권장하는 의료행정은 도저히 간과할 수 없다. 그리고 이 계획은 누구에게도 피해를 주지 않는다. 지급될 몸값도 제약회사와 산부인과협회가 백신 부작용을 무시하고 축적한 재산을 환원하는 것뿐이다, 라고 했어요."

과연 피해자 입장에서 보면 그러한 논리가 성립될지도 모른다.

"무라모토 선생님은 유럽과 미국에서 부작용 치료가 진행되고 있다는 사실도 알려 주셨어요. 일본은 아직 제약회사와 백신에 영합하는 분위기가 강해서 부작용에 대한 연구가 잘 진행되지 않아요. 정부 기관도 적극적으로 나서지 않고요. 가나에의 앞날을 생각하니 어떻게 해서든 이 나라를 떠나 치료받아야겠다는 생각이 들더군요."

"상세한 유괴 계획을 세운 사람도 그 사람입니까?"

"네. 자신은 젊었을 적부터 낚시가 취미여서 소형선박 면허를 땄다고 했습니다. 이게 이번 계획에 큰 도움이 될 거라고요. 대형자동차 면허도 그때 따는 김에 땄다고 하시더군요."

이것은 이누카이가 보강 수사로 얻은 정보와 같았다.

간사이 의대에 재학할 무렵, 무라모토는 2급 소형선박면허를 취득했다. 그리고 보통면허를 취득한 직후에 대형자동차 면허도 취득했다. 기록만 봐서는 면허를 취득한 사정까지는 알 수 없었는데 취미의 연장선이었다니 다소 의외였다.

"현역 의사가 계획에 참여한다는 사실이 다른 어머님들을 안심시키는 수단이 됐겠네요."

"맞아요. 보호자들은 무라모토 선생님이 딸들을 보살펴준다는 조건이 있어서 허락했습니다. 누군가 보살펴야 할 아이들을 의사 말고 다른 누구에게 맡길 수 있겠어요."

"그런데 의원에서 근무하는 간호사들은 어떻게 구슬렸습니까?"

"무라모토 선생님은 계획 일주일 전까지 모든 준비를 끝냈어요. 병동 침대를 비우고 간호사들에게는 외래 환자들만 받으라고 했습니다."

"그럼 잡혀간 일곱 아이는."

"네네. 무라모토 소아과 의원 병동에 숨어 있습니다."

처음 의원을 방문했을 때, 진료실 안쪽으로 별채가 보였다. 이누카이가 거주 공간이라고 생각했던 그 건물이 바로 병동이었던 모양이다.

이누카이는 자신의 목을 조르고 싶어졌다. 그날, 만약 그 건물까지 발걸음을 옮겨 살폈다면 그곳에 있던 가나에를 발견했을 테고 그 순간 사건은 종결됐을 것이다.

"무라모토 선생님에게 아이들을 맡긴 이유는 하나 더 있습니다."

"그게 뭡니까?"

"무라모토 선생님은 백신 부작용 치료법을 찾고 계세요. 외국의 문헌과 사례 보고 등을 가져와 연구하고 있죠. 부작용에 시달리는 여섯 아이를 선생님 곁에 두는 건 치료 목적도 있었어요."

그렇다면 무라모토는 이 시간에도 아이들을 치료하는 데 힘쓰고 있다는 말인가.

이누카이는 손목시계로 시간을 확인했다. 이미 진료 시간은 끝나고 오후 8시가 지난 참이었다.

이누카이가 아야코와 함께 방문한다는 사실을 당사자인 무라모토에게는 당연히 알리지 않았다. 아야코는 걱정하지 않는다고 했지만 이누카이로서는 일곱 아이를 숨겨둔 현장을 덮치고 싶었고 애초에 무라모토를 완전히 믿지 않았다. 무엇보다 상대와 약속을 잡고 체포하러 가는 형사 따위 들어본 적도 없다.

아야코에게 사정을 들은 지금은 무라모토가 의분에 휩싸여 자작극을 계획하고 실행한 것은 어쩔 수 없었다는 생각까지 들었다. 화학 치료를 계속 받는 딸을 둔 아버지로서는 공감 가는 부분이 많았다.

하지만 경찰로서 이누카이는 무라모토를 체포하는 직무를 완수해야만 한다.

스바루 임프레자가 시노바즈 거리에서 뒷골목으로 두 블록 더 들어갔다. 50미터 앞 정면에 희미하게 '무라모토 소아과 의원' 간판이 보였다.

"바로 병동으로 간다."

이누카이는 아스카를 데리고 의원 안쪽에 있는 병동으로 향했다. 아야코는 그저 허둥거리며 뒤를 따라왔다.

병동은 잠겨 있지 않았다. 이누카이는 인사도 없이 미닫이문을 열고 안으로 들어갔다.

현관은 오른쪽 절반이 경사면으로 되어 있고, 바로 앞에 있는 방은 거주 공간 같았는데 안쪽에 상당히 넓은 방이 붙어 있었다. 저 방이 아마도 병실이겠지.

앞에 있는 방을 들여다봤다. 혼자 사는 사람의 방은 어디나 비슷하다. 다다미 여덟 장 크기*에 침대와 컴퓨터 책상, 벽에 설치된 책장은 의학 서적이 차지하고 있었다. 침대 위에는 벗어 던진 옷이 아무렇게나 놓여 있었다.

이누카이는 의자의 앉는 부분에 슬며시 손을 댔다. 차가운 것으로 보아 방금까지 사람이 앉아 있던 흔적은 느껴지지 않았다.

하지만 있다.

목소리는 나지 않지만 누군가의 인기척이 느껴졌다.

복도를 사이에 두고 맞은편에 있는 문은 화장실 문이었다. 그리고 이곳에도 무라모토의 모습은 보이지 않았다.

남은 곳은 안쪽 병실뿐이었다.

방에 가까워질수록 인기척이 점점 강해졌다.

그리고 미닫이문을 연 순간이었다.

"누구세요?"

갑자기 누군가 말을 걸었다.

휠체어를 탄 가와무라 기리였다.

---

* 약 4평.

"기억 안 나니? 의원회관에서 너희들 주변에 있던 경찰이란다."

경찰, 이라는 단어에 방 안에 있던 사람들이 반응했다.

그곳에는 소녀 여섯 명이 있었다.

가와무라 기리, 가리야 유미코, 가이 시오리, 오와다 하루카, 하세쿠라 유카……. 그리고 쓰키시마 가나에.

드디어 찾았다.

"다들 괜찮니?"

아스카가 재빨리 모두의 곁으로 달려갔다. 아마추어가 아니라 현역 의사가 줄곧 붙어 있었을 테니 큰일은 없었겠지만 경찰로서 본능 같은 행동이었을 것이다.

"몸값은 저기 있다고 들었어요."

아야코는 방구석에 있는 문을 손가락을 가리켰다. 커다란 창고 같아 보이는 곳이었다.

이누카이는 그 문으로 다가가 천천히 문을 열었다.

순간 입이 반쯤 벌어졌다.

다다미 여섯 장 크기* 공간. 아마 창고로 사용하는 듯 벽 선반에는 약병 여러 개가 놓여 있었다.

---

* 약 3평.

그리고 방 가득 검은 비닐봉투 더미가 쌓여 있었다. 열 꾸러미.

설마했는데 그중 한 꾸러미를 열어 보니 역시나 띠로 묶은 돈다발이 우르르 쏟아져 나왔다. 오사카 히가시 경찰서 체력단련실에서 봤던 현금 70억 엔을 떠올렸다. 물론 적확한 지폐 수를 셀 수는 없지만 그때 보았던 돈다발과 수량이 비슷해 보였다.

그런데 70억 엔이나 되는 돈을 비닐봉투에 넣어 두다니…….

무라모토는 대형자동차 면허가 있다. 어디선가 트럭을 구해 와 오사카에서 이곳까지 비닐봉투째로 옮겨 온 것이 틀림없다. 그 모습을 많은 사람이 목격했겠지만 설마 비닐봉투 속에 돈다발이 들어 있으리라고는 상상도 못 했으리라.

무심코 쓴웃음이 새어 나왔다.

무사히 빼돌린 70억 엔을 비닐봉투에 넣은 채 방치하는 모습에서 무라모토가 돈에 집착하지 않는다는 사실을 알 수 있었다. 무라모토에게 돈 따위는 부차적인 문제였다.

그렇다고 해도 금액은 확인해야겠지. 수사본부에 연락해서 금액을 확인할 인력 몇 명을 수배해 놓자.

모든 것이 이누카이의 예상대로였다. 단 하나를 제외하

고는.

정작 가장 중요한 무라모토와 마키노 아미의 모습이 어디에도 보이지 않았다. 아스카도 같은 생각을 했는지 당황한 모습으로 방을 두리번거리기 시작했다.

"형사님."

아스카가 불렀지만 개의치 않고 아야코에게 다가갔다.

아야코는 이누카이가 다가오자 다시 면목이 없다는 듯 눈을 내리깔았다.

"아야코 씨. 휴대폰 좀 보여 주시죠."

"저……."

"목적은 달성했죠. 이제는 상관없잖아요."

그 의미를 파악했는지 아야코는 순순히 휴대폰을 내밀었다.

문자함을 열어 보니 최근 발신 문자가 나타났다. 수신자는 '무라모토 선생님'.

—들켰습니다.

"짧고 분명한 경고군요. 언제 보냈습니까?"

"형사님들이 오셨을 때……."

"왜 이런 짓을 했습니까?"

"전부터 무라모토 선생님과 정해 놨어요. 만약 경찰이 우리 계획을 눈치채면 바로 연락하자고."

"무라모토는 아미 양을 데리고 간 것 같군요. 그것도 협의 내용 중 하나입니까?"

"천만에요! 연락하기로 한 건 도망치라는 게 아니라 마음의 준비를 해 두라는 의미였어요. 그, 그런데 이렇게 될 줄이야."

"정말이요?"

"믿어 주세요!"

아야코는 고개를 저으며 필사적으로 해명했다.

그런데 과연 진심일까, 연기일까? 잠시 아야코의 몸짓을 관찰했지만 슬프게도 이누카이는 짐작조차 할 수 없었다.

알 수 있는 사실은 사건이 아직 종결되지 않았고, 종결되기는커녕 예상 밖의 방향으로 흘러가고 있다는 것뿐이었다.

이누카이는 가나에와 아이들에게 돌아갔다.

"무라모토 선생님과 마키노 아미는 어디 갔니?"

기억장애 환자인 가나에는 곤혹스러운 듯 고개를 저을 뿐이었다.

유카에서 하루카, 시오리에서 유미코로 차례로 시선을 옮겼지만 하나같이 안타까운 듯 고개를 저었다.

"이대로 두면 무라모토 선생님은 이번에야말로 범죄자가 되고 말 거야. 그래도 괜찮니?"

그러자 기리가 입을 열었다.

"선생님은 범죄자가 아니에요. 여기에 와서도 줄곧 저희를 치료하는 데 전념하셨어요. 그분은 훌륭한 의사 선생님이에요. 제가 지금까지 만났던 의사 선생님 중 최고라고요."

"그럼 그 최고의 의사 선생님을 구할 수 있는 사람은 너희뿐이야. 두 사람은 어디로 갔니?"

"……몰라요."

기리는 힘없이 고개를 떨궜다.

"아까 선생님 휴대폰으로 문자가 왔는데…… 그걸 보자마자 선생님은 아미를 데리고 여기를 나갔어요."

"어디로 간다는 말은 없었고?"

"네. 저희에게는 '곧 어머니들이 데리러 올 테니까 얌전히 기다리고 있으렴'이라는 말만 남겼어요."

이 말의 진위 역시 이누카이는 분간할 수 없었다.

문자를 보낸 지 이미 30분이 넘었다. 차로 도주했다면 상당히 멀리까지 도망쳤을 터다.

긴급배치라는 네 글자가 머릿속에 떠올랐다.

이누카이는 휴대폰을 꺼내 아소에게 전화를 걸었다. 좋

은 소식과 나쁜 소식. 그 상사는 어느 소식을 먼저 듣고 싶어 할까.

아소는 첫 번째 신호음이 끝나기도 전에 전화를 받았다.

—아소다. 뭐 좀 알아냈어? 물론 희소식이겠지?

3

다음다음 날, 이누카이와 아스카는 아소 앞에 서 있었다.

"유괴됐던 쓰키시마 아야코를 비롯한 여섯 아이를 무사히 구출하고 70억 엔도 찾았다. 하지만 유괴 실행범인 무라모토가 아미를 데리고 도주 중이다. 이런 상황인가."

아소는 미간을 풀어주듯 손가락으로 문지르며 말했다. 다른 수사관들은 모두 외부로 나간 상태라 지금 형사실에는 아소와 이누카이와 아스카 셋만 있었다.

"진척이 있는 것 같지만 현실은 인질 한 명이 범인 손아귀에 있고 범인은 아직 잡지 못했어. 결국 상황은 원점으로 돌아갔을 뿐이야."

이누카이의 연락을 받은 아소는 즉시 수사 인력을 무라모토의 집으로 파견해 소녀들을 구출하고 돈을 회수했다. 70억 엔에는 손을 대지 않은 상태였다고 한다.

"하지만 실행범이 누군지 알아냈고……."

아스카가 변명이 섞인 말투로 말했다.

"그래도 행방이 묘연하다면 마찬가지야. 인질의 수도 빼앗긴 돈을 썼는지 안 썼는지도 상관없고. 만약 인질이 한 명이라도 살해되면 그 시점에서 우리가 진 거야. 젠장, 왜 자작극만으로 끝내지 않은 거야."

아소의 말이 이누카이와 아스카를 나무라는 것처럼 들렸다. 그 마음을 이해 못 하는 바는 아니다. 지금까지 '피리 부는 사나이'의 행동은 대담하고 몹시 계산적인 반면 잔학하거나 졸속하다고 느껴지지는 않았다. 왜인지 신사적으로 느껴져 인질 일곱 명을 곧바로 살해하지 않으리라는 근거 없는 안도감마저 느꼈다.

하지만 지금은 다르다.

정체를 들키자 70억 엔도 버릴 수밖에 없었다. 막다른 길에 몰린 범인이 어디로 튈지 예측할 수 없는 경우가 많다. 단 한 명의 인질을 어떻게 다룰지 앞으로 벌어질 일을 예측할 수 없었다.

"도대체 왜 하필이면 신체 건강한 마키노 아미를 데리고 갔지? 기억장애를 앓고 있는 쓰키시마 가나에를 데려가는 편이 더 다루기 쉽지 않나?"

"그 점에 관해서는 무라모토에게 동기가 있습니다."

아소의 초조한 마음을 진정시키듯 이누카이가 냉정한 말투로 말했다.

"무라모토의 딸도 자궁경부암 백신 피해자였습니다. 백신 부작용이 직접 사인은 아니지만 사지 기능 장애 탓에 육교 계단에서 굴러떨어져 뇌좌상으로 사망했습니다."

"하지만 백신이 원인이라고 결론이 난 건 아니잖아."

"그렇게 결론이 나지는 않았어도 무라모토가 그렇게 믿는다면 달라지는 건 없죠. 무라모토에게 백신 정기접종을 권장한 마키노 회장의 딸은 원수입니다. 그래서 그 아이를 비장의 카드로 선택했어요."

"잠깐."

아소는 오히려 당황했다.

"그럼 인질이 살해될 가능성이 전보다 크다는 말 아니야?"

내키지는 않지만 거짓을 말할 수는 없다. 이누카이는 "네, 맞습니다"라고 긍정했다. 아소는 매우 흉악한 얼굴로 입을 다물었다.

무라모토의 집에서 아이들과 돈을 발견한 이누카이는 그 자리에서 아소에게 긴급배치를 요청했다. 아소가 거절할 리 없다. 즉시 경시청 관내 관할서에 통보해 주요 도로 검문을 실시했다.

그러나 몇 분 늦었다.

무라모토는 자신의 차에 아미를 태운 채 도주해 수사본부의 수사망을 감쪽같이 빠져나간 뒤 행방을 감추고 말았다. 긴급배치를 실시하기 몇 분 전, 사이타마현 방향 국도에 설치된 차량번호 자동판독기로 무라모토의 차량을 찾아냈다. 야간이라서 차량 내부는 알아볼 수 없지만 차량 번호는 무라모토의 차와 일치했다. 그리고 해당 차량은 다음 날 정오 무렵 사이타마현 도코로자와시 외곽 골목에 버려진 채 발견됐는데 무라모토의 행방은 여전히 묘연했다. 당연히 아소뿐 아니라 수사본부의 무라세도 이를 악물었다.

인질 여섯 명을 구하고 돈을 회수했지만 사태는 아직 혼탁한 색을 지우지 못했다. 지금까지 피해자인 줄 알았던 아야코와 아이들을 모두 공모자로 간주해 지금은 경찰병원에서 감시하고 있다.

이들에게 무라모토의 은신처로 짐작 가는 곳이 없는지 물었지만, 애초에 이번 계획을 실행하기 위해 모였을 뿐인 사람들이기에 무라모토의 과거를 그렇게까지 자세하게 아는 사람은 아무도 없었다.

"아버지인 마키노 회장의 반응은 어떱니까?"

"반응이고 뭐고. 자기 딸만 무라모토에게 끌려갔다는 사실을 알고 완전히 미쳐 버리기 일보 직전 상태야. 수사본부에 난입해 무라세 관리관과 쓰무라 과장에게 욕을 퍼부었지."

그리 점잖았던 마키노 회장이 흐트러져서 무라세에게 달려드는 그림이라니 그것은 그것대로 흥미로운 광경이라고 생각했다.

"그런데…… 이런 말이 위로가 될지 모르겠지만 무라모토는 가나에 양과 아이들의 치료에 진심이었던 것 같습니다. 의원에서 압수한 자료와 치료기록이 자궁경부암 백신 부작용 치료에 활로를 열어줄 수 있을지도 모른다고 이야기하더라고요."

아스카의 말은 여전히 변명 같았지만, 수사본부 소속이 아닌 사람에게는 큰 위안이 되는 내용이었다.

자신의 딸이 자궁경부암 백신 부작용으로 고통받았던 기억이 강했던 이유도 있으리라. 무라모토는 가나에와 피해 소녀들의 기억장애, 운동장애에 대해 몇 가지 스테로이드를 집중 투여하면 효과가 있을 가능성을 언급했다. 부작용 치료법이 확립되지 않은 상황에서 일개 개업의가 제시한 새로운 가능성에 경찰병원 의사들은 감탄했다고 한다. 개중에는 무라모토를 체포해도 연구는 계속하게 해야 한다는 의견도 있다는 듯했다.

하지만 그런 말들은 벽에 부딪친 수사본부에게는 소음에 지나지 않았다.

"정말 위로도 뭣도 아니로군. 무라모토가 아무리 획기적인 치료법을 연구했다고 해도 그 손으로 마키노 아미를 죽일 수도 있어. 아니면 무라모토가 살인을 저지르지 않으리라는 확신이라도 있어?"

아소의 반론에 아스카는 입을 다물었다.

"만약 무라모토가 살인자가 되면 지금까지 행해온 치료, 앞으로 계속될 예정인 연구도 모두 봉인되겠지. 그게 손실이라고 생각하면 한시라도 빨리 그놈을 붙잡아."

그때 아소의 책상 위에 있던 유선전화가 울렸다.

"네, 아소…… 뭐라고?"

아소의 안색이 순식간에 변했다.

"사본도 상관없어. 지금 당장 가져와."

아소는 지긋지긋하다는 듯 수화기를 내려놓았다.

"방금 '피리 부는 사나이', 아니 무라모토가 네 번째 편지를 보냈어. 첫 번째, 두 번째와 마찬가지로 재경 TV 방송국과 3대 중앙지에도 똑같은 편지를 보냈다고 한다."

이윽고 몇 분도 지나지 않아 아소와 이누카이와 아스카가 있는 곳으로 편지가 배달됐다.

그것은 협박문이라기보다 고발문의 형태였다.

후생노동성은 지금 당장 자궁경부암 백신 접종을 중단하고, 제약회사 두 곳과 산부인과협회는 그 부작용의 책임 소재를 3월 28일부 요리우미, 아사히, 마이니치 각 신문사 조간에 발표하라. 요구를 들어 주지 않으면 마키노 회장 딸의 목숨은 없다.

내 딸은 백신 부작용 때문에 죽었다. 아니 내 딸뿐 아니라 백신 사태로 죽거나 장애를 앓게 된 소녀들이 전 세계에 몇천 명, 몇만 명 된다. 후생노동성, 제약회사들, 산부인과협회는 피해자들의 목소리가 전국에서 퍼져 나와도 아랑곳하지 않았다. 그들의 증상이 정신적인 문제나 꾀병이라며 입을 틀어막기에 급급했다. 그들은 의료관계자이면서도 정부 기관의 이익, 개인의 이익을 우선시한다. 소녀들의 미래와 생명보다 돈이 더 중요하다고 생각하는 망국의 무리다. 그들의 폭거를 두고만 본다면 이 나라에서 소녀 피해자들이 사라지지 않을 것이다. 이는 틀림없이 이 나라가 멸망하는 지름길이다. 감히 말한다. 앞서 나열한 세 집단은 이 나라의 미래를 무너뜨리려는 악당 집단이다.

거듭 말한다.

내가 원하는 것은 절대로 돈이나 보상이 아니다. 현재 공공연하게 벌어지는 범죄를 중단하고 사죄하는 것뿐이다.

하멜른의 피리 부는 사나이 무라모토 다카시

"이 자식, 드디어 동기를 밝히다 못해 본명까지 공개했어. 이제 아무것도 숨길 생각이 없다는 뜻인가?"

아소는 편지 사본을 책상 위에 내던졌다. 경시청과 수사본부를 비웃던 범인의 편지이니 수사를 전담하는 책임자로서의 심정은 이해하고도 남았다.

하지만 한편으로 이누카이는 고발문에 담긴 무라모토의 억울한 심정과 분노도 이해할 수 있었다.

딸을 둔 아버지로서 만약 자신이 무라모토의 입장이었다면 과연 관련 부처와 기업을 원망하지 않을 수 있었을까? 만약 경찰을 따돌릴 계획이 있고 협조자를 구했다면 범죄의 유혹을 떨쳐 버릴 수 있었을까?

"무슨 일이야, 이누카이."

잡념은 아소의 목소리에 순식간에 사라졌다.

"아무것도 아닙니다. 그런데 무라모토의 요구를 당사자들에게 전하는 것도 하나의 해결책이 아닐까 싶어요."

"일단 안 될 거야."

아소는 일언지하에 부정했다.

"물론 수사본부는 후생노동성의 책임 부서와 제약회사들, 그리고 산부인과협회에 이 편지 내용을 전할 거야. 인명을 생각해 협조도 요청할 거고. 하지만 과연 그놈들이 무라모토의 요구를 들어줄 것 같아?"

아소는 분노를 숨기지 않았다. 그 분노는 무라모토와 제약업계를 모두를 향한 듯했다.

"약해 에이즈 사건 때를 기억해? 그 인간들은 피해자 단체가 아무리 눈물을 흘려도, 아무리 대화를 요구해도, 아무리 시위를 반복해도 사법부의 판단이 내려질 때까지 철저히 무시했다. 이번에도 마찬가지야. 설사 마키노 회장 휘하의 산부인과협회가 우리 제안에 귀를 기울인다고 해도 후생노동성과 제약회사가 묵살하려고 할 게 분명해."

이누카이는 반박하지 않았다.

"무라모토의 생활 기록을 쫓아. 도주하는 인간이 생판 모르는 장소를 선택할 확률은 낮다. 반드시 지리를 잘 아는 곳을 선택할 거야. 오사카는 말할 것도 없고 놈이 유소년기를 보낸 곳부터 현재 주소지까지 이 잡듯 샅샅이 뒤진다."

하긴 지금은 그것이 가장 유효한 방법이리라. 하지만 기한인 28일이라고 해봤자 내일모레다. 이틀도 채 남지 않은 상황에서 이 잡듯 뒤진다고 해도 수사 인력을 효율적으로 활용하지 않으면 시간 낭비에 지나지 않는다. 그런 생각을 하는데 책상 위 전화가 다시 울렸다.

"또 뭐야."

초조함을 숨기지 않으며 수화기를 든 아소는 갑자기 눈을 부릅떴다.

"언제……. 바로 지금이라고?"

말하기가 무섭게 아소는 형사실 TV를 켰다. 화면에는 뉴스 프로그램 '애프터 눈 JAPAN' 캐스터의 얼굴과 방금 본 고발문이 있었다.

— 이처럼 무라모토 다카시라고 밝힌 범인은 후생노동성, 제약회사 두 곳, 산부인과협회에 요구했습니다. 문제는 편지 내용처럼 범인이 원하는 것이 금전이 아니라는 점입니다. 범인이 지정한 날까지 앞으로 이틀, 각 단체의 대응에 시선이 집중되고 있습니다.

"데이토 TV가 해줬네."

아소가 빙긋 웃었다.

"범인의 요구가 백신 정기접종 중단과 사죄라면 이를 공개하지 않는 것이 인질의 생명과 관련된다고 보고 보도 협정을 깬 것 같아."

"그런 짓을 하면 기자 클럽에서 쫓겨나지 않아요? 데이토 TV는 분명 살인자 잭 사건 때도 부정 보도를 했잖아요."

아스카가 쭈뼛쭈뼛 의혹을 제기했지만 이누카이가 곧바로 그 말을 부정했다.

"데이토 TV만 폭주했다면 그런 시선으로도 볼 수 있지만, 이번만은 보도하는 것이 언론의 정의야. 백신을 둘러싼 유착구조를 건드리는 계기도 되지. 아마 다른 민간 방송국과 3대 중앙지도 우르르 뒤를 따를 거야."

"그렇겠지. 이제 제약업계를 협상 테이블에 앉힐 수 있어. 그것도 밀실 담합 같은 협상이 아니야. 어떻게 나오는지 언론과 온 국민이 주시하고 있어. 후생노동성은 차치하고라도 영리단체인 제약회사와 산부인과협회는 소비자와 환자를 생각하면 무라모토의 요구를 절대로 무시할 수 없겠지."

두 손을 비비는 아소를 바라보며 이누카이는 다른 생각을 했다.

확실히 기업과 협회는 어려운 결단을 하도록 궁지에 몰릴 테다. 하지만 업계를 좌지우지하는 후생노동성은 다르다.

관료는 자신의 실수를 절대 인정하려고 하지 않는다. 인정하는 순간 그 실수가 관료 인생 내내 꼬리표처럼 따라다니며 스스로의 목을 계속 조르기 때문이다. 그리고 책임 회피는 관료의 주특기다. 추궁에서 도망치고, 책임에서 도망치고, 인륜에서 도망친다. 그런 머저리들이 이 사태를 그저 손가락 빨며 보고 있을 리가 없다. 분명 내각 관방 같은 기관을 개입시켜 수사본부를 압박하려 들리라.

"무라세 관리관이 중재자를 맡을 거야. 제약업계의 반응에 따라 기한이 연장될 가능성도 있어. 우리는 그사이에 무라모토를 포위한다. 둘은 가봐."

그것이 신호였다.

이누카이와 아스카는 형사실을 뛰어나갔다. 흡사 들에 풀어 놓는 사냥개 같았는데, 이럴 때면 자신의 이름이 지긋지긋하다는 생각이 들었다.

"이누카이 형사님, 어디부터 갈 생각이세요?"

"다시 한번 무라모토의 집으로 간다."

"하지만 감식반이 이미 샅샅이 뒤졌잖아요."

"그래도 단서가 남아 있다면 바로 거기야."

이누카이는 뒤도 돌아보지 않고 대답했다. 아스카가 뒤

따라오든 오지 않든 상관없었다.

"기억해? 무라모토는 우리가 쓰키시마 모녀의 집에서 무라모토의 집으로 향하는 도중에 쓰키시마 아야코가 보낸 문자를 보고 도주했어. 옷만 입은 상태로 손에 집히는 최소한의 짐밖에 챙길 수 없었을 거야. 어디로 도망가든 증거를 인멸할 시간은 없었지. 은신처가 지금까지의 생활과 관련 있는 장소라면 그 흔적이 집에 남아 있을 확률이 높아. 사진, 지인에게 받은 편지, 기념품, 그러한 물건들의 출처를 하나하나 파헤칠 거야."

말하면서도 점점 자신감이 흔들렸다.

집 안에 추억의 물건이 남아 있으리라는 것은 짐작할 수 있다. 하지만 그 출처 어딘가에 무라모토가 있다고는 단언할 수 없다.

그러자 이누카이의 불안을 꿰뚫어 본 듯 아스카가 말을 걸었다.

"그거 반쯤 감이죠?"

"맞아. 확증이 있다면 지금쯤 경찰들을 보냈겠지."

"저도 감으로 말씀드려도 됩니까?"

"말해."

"쓰키시마 아야코는 아직 거짓말을 하고 있어요."

걸음이 저절로 멈췄다.

“……그게 무슨 말이야?”

“방금 말했듯 감이라서 근거는 없어요. 하지만 쓰키시마 아야코가 전부 고백한 듯 보였을 때, 저는 여전히 무언가 숨기고 있다는 느낌을 받았어요. 뭐랄까……가장 중요한 사실을 숨기려고 나머지 사실들을 떠들어 대는 느낌? 그런 느낌이었어요.”

이누카이는 아스카의 얼굴을 물끄러미 응시했다. 이번 수사로 팀을 이룬 뒤로 처음 보는 얼굴이었다.

파트너를 믿고 불확실한 것도, 자신의 실책이 될지도 모르는 것도 전하려는 눈빛.

이누카이는 여자의 거짓말을 꿰뚫어 볼 수 없다. 그러나 같은 여자인 아스카라면 아야코의 거짓말을 꿰뚫어 볼 수 있을지 모른다.

감쪽같은 거짓말이란 90퍼센트의 진실에 10퍼센트의 거짓을 섞은 것이다. 아스카의 지적은 수긍이 가는 부분이 있었다.

알았어, 라고만 대답한 이누카이는 다시 뛰기 시작했다. 아야코가 무엇을 숨기든 처음부터 그럴 속셈이었다면 억지로 물어봤자 자백하지 않을 것이다.

그렇다면 자신들이 파헤치면 그만이다.

무라모토의 의원 근처에는 아직 경찰 두 명이 붙어 있었다. 설마 무라모토가 간 크게 돌아올 리는 없겠지만 만약의 만약을 위한 조치였다.

안쪽 별채는 여전히 잠겨 있지 않았다. 이누카이와 아스카는 서둘러 안으로 들어가 우선 바로 앞에 있는 무라모토의 방을 살폈다.

책상에 있던 컴퓨터는 이미 압수되어 그 부분만 먼지가 쌓이지 않은 상태였다.

“그러고 보니 컴퓨터 내용물 해석은 끝났나요?”

“여기는 무라모토만 살아서 딱히 비밀번호 설정도 안 되어 있었어. 쉽게 열어볼 수 있었다는군.”

“거기에 가족사진은 없었어요?”

“없었어.”

이누카이는 책상을 샅샅이 뒤지며 말했다.

“감식 말로는 컴퓨터에 자궁경부암 백신 부작용에 관한 여섯 아이의 치료기록과 쓰키시마 아야코와의 연락 내용 정도만 남아 있고, 무라모토나 그 가족과 관련된 개인적인 내용은 찾을 수 없었다고 해. 일반 환자의 진료기록은 병원 컴퓨터에 저장되어 있으니까 여기 있던 컴퓨터는 오로지 개인용이었겠지."

그리고 지금, 여섯 아이의 치료기록은 경찰병원을 통해 대학병원으로 넘겼다. 무라모토가 남긴 연구 기록을 중심으로 치료법 개발이 활발하게 진행되고 있는데, 역시 무라모토의 합류를 바라는 현장 의사들의 목소리가 크다고 한다.

"사건이 해결된 뒤 무라모토가 다시 치료법 개발에 참여할 수는 없을까요?"

"어렵겠지. 자작극으로 끝났으면 모르겠지만 지금은 분명한 유괴인 데다 인질의 아버지는 마키노 회장이야. 수사본부에서 무라모토에게 자유로운 활동을 허락하지 않을 테고, 마키노 회장도 사회적 보복을 포함해 유형무형의 압력을 가할 거야."

"그런다고 누가 행복해지겠어요?"

아스카의 목소리가 조금 날카로워졌다.

"형사님, 그거 아세요?"

"뭘?"

"사건 해결을 늦추는 편이 낫다는 거요."

역시 그 말을 꺼내는군.

아스카라면 그렇게 생각하리라 예상했다.

"이대로 무라모토가 체포되지 않은 채 기한인 28일이 되면 인명 존중 관점에서 후생노동성과 제약회사는 무라모토의 요구를 받아들일 수밖에 없어요. 언론이 공개한 지금, 자궁경부암 백신에 부작용 문제가 있다는 건 공공연한 사실이 됐죠. 나라에서도 피해자 구제에 나설 테고, 지금까지 피해 가족을 문전박대한 제약회사도 협상 테이블에 앉을 거예요. 그러면 전국에서 백신 사태로 고통받은 환자들에게 구원의 길이 열릴 겁니다."

"그래서 수사를 멈추라는 말인가?"

이누카이가 나직이 내뱉었다. 일부러 꾹꾹 눌러 참는 말투로 말했지만 아스카는 절박한 얼굴이었다.

"후생노동성과 제약회사가 요구를 들어줄 수밖에 없을 거라는 둥 국가가 피해자를 구제하려 나설 거라는 둥, 네 말은 전부 낙관론뿐이잖아. 기한이 다가와도 후생노동성과 제약회사는 계속 모른 체할 수도 있고, 나라에서 피해자들을 구제할 거라는 확증 따위는 어디에도 없어. 알겠어? 국가나 관료 같은 건 정부 기관의 이익을 가장 우선시하고 자신들의 입장을 위태롭게 할 일에는 한 발짝도 가까이 가려 하지 않아. 아마 무라모토가 요구를 발표한 시점에 수상 관저를 통해 수사본부에 압력을 가하고, 국민의 비판을 피해 가는 방안을 논의하기 시작했을 거야."

"그거야말로 비관론이잖아요."

"이런 종류의 이야기는 최악의 사태를 가정하는 게 딱 좋아. 무엇보다 국가와 제약회사가 진정으로 환자들을 생각한다면 쓰키시마 아야코의 딸과 다른 아이들이 겪는 비극은 진작 해결됐겠지."

"그래도."

"넌 가장 잊어서는 안 되는 사실을 잊고 있어. 법은 사람을 행복하게 하려고 존재하는 게 아니야. 그리고 우리 형사들도 사람을 행복하게 하려고 존재하는 게 아니지. 범행을 미연에 방지한다. 범인을 체포한다. 형사의 일은 거기까지야. 내 말이 틀려?"

아스카는 분한 듯 입을 다물었다. 하지만 이누카이는 그쯤에서 끝내지 않을 작정이었다.

"최악의 경우, 자신의 요구를 들어주지 않아 분노한 무라모토가 우발적으로 마키노 아미를 죽일 가능성도 있어. 넌 그 가능성은 고의로 언급하지 않을 뿐이지."

"무라모토가 과연 그런 행동을 할까요?"

"딸의 복수라면, 좋은 아버지일수록 잔인하고 가차 없어질 수 있어. 애정이 깊을수록 상황이 뒤바뀌었을 때의 증오는 헤아릴 수 없지."

왜냐면 자신이 그러니까, 라는 말은 하지 않았다. 무라모토와 비슷한 처지니까 그 마음을 이해한다는 따위의 말을 하면 어설프게 동정받을지도 모른다.

한동안 서랍 속을 뒤지는데 손끝에 딱딱한 종잇조각이 닿았다. 꺼내 보니 사진 몇 장이었다.

이누카이는 사진을 책상에 늘어놓았다.

아마 무라모토의 아내인 듯했다. 앞머리를 내린 산모가 아이를 품에 안고 웃고 있었다. 무라모토의 이야기에 따르면 아내는 출산한 지 얼마 지나지 않아 숨을 거두었다고 했다.

두 번째 사진은 유치원 입원식 사진이었다. 유치원 정문 앞에서 눈이 부시게 웃는 여자아이가 정면을 바라보며 손가락으로 브이를 그리고 있었다. 사진에 비죽 솟아 있는 그림자는 촬영자의 것이리라.

세 번째 사진. 초등학생 또래 여자아이와 무라모토가 롤러코스터를 배경으로 찍은 사진이었다. 셀프 카메라인지 무라모토의 얼굴만 프레임에서 조금 벗어나 있었다.

사진을 보다가 가슴에 통증을 느꼈다. 쿡쿡 쑤시는 듯한 통증이 아니라 주변을 옥죄는 듯한 애달픈 통증이었다. 이누카이는 사야카와 이런 사진을 찍은 기억이 없다. 초등학생 시절에는 수사 때문에 늘 바빴고 겨우 여유가 생겼다 싶던 무렵에는 이미 별거하고 있었다. 추억 하나, 사진 한 장도 남기지 못해 놓고 무슨 아버지라고 떠드는지 자학감마저 들었다.

네 번째 사진은 동아리 활동 중이나 시합 중에 찍은 사진인 듯했다. 중학생 즈음 되는 소녀가 테니스 라켓을 쥐고 코트를 누비고 있었다. 피사체가 흔들린 점에서 생동감이 느껴졌다.

초점이 맞지 않은 사진이지만 그 사진을 간직하고 있던 무라모토의 심정에 공감이 갔다. 사진이 선명한지 그렇지 않은지는 관계없다. 그저 우리 아이의 생명력 넘치는 건강한 모습을 담아두고 싶어 셔터를 눌렀을 테다.

사진은 그것으로 끝이었다.

이후 무라모토의 딸은 백신 부작용이 나타난 몸으로 무리해서 등교했던 어느 날, 육교 계단에서 굴러떨어졌다. 투병 중 모습을 사진으로 남기지 않은 점도 무라모토의 마음을 생각하면 당연한 일이라고 느꼈다.

그때 이누카이의 머릿속에 섬광이 번쩍였다.

왜 그 점을 눈치채지 못했을까. 이누카이는 스스로를 욕하고 싶어졌다.

"여기에는 더 이상 나올 게 없어!"

이누카이가 갑자기 크게 소리쳤다.

"네?"

"이 사진만으로는 전혀 단서가 되지 않아. 서랍에 들어 있던 서류는 아무런 쓸모없고. 다시 본부로 돌아가 컴퓨터를 조사해 보자. 감식이 뭔가 놓친 게 있을 거야."

"하지만."

"서둘러. 뭉그적거리면 두고 간다."

이누카이는 그렇게 통보하자마자 무라모토의 방을 나갔다. 그러고는 별채를 나서는 순간 현관 옆으로 흘끗 시선을 던졌다.

틀림없다.

이누카이는 짐작을 확신으로 바꾸며 아스카와 함께 스바루 임프레자에 탔다.

아직 상황을 이해하지 못한 듯 보이는 아스카를 향해 이누카이가 말했다.

"확실히 여자의 직감이란 무섭군."

"네?"

"하지만 나도 남자의 거짓말은 꽤 간파한다고."

4

그날 새벽 1시가 넘은 시간.

보초를 서던 경찰도 돌아가 인기척이 느껴지지 않는 무라모토의 별채는 쥐죽은 듯 고요했다. 며칠 전까지만 해도 소녀 일곱 명이 지내던 병실도 지금은 움직이는 것 하나 없이 적막에 잠겨 있었다.

불현듯 소리가 났다.

고양이나 쥐가 아니다. 하지만 분명한 의사를 지닌 생물이 이동하는 기척이 느껴졌다.

70억 엔이 아무렇게나 놓여 있던 창고. 그 창고의 반자널*이 갑자기 안쪽으로 빠졌다. 어둠 속, 반자널이 빠진 곳에서 불빛이 새어 나왔다. 다락방에서 나오는 빛이었다.

이윽고 다락방에서 슬금슬금 숨겨놓은 사다리가 내려왔다. 아마 붙박이로 설치된 사다리이리라. 나무로 만든 발판은 튼튼해 보였다. 마룻바닥까지 내리니 길이도 딱 맞았다.

그리고 사다리를 타고 한 사람이 천천히 내려왔다. 병실은 칠흑같이 어두운데도 매우 익숙한 듯 천장에서 새어 나오는 불빛에만 의지해 걷기 시작했다.

"드디어 나왔군요."

그 사람이 목소리에 반응하자마자 병실의 전등을 켰다.

눈부신 불빛 아래서 그 사람은 앗 하고 짧게 소리냈다.

전등 스위치를 켠 이누카이는 그 사람이 무라모토라는 사실을 확인했다. 옆에 있던 아스카도 확인한 듯했다.

"당신의 차가 사이타마현 도코로자와시에서 발견된 건 페이크였습니다. 쓰키시마 아야코의 문자를 받자마자 곧바로 소녀 다섯 명의 보호자 중 누군가와 연락했죠. 그리고 그 인물이 차를 운전해 가서 도중에 차를 버렸습니다. 그러면 당신이 병원에 몸을 숨기고 있으리라고는 아무도 생각하지 못할 테니까 말입니다."

---

* 지붕 밑이나 위층 바닥 밑을 편평하게 만드는 판자.

눈이 조명에 익숙해졌는지 무라모토는 뜻밖이라는 듯 이누카이를 바라봤다.

"여기 있는 걸 어떻게 알았냐는 얼굴이네요. 어처구니없을 정도로 간단한 이야기입니다. 현관 옆에 있는 전기계량기를 봤더니 아주 느리기는 하나 조금 움직였거든요. 전원을 대부분 내렸는데도 전기계량기가 돌아가는 건 이 건물에 누군가 생활하고 있다는 증거죠. 아무리 그래도 다락방의 존재는 알아채지 못했지만요."

무라모토가 여전히 별채 어딘가에 숨어 있다는 사실을 눈치챈 이누카이는 일부러 들으란 듯이 큰 소리로 이곳에는 아무것도 없다고 말했다. 무라모토가 그 목소리를 듣고 방심하게 만들려는 의도였다.

"마키노 아미도 그 다락방에 있습니까?"

이누카이가 한걸음 내디딘 바로 그때였다.

무라모토가 원숭이처럼 날쌔게 사다리를 뛰어올라갔다.

이누카이와 아스카가 그 뒤를 쫓았다.

사다리를 올라가자 천장이 낮은 대신 넓은 공간이 나왔다. 어림잡아 다다미 서른 장* 정도 크기. 천장에는 다운 라

* 약 15평.

이트*가 총 열두 개 설치되어 있어 불빛은 충분했다. 단순한 창고가 아니라 훌륭한 주거 공간이었다.

아무런 근거는 없지만 무라모토의 딸이 개인적으로 사용했던 공간인 듯하다는 생각이 들었다. 물론 아래층에 제대로 된 공부방도 있었겠지만 이 비밀스러운 장소는 분명 그녀의 아지트 역할을 했을 것이다. 그 증거로 벽지는 여자아이들이 좋아할 만한 무늬였다.

방 한구석에는 침구와 일회용 도시락 용기가 있었다. 자세히 보니 며칠 분의 식량을 비축해 둔 듯했다.

한가운데에 무라모토와 소녀가 서 있었다. 직접 만나는 것은 처음이지만 사진으로는 확인한 적 있는 얼굴이었다. 마키노 아미였다.

"가까이 오지 마."

무라모토는 아미의 뒤에서 한 팔로 그녀를 끌어안고 한 손에는 칼을 들고 있었다.

"가까이 오면 이 아이를 찌르겠다."

아미는 괴로운 표정으로 고개를 젖혔다.

"비켜! 난 이 애를 데리고 집을 나가겠다."

---

* 천장에 구멍을 뚫고 그 속에 광원을 매립하는 조명기구.

"안됩니다. 그 칼을 두고 아미 양을 놔 주시죠."

"앞으로 하루면 된다. 기한인 28일까지 나를 내버려 둬. 28일 조간에 제약회사와 산부인과협회의 사죄 내용이 실리면 경찰에 자진 출두하겠다."

"무라모토 씨의 심정을 모르는 바는 아닙니다. 하지만 경찰인 저로서 그런 요구는 들어줄 수 없습니다. 미성년자의 약취, 유인죄로 체포하겠습니다."

"이런 상황에서 그게 가능할 것 같나? 인질이 있다고!"

무라모토가 손에 쥔 칼이 아미의 목덜미에 닿았다.

처음 만났을 때의 인상대로 무라모토는 이러한 상황에서도 고지식했다. 너무 고지식해서 유괴범이지만 악랄함 따위는 털끝만큼도 느껴지지 않았다.

"뻔한 연극은 그쯤 하시죠."

"뭐라고?"

"무라모토 씨는 그 아이를 헤치지 못합니다."

"웃기지 마. 내가 마키노 회장을 얼마나 증오하는지 알잖아."

"조금 전까지만 해도 저도 그렇게 의심했습니다. 그런데 서랍에 들어 있는 따님의 사진을 보고는 생각이 바뀌었어요."

이누카이는 어깨 힘을 뺐다. 지금부터 하는 말은 형사로서 하는 말이 아니다. 같은 처지의 아버지로서 하는 말이다.

"무라모토 씨가 찍은 미사키 양의 사진은 하나같이 아버지의 마음이 담겨 있었습니다. 하루가 다르게 자라는 딸을 사랑스럽게 지켜보며 조금은 서운해하는 아버지의 마음이요. 온 세상을 적으로 돌리더라도 자기 자식을 지키고 싶어 하는 게 아버지의 마음이죠. 그런 당신이니 다른 사람의 딸이라도 어린 생명을 함부로 할 수는 없을 겁니다."

무라모토의 얼굴에 주저하는 기색이 나타났다.

틈이 생겼다. 그렇게 생각한 순간이었다.

칼을 댄 목덜미에서 피가 한 줄기 흘러내렸다.

아스카가 짧은 비명을 질렀다.

"아미 양!"

"움직이지 마!!!"

무라모토의 노성에 이누카이와 아스카는 걸음을 멈췄다.

"이 이상 다가오면 이 계집애는 과다출혈로 죽을 거다. 어떻게 하면 효율적으로 많은 피를 흘릴 수 있는지, 내가 모를 것 같아?"

두 사람은 무라모토의 협박대로 두세 걸음 뒤로 물러섰다.

"나는 진심이야. 내가 지난번에 한 요구를 들어주지 않으면 이 계집애를 산제물로 제단에 바치겠다. 바치는 대상이 신이든 악마든 상관없어!"

"제발."

아미가 처음으로 입을 열었다.

"살려 주세요……."

"자, 어서 내 집에서 나가시지. 이 별채에는 CCTV가 몇 군데 설치되어 있어. 앞으로 이 집에 한 명이라도 얼씬거리면 이 칼로 가차 없이 이 애의 경동맥을 잘라 버리겠어."

"알겠습니다. 저희는 여기서 나가죠. 제발 선부른 행동은 하지 마세요."

"빨리 나가!!!"

이누카이는 한 손을 내밀며 무라모토를 견제하면서 천천히 뒷걸음질쳐서 입구로 다가갔다. 아스카와 함께 무라모토와 몸싸움을 벌이는 선택지도 있지만 본인의 심리상태와 아미의 안전을 고려하면 좋은 방법이라고 하기 어려웠다.

아스카와 아래층으로 내려가자 기다렸다는 듯이 사다리를 올렸다. 마지막으로 반자널을 원래 자리에 끼우니 그곳에 방이 있다고는 상상도 할 수 없을 정도로 감쪽같았다.

이누카이는 현관으로 향하는 사이에도 천장 근처를 살폈

다. 무라모토의 말대로 현관에 도착하기까지 CCTV 두 대를 발견했다. 별채 전체로 따지면 더 설치되어 있으리라.

의원 부지를 벗어나자 정해진 장소에 아소가 대기하고 있었다.

"있었어?"

별채에서 무라모토의 존재를 눈치챈 뒤 이누카이는 아소 반 소속 인력과 경찰 수십 명을 동원해 다시 방문했다. 말할 것도 없이 최악의 상황에는 강제 진압을 고려할 수도 있기 때문이었다. 따라서 현재 의원은 완전히 포위된 상태였다.

"다락방에 숨어 있습니다. 인질은 무사하고요."

"좋아."

"하지만 보기 좋게 쫓겨났어요. 면목이 없습니다."

"젠장! 그래서 요구가 뭐야?"

"전에 통보한 내용 그대로입니다. 분명 약속한 기한이 다가올 때까지 농성할 셈이겠죠. 식량도 며칠 분 남아 있었습니다."

"놈의 무기는?"

"겉보기에는 칼만 있었습니다."

"진입로는?"

“다락방에 채광창이 딱 하나 있고, 나머지는 아래층으로 통하는 수납식 사다리뿐입니다.”

으으. 아소는 개처럼 으르렁거렸다.

“인질도 있고, 식량도 있고. 아무래도 수사1과나 특수반만으로는 해결할 수 없을 것 같군.”

“반장님.”

“너라면 이미 짐작했을 거야. 무라세 관리관은 상황에 따라 SAT(경시청 특수급습부대)를 파견하겠다고 말했어. 분명 위에서 지시한 걸 거야. 강제 진압을 해서라도 인질범이 통보한 기한 전에 사건을 끝내겠다는 각오야.”

“하지만 지금 강제 진압을 했다가는 오히려 인질이 위험해질 수 있습니다.”

“그렇게 자세한 사정을 보고했지만 아마 결론은 바뀌지 않을 거야. 인질을 안전히 구하는 걸 최우선으로 하면서 신속하게 해결하라, 는 분부다.”

아소가 입꼬리를 축 내리고 경찰 차량으로 향했다. 그 뒷모습은 꾸중을 들을 것을 잘 알면서도 교무실로 향하는 아이 같았다.

“관리관은 도대체 무슨 생각일까요?”

옆에서 듣고 있던 아스카가 이누카이에게 따졌다. 따질

상대가 틀렸다는 사실을 알지만 그러지 않고서는 견딜 수 없는 듯했다.

옛날 어느 위정자는 인명은 지구보다도 무겁다고 했다. 하지만 그마저도 정치적인 고려를 호도하려는 궤변에 불과했다.

사람의 목숨보다 무거운 것 따위 현실에 얼마든지 존재한다. 아니, 종교나 정치에서 그것은 먼지만 한 가치도 없지 않은가. 이 나라도 그렇다. 정부 기관의 이익과 기득권을 지키기 위해서라면 자신과 자신의 가족 외에 다른 사람의 목숨 따위 길바닥의 돌멩이처럼 여기는 인간이 썩어날 정도로 많다. 그렇지 않고서는 약물 때문에 발생하는 피해 문제가 몇 번이고 되풀이되는 현실을 설명할 수 없다.

"관리관뿐 아니라 건물 위층에 자리를 차지하고 앉아 있는 인간들의 생각이란 늘 똑같아. 새삼스럽게 내 입으로 다시 설명해야 해?"

아스카가 분한 듯 입을 꾹 다물었다. 더는 무슨 말을 해도 푸념밖에 되지 않는다는 사실을 아는 탓이다.

그래도 이누카이는 머리를 짜냈다. 어떻게든 강제 진압을 피할 방법이 없을까. 피할 수 없다면 피해를 최소한으로 끝낼 방법은 없을까.

그리고 무엇보다 무라모토를 상처 없이 체포하고 아미를 무사히 구출할 방법은 없을까.

무라모토는 거짓말을 하나 더 하고 있다. 그 거짓말을 효과적으로 파헤치면 얌전히 투항할지도 모른다. 그런데 그러려면 어떤 준비를 해야 좋을까…….

그런데 생각은 도중에 끊겼다.

"……저 새끼!"

아소가 분노를 감추지 못하며 돌아왔다.

"도대체 무슨 생각이야, 진짜!"

신기하게도 아스카와 같은 말이 튀어나왔다.

"무슨 일이세요?"

"무라모토 자식, 데이토 TV를 비롯한 재경 TV 방송국에 자기가 병원에서 인질극을 벌이고 있다는 걸 전화로 알렸어!"

"뭐라고요?"

이번에는 이누카이와 아스카가 동시에 외쳤다.

"그게 다가 아냐. 28일에 신문을 통해 사죄하기로 한 계획을 뒤엎고, 제약회사와 산부인과협회더러 아침 방송에서 사죄 회견을 열라고 요구했어. 자기과시를 하려는 목적인지, 아니면 강제 진압을 막으려는 방책인지. 어느 쪽이든 역효과야, 멍청한 자식!"

아소는 주먹으로 자신의 한쪽 손바닥을 쳤다.

"그런다고 후생노동성과 경찰이 겁낼 줄 아나? 결국 SAT 소집을 앞당겼을 뿐이라고."

"그럼."

"그래. 경시청 경비 제1과에서 선발된 대원 스무 명이 여기로 긴급 출동하고 있어."

이누카이는 황급히 손목시계를 확인했다. 현재 시각 오전 2시 12분. 아침 첫 뉴스에 맞추려면 앞으로 다섯 시간도 남지 않았다. 마키노 회장은 둘째치고 두 제약회사를 설득해 테이블에 앉히는 일은 시간상 거의 불가능하다. 달리 말하면 다섯 시간이 채 남지 않은 시간 동안 강제 진압을 한다는 의미다.

"물론, 그게 다가 아니야."

아소는 진심으로 지긋지긋한 듯했다.

"무라모토의 연락을 받은 TV 방송국 제작진들이 현장으로 우르르 몰려오는 중이야. 어쩌면 SAT보다 먼저 도착할지도 몰라."

하이에나는 늑대보다 발이 빠르다는 것인가.

언론이 주목하는 가운데 벌어지는 강제 진압이라. 자칫

하면 무라모토의 급소를 관통하는 총성이 마이크에 포착될 수도 있다. 또는 빗나간 탄환에 맞은 아미의 사체가 카메라에 찍힐 수도 있다.

말도 안 된다! 이누카이는 다시 깊은 생각에 잠겼다.

결국 간발의 차로 SAT가 각 방송국 보도진보다 먼저 도착했다. 탐조등 몇 대로 비춘 별채가 어둠 속에 떠올랐다.

현장에서 대기하던 수사관들에게 통보된 작전은 지극히 단순했으나 곰곰이 생각하니 가장 효과적인 방법이라는 생각이 들었다.

협상자가 별채 밖에서 무라모토를 몇 번 불러 주의를 돌리는 사이에 SAT 대원이 아래층과 지붕으로 잠복해 들어간다. 잠복할 때 CCTV는 당연히 무력화해 둔다.

적당한 기회를 노려 채광창으로 섬광탄을 발사해 무라모토가 무력해진 틈을 타 체포한다. 그리고 무라모토를 체포하기 직전에 인질은 가능한 한 떨어뜨린다.

작전의 전모를 알게 된 이누카이는 이 자리에 마키노 회장을 데리고 오고 싶다는 충동을 느꼈다. 인질 구출보다 범인의 체포에 중점을 둔 작전이 플랜 A라는 이야기를 들으면 도대체 어떤 얼굴을 할까.

플랜 B는 더욱 단순했다. 무라모토가 순순히 항복하지 않고 흉기를 사용할 기미가 보이면 즉시 사살한다.

마치 어린아이가 세운 작전 같지만 단순할수록 성공률이 높다는 말로 끝이었다. 아소를 비롯한 수사관들은 마지못해 고개를 끄덕이는 얼굴이었다.

그런데 이때 이누카이가 소리쳤다.

"협상은 제가 맡겠습니다!"

SAT 대장과 아소가 이누카이를 쳐다봤다.

"무라모토와 저는 안면이 있습니다. 생판 모르는 수사관이 상대하는 것보다 경계심이 덜할 겁니다."

두 사람은 서로 얼굴을 마주보더니 마뜩잖게 고개를 끄덕였다.

작전 개시는 3시 정각이었다. SAT와 경찰들이 이미 병원 주변을 포위했고, 그 주변을 보도진이 둘러쌌다.

—방금 전 오전 2시 50분, 세상을 떠들썩하게 했던 용의자 '하멜른의 피리 부는 사나이' 무라모토 다카시가 자택 겸 의원에서 인질 소녀를 데리고 인질극을 벌이고 있습니다. 수사본부는 무라모토 다카시와 접촉을 시도하고 있으며…….

—소녀 일곱 명을 유괴한, 범죄사상 유례를 찾아볼 수 없는 '하멜른의 피리 부는 사나이' 사건은 용의자 중 한 명인 의사 무라모토 다카시가 폭주하면서 최종국면을 맞이했습니다. 인질이 된 소녀의 안위가 궁금한데, 수사본부는 도대체 어떤 작전을 세웠을까요?

—자……, 제가 서 있는 곳에서 용의자의 자택이 한눈에 보입니다. 안쪽에 있는 별채에 용의자가 있습니다. 경찰과의 대치가 시작된 지 이미 두 시간이 지나고 있어…….

이만큼이나 떨어져 있어도 리포터들의 흥분된 목소리가 들렸다. 이런 시간에 분명 주변 이웃들에게 폐가 되리라.

"아무튼 상대를 자극하지 마."

SAT 대장이 신신당부했다.

"상대가 이야기에 정신이 팔리기만 하면 충분하다. 선불리 협상하려고 들지 마."

"알겠습니다."

짤막하게 대답한 이누카이는 휴대폰 화면을 터치했다. 아야코의 휴대폰에서 무라모토의 전화번호를 알아 둔 상태였다.

네 번째 신호음에 무라모토가 전화를 받았다. 이누카이는 아소와 경찰들을 벗어나 의원으로 향하며 말했다.

"무라모토 다카시. 이누카이다."

―뭐지?

"병원은 완전히 포위됐다. 이미 특수부대가 배치되어 강제 진압 준비를 마쳤다."

"이누카이! 너 도대체 무슨 말을 지껄이는 거야!"

등 뒤에서 아소가 소리쳤지만 개의치 않았다.

"다락방 채광창으로 섬광탄을 터뜨려 당신을 체포할 계획이다. 그뿐만이 아니야. 1층으로 나올 경우를 대비해 저격수도 배치한다."

"이누카이! 닥쳐!"

뒤에서 자신을 저지하려는 발걸음 소리가 다가왔다. 이누카이는 잡히지 않도록 걸음을 재촉하며 별채로 다가갔다.

―……왜 그런 걸 알려 주지? 함정인가?

"경찰 뒤에는 카메라를 든 보도진이 바글바글하다. 저 사람들을 이용하면 '피리 부는 사나이'의 목적도 달성할 수 있지 않나."

대답이 없다.

"무라모토 다카시. 당신은 이 판국에도 아직 거짓말을 하고 있다. 하지만 이제 됐지 않나. 이쯤에서 그만 내려와도 딸은 알아줄 거다. 하지만 때를 놓치면 부상자, 어쩌면 사망자도 발생할 수 있다. 그건 당신도 원하는 바가 아니지 않나."

"너 이 자식! 범인을 놓아줄 작정이야!"

"지금 당장 투항해! 이쪽은 사람 목숨 따위 파리 목숨 취급한다고!"

거기까지 말했을 때 뒤에서 거칠게 어깨를 잡혔다. 체중을 싣는 바람에 균형을 잃고 앞으로 고꾸라졌다. 휴대폰을 순식간에 빼앗겼다.

"네놈이 지금 한 짓, 배임 행위야!"

머리 위에서 SAT 대원의 목소리가 떨어졌다.

배임이라. 그러면 본래 그 임무는 도대체 누구를 위한 것인가.

우격다짐으로 원래 있던 자리로 끌려갔다.

그때 별채에서 움직임이 포착됐다.

문이 열리고, 무라모토가 두 손을 들고 나왔다. 그리고 그의 등 뒤에서 아미가 고개를 힐끗힐끗했다.

"확보하라!"

SAT 대장의 신호에 입구 근처에 대기하던 대원들이 일제히 덮쳤다. 무라모토는 아무런 저항도 하지 않고 땅바닥에 엎드렸다.

"용의자 확보했습니다!"

그런데 상황은 끝이 아니었다.

대원들이 무라모토를 확보하는 데 정신이 팔린 사이에 아미가 뛰쳐나갔다. 아미가 향한 곳은 카메라가 모여 있는 보도진이 있는 쪽이었다.

허를 찔린 대원들과 경찰들 사이를 빠져나가며 아미는 보도진 속으로 뛰어들었다. 섶을 지고 불에 뛰어드는 격이었다. 질문과 플래시 세례가 금세 아미에게 쏟아졌다.

"괜찮습니까? 다친 데는 없습니까?"

"범인이 폭력을 가했습니까?"

"감금되었던 심경이 어떠십니까?"

"지금 가장 만나고 싶은 사람은 누구입니까?"

마구 들이미는 마이크와 녹음기를 앞에 두고 아미는 크게 외쳤다.

"여러분! 제 이야기를 들어주세요!"

쩌렁쩌렁한 목소리에 보도진은 쥐 죽은 듯 조용해졌다.

"제 아버지, 마키노 요시쿠니는 이권 때문에 의사로서의 윤리를 제약회사에 판 사람입니다. 자궁경부암 백신 부작용 보고가 각지에서 올라오기 시작해도 제약회사의 이익을 지키려고 줄곧 무시했습니다. 하지만 백신의 위험성을 누구보다도 잘 압니다. 왜냐면 친딸인 제게는 결코 백신을 맞히려고 하지 않았으니까요!"

술렁임과 함께 다시 플래시가 터졌다.

"저는 그 죄를 밝히고 백신 접종을 중단시키려고 자작극을 계획했습니다. 이렇게라도 하지 않으면 백신 피해를 입은 사람들의 목소리를 아무도 들어주지 않는다고 생각했기 때문입니다. 저도 벌을 달게 받겠습니다. 하지만 그전에 사죄하고 벌을 받아야 할 사람은 따로 있습니다."

그다음 말은 기자들의 질문에 지워져 버렸다.

그 모습을 이누카이와 아스카가 멀리서 지켜봤다.

"이누카이 형사님. 방금 그건……."

"그래, 저게 바로 네가 직감으로 알아챈 쓰키시마 아야코가 숨기던 진실이자 무라모토가 내뱉던 거짓말이야. 계획의 세부 내용을 짠 사람은 무라모토였어. 협조자를 모은 사람은 쓰키시마 아야코였고. 하지만 이 계획을 처음 제안한 사람은 마키노 아미였지. '하멜른의 피리 부는 사나이'는 그녀였어."

에필로그

"면회다."

경찰의 목소리에 아야코는 고개를 휙 들었다. 유치장에서 바라보는 풍경은 너무 스산해서 밖으로 나가는 것만으로도 기꺼웠다.

그런데 면회 대상이 누구지? 그 고지식해 보이는 변호사일까? 아니면 이누카이 형사일까?

마키노 아미가 보도진 앞에서 사건의 진상을 밝힌 지 사흘이 지났다.

자작극에 가담한 사람은 모두 경시청에서 조사를 받고 있다. 특히 핵심 인물인 아미, 무라모토, 아야코, 무라모토의 차를 도코로자와시에 버린 가이 게이스케는 더욱 철저하게 취조했다. 회수한 70억 엔은 돈을 제공했던 제약회사에 그대로 반환됐지만 아야코를 비롯해 사건에 가담한 사람들은 경범죄처벌법 제1조 16항 '허구의 범죄 또는 재해의 사실을 공무원에게 신고한 자'로 처벌받는다. 유죄 판결이 나면 1일 이상 30일 미만 구류 또는 천 엔 이상 만 엔 미만 과태료 형을 받게 된다고 변호사가 말했다. 그에 더해 위계에 의한 업무방해죄도 성립된다. 이는 더 심각한 죄로 3년 이하 징역 또는 50만 엔 이하 벌금형을 받는다.

그것은 괜찮다. 문제는 구류된 동안 가나에를 돌볼 수 없다는 점이다. 관계자 전원이 용의자로 취조받는 가운데 기억장애를 앓는 가나에만은 예외 대상이 되어 현재 경찰병원에서 치료를 받고 있다. 자신이 구류된 동안에도 계속 치료를 받을 수 있다면 다행이지만 약속된 사항은 아니었다.

아미가 닉네임으로 아야코의 홈페이지에 방문했을 때부터 이 계획은 시작됐다. 아미는 전국에서 백신 부작용으로 고통받는 소녀들이 많다는 사실에 충격을 받았다. 그리고 소녀다운 결벽으로 그 사실을 숨기기에 급급한 아버지와 제약업계 전체에 분노했다. 아미가 산부인과협회 회장의 딸이라는 사실을 알고 오프라인 모임에서 만난 뒤부터 계획은 구체적인 형태를 갖추기 시작했다. 아미는 죄를 지었으면 속죄해야 한다고 호소했다. 백신 부작용 피해자를 무시하고 이익만 추구한 제약 관계자들은 지금이야말로 벌을 받아야 마땅하다고 주장했다. 누구에게도 실질적인 손해는 끼치지 않는다. 아니, 오히려 아무 행동도 하지 않았을 때 백신 사태가 더 커진다. 아야코와 무라모토의 그러한 열의에 다섯 가족이 응해 줬지만 지금은 미안한 마음만 가득했다.

한편, 아미의 지탄을 받은 후생노동성, 제약회사, 산부인과협회도 상처 없이 끝나지는 않았다. 여자아이의 몸을 던진 고발에 세상과 언론이 반응하며 일대 운동이 펼쳐졌다. 후생노동성 경제과와 두 제약회사에 비난이 집중됐고, 정부는 자궁경부암 백신 정기접종 중단을 검토하기 시작했다. 산부인과협회에서는 마키노 회장이 사의를 표명해 책임 소재를 둘러싼 분쟁도 계속되고 있다고 한다.

아야코와 계획에 참여한 사람들로서는 처음 목적을 달성한 셈이지만 그럼에도 마음이 개운하지 않은 이유는 역시 가나에의 앞날에 빛이 들어온 것은 아니기 때문이었다.

이번 사건으로 백신 부작용에 대한 연구가 가속화될 것이라고 들었다. 하지만 획기적인 치료법은 아직 확립되지 않아 앞길은 여전히 캄캄했다.

면회실로 이어지는 문이 열리고, 아크릴판 너머로 세 사람을 보고 아야코는 숨을 멈췄다.

이누카이와 아스카, 두 사람과 함께 온 가나에가 앉아 있었다.

"가나에!"

황급히 달려가 무심코 끌어안으려고 했지만 아크릴판에 가로막혔다. 아야코는 아크릴판에 손을 대고 딸의 얼굴을 가만히 응시했다.

불안한 눈빛은 평소와 같았다. 몸을 숨기고 있는 동안 무라모토가 다양한 독자 치료법을 시도했지만 효과가 즉시 나타나는 것은 아니라 무라모토 본인도 몹시 초조해하던 기억이 떠올랐다.

백신 부작용이 사회문제로 발전하면서 해결을 향한 길도 열리기 시작했다.

그러나 자신의 딸은 아직도 기억의 숲을 헤매고 있다. 자신이 누군지도 모른 채 처리할 수 없는 정보의 소용돌이에 갇혀 겁에 질려 있다.

얼굴을 보고 있으니 자연스럽게 눈물이 복받쳤다. 문제가 해결되면서 관계자들은 새로운 무대로 이동하려고 하는데 자신의 딸만 기억의 어둠 속에서 끊임없이 우왕좌왕한다. 이 얼마나 가여운가.

그런데 아야코는 기묘한 사실을 깨달았다.

자신을 바라보는 가나에의 눈이 여느 때와 다른 빛을 내뿜고 있었다. 불안한 기색은 여전하지만 곤혹스러운 감정도 느껴졌다.

한동안 서로를 바라보고 있다가 가나에가 천천히 입을 열었다.

"……엄마?"

아야코가 아크릴판에 손을 대자 가나에도 맞은편에서 손을 맞댔다. 이윽고 아크릴판 너머로 가나에의 온기가 전해졌다.

백신 부작용을 걱정하는 당신에게

인류 최초의 백신은 무엇일까요?

인류 역사에는 수많은 목숨을 앗아간 공포의 전염병이 많습니다. 그중 기원은 확실하지 않지만 고대 이집트 미라의 얼굴에서 그 흔적이 발견되었을 정도로 오래된 감염병이 있습니다. 치사율이 30퍼센트가 넘는 이 전염병은 후유증도 심했으며, 16세기 아메리카 원주민의 3분의 1을 몰살시켰습니다. 그리고 18세기 유럽에서는 매년 40만 명, 20세기에는 전 세계에서 약 3억 명이 이 전염병으로 목숨을 잃었습니다. 그 옛날 우리나라에서는 호환虎患만큼이나 무섭다고 여겼던 마마媽媽 바로 천연두입니다.

1796년 영국의 의학자 에드워드 제너는 소젖을 짜다가 우두에 감염되었던 사람들은 천연두에 걸리지 않는다는 사실에 주목했습니다. 그래서 우두 환자의 고름을 채취해 동네 농부의 어린 아들의 팔에 주입했고, 6주 후 천연두 농을 주입하는 실험을 했습니다. 우두 접종으로 면역력이 생긴 소년은 천연두에 걸리지 않았고, 이렇게 여러 실험을 거치면서 우두 균으로 천연두를 예방할 수 있다는 인류 최초의 백신인 종두법이 만들어졌습니다. 이후 제너가 발명한 종두법은 천연두 사망자를 줄이는 데 크게 공헌했고, 세계보건기구(WHO)는 1980년에 천연두 종식 선언을 했습니다. '백신(Vaccine)'이라는 용어도 '소 천연두'를 의미하는 라틴어 '바리올라에 바키나에(Variolae Vaccinae)'에서 유래됐죠. 사회파 미스터리의 대표주자 나카야마 시치리, 이번에는 백신입니다.

이누카이 하야토 형사 시리즈 세 번째 이야기 『하멜른의 유괴마』는 자궁경부암 백신을 둘러싸고 벌어지는 유괴극을 다룬 작품입니다. 자궁경부암 백신 접종을 적극적으로 권장하는 측과 자궁경부암 백신 접종 후 부작용 피해를 입고 반대하는 측이 등장해 첨예하게 대립합니다.

그런데 이 이야기가 그리 낯설지만은 않습니다. 최근 우리가 처한 상황이 이와 비슷하기 때문이죠. 인류가 새롭게 등장한 전염병 코로나 19와 싸운 지도 어언 2년째고, 작년에 개발에 성공한 코로나 19 백신으로 우리는 일상으로의 복귀에 대한 희망을 바라보고 있습니다. 그리고 백신의 예방 효과와 부작용 사례 역시 함께 접하고 있습니다. 과학의 눈부신 발전을 상징하는 백신은 오랫동안 많은 사람을 구해왔습니다. 하지만 어떠한 약이든 부작용이 나타날 수 있고, 부작용이 나타났을 때 생명과 직결될 정도로 큰 문제로 번질 수 있기에 항상 우려의 시선도 함께합니다. 혹여나 자신이나 사랑하는 가족이 그 피해자가 될까 걱정스러운 마음이 드는 것도 당연하죠. 또한 부작용 피해자는 아무래도 소수인 경우가 많아서 현실적으로 큰 목소리를 내기 힘든 사례도 많습니다. 실제 2013년 일본에서 일어났던 자궁경부암 백신 부작용 피해 사례를 바탕으로 한 『하멜른의 유괴마』에는 아마도 그런 소수의 목소리를 대변하고 싶은 작가의 마음이 담겨 있지 않을까 싶습니다. 이 작품은 코로나 19 백신을 맞을 것인지, 부작용을 우려해 맞지 않을 것인지 선택의 기로에서 고민하는 현재 우리네 삶을 떠올리지 않을 수 없다 보니 공감이 가는 부분도 있고 더욱 빠져들어 읽을 수 있는 작품이라고 생각합니다.

『하멜른의 유괴마』는 평소 나카야마 시치리가 발표했던 작품들에 비해서 다소 치우친 시각으로 진행됩니다. 이는 작가 본인의 경험이 영향을 미쳤기 때문입니다. 작가는 인터뷰에서 『하멜른의 유괴마』는 자신의 이야기도 담고 있다고 했습니다. 중학교 1학년 때 자궁경부암 백신을 맞은 딸에게 부작용이 나타난 적이 있는데 그 직후에 데뷔한 작가가 이누카이 하야토 형사 시리즈의 속편을 의뢰받았을 때, 선명하게 남아 있던 그때의 기억을 떠올려 자궁경부암 백신 부작용을 주제로 한 작품을 써야겠다고 생각했다고 합니다. 자신과 같이 자궁경부암 백신 부작용으로 고통받은 사람들이 알려진 것보다 훨씬 많지만 언론에는 극히 일부만 보도된다고 생각했습니다. 그래서 고통받는 피해자들이 많다는 사실을 널리 알리고 싶은 마음에, 그동안 발표한 작품에서는 작가 본인의 정치적인 의견은 최대한 배제했지만, 이번 작품에서만큼은 특별히 한쪽 편에 서서 이야기하게 되었다고 합니다.

자궁경부암은 백신이 개발된 유일한 암입니다. 우리나라에서도 2016년부터 국가암검진사업에 자궁경부암 검진을 포함하면서 자궁경부암 무료 건강검진 대상을 만 30세에서 만 20세 이상 여성으로 확대했고, 만 12세 여아는 무료로 접종받고 있습니다. 최근에는 남성들의 자궁경부암 백신도 늘고 있습니다. 자궁경부암의 주원인이 성관계를 통한 감염이기도 하고, 자궁경부암 백신을 맞으면 자궁경부암 외에 항문암, 음경암, 생식기 사마귀 등을 예방할 수 있기 때문입니다. 『하멜른의 유괴마』 중에 오구라 의사가 '미국에서는 접종이 중단되었다'고 말하는 부분이 나오는데, 미국, 호주, 유럽 등은 해당 백신을 필수 접종으로 도입했으며 최근에는 필수 접종 대상에 남자아이까지 포함하고 있습니다. 이 작품이 처음 출간되었던 시기가 2016년이었던 점을 감안해야겠습니다.

『하멜른의 유괴마』에는 앞서 출간된 이누카이 하야토 형사 시리즈 전편들에는 등장하지 않았던 인물이 등장합니다. 바로 이누카이의 파트너인 여형사 다카치호 아스카입니다. 불의를 보면 참지 못하고 다소 감정적이기도 한 아스카는, 수사에 개인적인 감정을 개입시키지 않고 냉철하게 판단하는 이누카이와 사사건건 부딪칩니다. 하지만 작품 후반에는 이렇게 삐그덕대던 콤비 사이에도 동료로서의 신뢰가 조금은 쌓인 듯한 장면이 등장합니다. 여전히 불안한 이 콤비가 시리즈 다음 작품인 『닥터 데스의 유산』에서는 어떤 활약을 보여 줄지 벌써 기대가 됩니다.

2021 여름

문지원

하멜른의 유괴마

1판 1쇄 인쇄 2021년 8월 19일 | **1판 1쇄 발행** 2021년 8월 31일

지은이 나카야마 시치리 | **옮긴이** 문지원
책임편집 민현주 | **디자인** 박진범 | **제작** 송승욱 | **발행인** 송호준

발행처 블루홀식스 | **출판등록** 2016년 4월 5일 제2016-000100호

주소 경기도 파주시 회동길 483-1 | **전화** (031) 955-9777 | **팩스** (031) 955-9779

이메일 blueholesix@naver.com

ISBN 979-11-89571-56-6 (03830)

정가 16,000원